Jack London

Die Herrin des Großen Hauses

Bibliografische Information der Deutschen Nationalbibliothek:
Die Deutsche Nationalbibliothek verzeichnet diese Publikation in der Deutschen Nationalbibliografie; detaillierte bibliografische Daten sind im Internet
über http://dnb.dnb.de abrufbar.

Herstellung und Verlag: BoD – Books on Demand, Norderstedt

ISBN: 978-3-7448-5076-6

Er erwachte im Dunkeln. Das Erwachen war einfach, leicht, ohne eine andere Bewegung, als daß die Augen sich öffneten und ihn auf die herrschende Dunkelheit aufmerksam machten. Im Gegensatz zu den meisten Menschen, die sich vorfühlen, lauschen und sich erst mit ihrer Umgebung in Verbindung setzen müssen, war er im Augenblick des Erwachens vollkommen klar und in Zeit und Raum orientiert. Nach den entglittenen Stunden des Schlafs nahm er ohne Anstrengung die unterbrochene Reihe seiner Tage wieder auf. Er wußte, daß er Dick Forrest, Herr weiter Ländereien war, den der Schlaf vor einer Anzahl von Stunden übermannt hatte, nachdem er zuvor schlaftrunken ein Streichholz zwischen die Seiten des Buches, in dem er las, gesteckt und seine Leselampe ausgeschaltet hatte.

Ganz in der Nähe hörte er das Rieseln und Glucksen eines schläfrigen Springbrunnens, und in der Ferne, so schwach, daß nur ein scharfes Ohr es vernehmen konnte, ein Geräusch, das ihn vor Freude lächeln ließ. Er wußte, daß dieser ferne Kehllaut von König Polo stammte, seinem prachtvollen Kurzhornstier, der auf der großen kalifornischen Tierschau in Sacramento den ersten Preis erhalten hatte. Und das Lächeln schwand nicht gleich von Dick Forrests Gesicht, denn er dachte einen Augenblick an die Triumphe, die König Polo, ehe das Jahr um war, auf Tierschauen in den Oststaaten feiern sollte. Er wollte zeigen, daß ein in Kalifornien geborener und aufgezogener Stier es mit den besten Stieren aus Iowa oder mit überseeischen, aus der berühmten Heimat des Kurzhornviehs eingeführten, aufnehmen konnte.

Erst nach einigen Sekunden, als das Lächeln verschwunden war, streckte er die Hand ins Dunkel und drehte den ersten einer Reihe von elektrischen Schaltern. Es waren drei Reihen Schalter. In dem indirekten Licht, das von der mächtigen Schale unter der Decke ausströmte, sah man eine Schlafveranda, von deren Seiten drei aus sehr feinmaschigen Kupferdrahtjalousien bestanden. Die vierte war die gemauerte, von einer hohen Flügeltür durchbrochene Hauswand.

Er drehte den zweiten Schalter in der Reihe, und von einer bestimmten Stelle der Zementwand strahlte klares Licht und beleuchtete das Glas einer Uhr, eines Barometers und eines Thermometers, die sämtlich nebeneinander hingen. Er ließ den Blick über die Instrumente schweifen und las: Zeit 4,30 Uhr; Luftdruck 29,80, was für Höhenlage und Jahreszeit normal war, und Temperatur 36° Fahrenheit. Wieder drehte er den Schalter, und die Anzeiger für Zeit, Wärme und Luftdruck verschwanden im Dunkel.

Mittels eines dritten Schalters entzündete er seine Leselampe, die so eingerichtet war, daß das Licht von oben und hinten fiel, ohne ihm in die Augen zu scheinen. Er drehte wieder den ersten Schalter, und das Licht an der Decke verschwand, worauf er die Hand nach einigen Korrekturbogen auf einem Lesetisch ausstreckte, einen Bleistift nahm, sich eine Zigarette ansteckte und zu korrigieren begann.

Dieser Raum war offensichtlich das Schlafzimmer eines Mannes, der arbeitete. Zweckmäßigkeit war der Grundton, auf den es abgestimmt war, ferner bei aller Einfachheit ein gewisser Komfort. Das Bett bestand aus grau emailliertem Eisen, eine Schattierung dunkler als die Zementwand. Das Fußende bedeckte, wie eine Extradecke, ein mächtiger Schlafsack aus Wolfsfell mit herabhängenden Schwänzen, und auf dem Fußboden, wo ein Paar Pantoffel standen, lag eine langhaarige Ziegenfelldecke.

Auf dem großen Lesetisch mit den ordentlich aufgestapelten Büchern, Zeitschriften und Notizblöcken war ferner Platz für Streichhölzer und Zigaretten, einen Aschbecher, eine Thermosflasche und ein Diktaphon. Unter dem Barometer und dem Thermometer lächelte von der Wand herab ein junges Frauenantlitz in rundem Holzrahmen. Zwischen den vielen Schaltern und einer Schalttafel an der Wand ragte der Kolben eines 44er Colt-Revolvers aus einem offenen Pistolenhalfter hervor.

Um Punkt sechs, als die Dämmerung durch das Flechtwerk der Jalousien zu dringen begann, streckte Dick Forrest, ohne von den Korrekturbogen aufzusehen, die Hand aus und drückte auf einen Knopf, und fünf Minuten später betrat ein Chinese geräuschlos die Schlafveranda. Er trug ein kleines Teebrett aus blankem Kupfer, auf dem eine Tasse, eine winzige silberne Kaffeekanne und eine entsprechende Sahnekanne standen.

»Guten Morgen, Oh Jeh!« lautete Dick Forrests Gruß, und er lächelte dabei mit Augen und Mund.

»Guten Morgen, Herr!« antwortete Oh Jeh, sah sich geschäftig nach einem Platz für das Teebrett um und goß dann Kaffee und Sahne in die Tasse.

Als das besorgt war und der Chinese sah, daß sein Herr schon die Tasse an den Mund führte, während er mit der andern Hand noch eine Berichtigung auf dem Korrekturbogen vornahm, hob er, ohne auf weiteren Bescheid zu warten, ein zartes, rosa Spitzenhäubchen vom Boden auf und verschwand lautlos wie ein Schatten durch die offene Flügeltür.

Auf die Minute halb sieben kam er mit einem größeren Teebrett wieder, und Dick Forrest legte die Korrektur zur Seite, nahm ein Buch zur Hand und begann zu essen. Sein Frühstück war einfach, aber kräftig – wieder Kaffee, eine halbe Grapefruit, zwei weiche Eier in einem Glase mit einem kleinen Stück Butter und sehr warm, sowie eine Scheibe geräucherten Speck, nicht zu durchgebraten, von eigener Zucht und Räucherung.

Jetzt strömte die Sonne durch die Öffnungen in den Jalousien herein und fiel auf das Bett. An der Außenseite des Kupfergewebes hatten sich eine Menge Fliegen angesammelt, die etwas zu früh ausgekrochen und von der Nachtkälte gelähmt waren. Während des Frühstückens verfolgte Forrest die Jagd der fleischfressenden Hornissen. Robust und widerstandsfähiger gegen die Kälte als die Bienen, surrten sie schon umher und richteten große Verheerungen unter den betäubten Fliegen an. Unter Lärm und Spektakel stürzten sich diese gelben Jäger der Luft mit unfehlbarer Sicherheit auf ihre hilflosen Opfer und flogen mit ihnen davon. Die letzte Fliege war verschwunden, ehe Forrest seinen letzten Schluck Kaffee getrunken, ein Streichholz als Lesezeichen in sein Buch gelegt und wieder nach seinen Korrekturbogen gegriffen hatte.

Nach einer Weile tönte das weiche Rufen der Wiesenlerche zu ihm herein, und bei diesem ersten Laut, der das Kommen des Tages verkündete, hielt er in seiner Arbeit inne und sah auf die Uhr. Er legte die Korrekturbogen beiseite und begann mit Hilfe der Schalttafel, die er mit geübter Hand bediente, eine Reihe von Telefongesprächen.

»Hallo, Oh Freud!« lautete sein erstes Gespräch.

»Ist Herr Thayer schon aufgestanden? – Schön. Stör' ihn nicht. Ich glaube nicht, daß er sein Frühstück ans Bett haben will, aber frag' ihn lieber. – Schön, und dann zeig' ihm die Warmwassereinrichtung. Vielleicht weiß er nicht Bescheid damit, – ja, es ist gut! Nimm noch einen Diener mit, dann geht es schon. Es kommen immer viele Menschen, sobald es warm wird. – Jawohl! Tue, wie du meinst! Guten Morgen!«

»Herr Hanley?« – »Ja!« lautete sein nächstes Gespräch, nachdem er den Apparat umgestellt hatte. »Ich habe über den Deich bei Buckeye nachgedacht. Ich möchte gern den Preis für Kieszufuhr und Verschrotten wissen. – Ja, das stimmt. Ich nehme an, daß die Kieszufuhr sich auf zehn Cents teurer das Kubikmeter stellt als das Verschrotten. Es ist der letzte Steilhang, der die Pferde so mitnimmt. Wollen Sie mir die Preise angeben? – Nein, wir können erst in vierzehn Tagen anfangen. – Ja, ja, wenn die neuen Traktoren je kommen, brauchen wir keine Pferde mehr zum Pflügen, aber zum Eggen brauchen wir sie noch ... Nein, sprechen Sie mit Everan darüber. Guten Morgen!«

Und sein dritter Anruf:

»Herr Dawson? Ha! Ha! In diesem Augenblick sechsunddreißig Grad auf meiner Veranda. Die Ebenen müssen ganz weiß von Reif sein. Aber es ist wohl der letzte Frost dieses Jahr. – Ja, Sie haben geschworen, daß die Traktoren schon vor zwei Tagen kommen sollten. – Rufen Sie den Stationsvorsteher an. – Hören Sie übrigens, wollen Sie Hanley einen Bescheid von mir überbringen? Ich vergaß ihn zu bitten, daß er die »Rattenfänger« mit einem neuen Vorrat von Fliegenfängern schicken soll. – Ja, gleich. Es saßen heute morgen Dutzende auf meiner Jalousie. – Ja. – Guten Morgen!«

Jetzt ließ Forrest sich in seinem Pyjama aus dem Bett gleiten, steckte die Füße in die Pantoffel und begab sich durch die Flügeltür in sein Bad, das Oh Jeh unterdessen gerichtet hatte. Zehn Minuten später kehrte er gebadet und rasiert zu

Bett und Buch zurück, während Oh Jeh ihm, pünktlich wie immer, die Beine massierte.

Es waren die gut gewachsenen Beine eines kräftigen Mannes, der ein Meter achtzig maß und gut hundertsechzig Pfund wog, und sie erzählten gleichzeitig einiges aus seinem Leben. Am linken Schenkel befand sich eine zehn Zoll lange Narbe. Über dem linken Knöchel, vom Spann bis zur Ferse, waren ein Dutzend kleine, runde Schrammen, und wenn Oh Jeh das linke Knie zu kräftig in die Mache nahm, krümmte Forrest sich ein bißchen. Das rechte Schienbein wies verschiedene dunkle Narben auf, von denen eine, dicht unter dem Knie befindliche, direkt wie eine Vertiefung im Knochen wirkte. Mitten über den Oberschenkel lief eine fingerlange Schmarre mit den winzigen Zeichen von Nadelstichen.

Plötzlich ertönte draußen ein Wiehern. Forrest legte sofort das Streichholz zwischen die Seiten des Buches, und während Oh Jeh ihm in Strümpfe und Schuhe half, wandte er den Kopf und blickte hin. Hinten auf dem Wege, durch den hängenden Purpur der früh blühenden Syringen, kam, von einem malerischen Cowboy geführt, ein mächtiger Hengst, ein prächtiges Tier, das rot in der Morgensonne glänzte. Der schneeige Schaum seines mächtigen Kötenhaars flatterte im Winde, die stolze Mähne wogte, und die Augen schweiften suchend umher, während sein Liebesruf wie ein Trompetenstoß über das erwachende Land tönte.

Freude und Furcht kämpften in diesem Augenblick in Dick Forrest, – Freude über das herrliche Tier, das durch die Syringenhecken geschritten kam; Furcht, daß der Hengst die junge Frau geweckt haben könnte, deren Antlitz ihn aus dem runden Rahmen an der Wand anlächelte. Er warf einen hastigen Blick über den sechzig Meter breiten Hof nach dem langen, schattenhaften, vorspringenden Flügel, wo ihre Zimmer lagen. Die Jalousien ihrer Schlafveranda waren herabgelassen und regten sich nicht. Wieder wieherte der Hengst, aber nichts regte sich, außer einer Schar wilder Kanarienvögel, die sich, wie ein grüngoldenes Lichtsprühen bei Sonnenaufgang, von den Blumen und Büschen des Hofes hoben.

Er folgte dem Hengst mit den Blicken, bis er zwischen den Syringen verschwand, und sah in Gedanken eine ganze Reihe schöner, schwer und tadellos gebauter Shire-Fohlen; dann aber wandte er sich, wie immer, der Gegenwart zu und fragte seinen Kammerdiener:

»Wie steht es mit dem neuen Boy, Oh Jeh? Taugt er was?«

»Ihn recht guter Boy, ich glaube«, lautete die Antwort. »Ihn junger Bursch. Alles neu. Recht langsam. Aber mit Zeit ihn machen sich gut.«

»Wieso meinst du?«

»Ich ihn wecken drei, vier Morgen jetzt. Ihn schlafen wie kleines Kind. Ihn wachen auf und lächeln gerad wie Sie. Das sehr gut.«

»Wache ich lächelnd auf?« fragte Forrest.

Oh Jeh nickte.

»Vielmal, viele Jahre ich wecke Sie. Immer Ihre Augen offen, Ihre Augen lächeln, Ihr Mund lächelt, Ihr Gesicht lächelt, Sie ganz lächeln, gerade so, gleich. Das sehr gut. Ein Mann aufwachen so, ihn viel gut Verstand. Ich weiß. Dies neue Boy aufwachen ebenso. Allmählich, sehr bald ihn machen tüchtiger Boy. Sie werden sehen. Ihn heißen Chow Gam. Wie Sie nennen ihn hier?«

Dick Forrest dachte nach.

»Welche Namen haben wir schon?« fragte er.

»Oh Freud, Ach Ja, Oh Weh und mich, Oh Jeh«, zählte der Chinese auf. »Oh Freud nennen neuen Boy ...«

Er schwieg und sah seinen Herrn fragend an. Forrest nickte.

»Oh Freud nennen neuen Boy ›Oh Hölle‹.«

»Oho!« lachte Forrest beifällig. »Oh Freud ist ein Spaßvogel. Ein guter Name, aber nicht zu gebrauchen. Was würde meine Frau sagen? Wir müssen uns einen andern Namen ausdenken.«

»Oh Ho – das guter Name.«

Der Ausruf klang noch in Forrest nach, so daß er gleich die Beziehung zu dem Einfall Oh Jehs fand.

»Schön, nennen wir ihn Oh Ho.«

Oh Jeh beugte den Kopf, entschwand schleunigst durch die Glastür und kehrte ebenso mit dem Rest von Forrests Kleidungsstücken zurück, half ihm in Unterjacke und Hemd, legte ihm die Krawatte um den Hals, so daß er sie sich selbst knüpfen konnte, und kniete nieder, um ihm Gamaschen und Sporen anzuschnallen. Ein Pfadfinderhut und eine kurze Peitsche vervollständigten die Ausrüstung – eine Indianerpeitsche aus ungegerbtem Leder mit Blei im dicken Ende und einem um das Handgelenk gewundenen Lederriemen.

Als Forrest durch die Flügeltür in das Innere des Hauses trat, kam er zuerst in ein bequem eingerichtetes Ankleidezimmer, mit einer Tür zum Badezimmer; dann gelangte er in ein großes Arbeitszimmer mit allen möglichen Requisiten: Pulten, Diktaphonen, Kartotheken, Bücherschränken, Ständern für Zeitschriften und Regalen mit Fächern und Schubladen, die ganz bis zu der niedrigen Balkendecke reichen.

In der Mitte des Raumes drückte er auf einen Knopf, und eine Reihe schwer beladener Bücherregale schwang sich um einen Zapfen, wodurch eine winzige eiserne Wendeltreppe zum Vorschein kam; er stieg vorsichtig hinunter, um nicht mit den Sporen hängen zu bleiben, und hinter ihm drehten sich die Bücherregale wieder auf ihren Platz zurück.

Am Fuße der Treppe drückte er wieder auf einen Knopf, worauf mehrere Bücherregale sich schwangen, und betrat einen langen, niedrigen, vom Fußboden bis zur Decke mit Büchern angefüllten Raum. Er schritt geradeswegs auf ein Regal zu und griff mit unfehlbarer Sicherheit nach dem Buche, das er haben wollte. Eine Minute glitt sein Blick über die Seiten, dann hatte er die Stelle, die er suchte, gefunden. Er nickte befriedigt und stellte das Buch auch wieder an seinen Platz.

Eine Tür führte zu einer von viereckigen Betonpfeilern und Rotholzbalken getragenen Pergola. Er mußte eine Betonmauer von mehreren hundert Fuß Länge passieren; offenbar hatte er nicht den kürzesten Weg gewählt, um das Haus zu verlassen. Unter weit verästelten alten Eichen, auf einem Platze, wo der lange Bindebalken mit der abgenagten Rinde

und der zertretene Kies von Zähnen und Hufen vieler unge-
duldiger Pferde zeugten, stand eine fahlgoldene, fast lohfar-
bene Fuchsstute. Ihr sorgfältig gestriegeltes Fell flammte in
der Morgensonne. Das ganze Tier flammte. Es war wie ein
Hengst gebaut, und ein den Rücken entlang laufender dunkler
Streifen zeigte, daß es unter seinen Vorfahren auch viele
Mustangs hatte.

»Was macht Kannibalin heute morgen?« fragte er und löste die Leine vom Hals der Stute.

Sie legte die Ohren zurück – die kleinsten Ohren, die je
ein Pferd besessen, Ohren, die von dem freien Liebesabenteuer eines Vollbluthengstes mit wilden Pferden in den Bergen erzählten, – und schnappte mit boshaft funkelnden Zähnen und Augen nach Forrest.

Als der Reiter sich in den Sattel schwang, machte sie einen
Satz und sprang weiter, versuchte zu steigen und schoß dann
den mit Kies bestreuten Weg entlang. Und sie hätte sich auch
gebäumt, wäre ihr Kopf nicht durch den Sprungriemen unten
gehalten worden, der gleichzeitig die Nase des Reiters vor
dem zornig zurückgeworfenen Kopfe schützte.

So vertraut war er mit der Stute, daß er ihre Mucken kaum
beachtete. Ganz mechanisch, durch die leiseste Berührung des
gekrümmten Halses mit dem Zügel oder einen leichten Druck
von Sporen und Knien lenkte er das Pferd den gewünschten
Weg. Als es einmal ganz herumwirbelte, sah er einen Schimmer des Großen Hauses. Groß wirkte es, aber das kam zum
Teil daher, weil die Gebäude so weit verstreut lagen. In Wirklichkeit war es nicht so groß, wie es aussah. In einer Länge
von zweihundertfünfzig Meter erstreckte sich die Fassade,
aber ein Teil dieser Länge bestand aus Korridoren mit Ze-
mentmauern und Ziegeldächern, die die verschiedenen Teile
des Gebäudes verbanden und zusammenhielten. Dazu gab es
eine entsprechende Anzahl von Höfen und Pergolen, und all
die Mauern mit ihren vielen vor- und zurückspringenden
Winkeln erhoben sich aus Stauden- und Blumenbeeten.

Die Architektur des Großen Hauses war spanisch, aber
nicht von dem kalifornisch-spanischen Typ, der vor hundert
Jahren aus Mexiko eingeführt und von modernen Architekten

zu dem spezifisch kalifornischen Stil ausgebildet war. Spanisch-maurisch wäre vielleicht eine bessere Bezeichnung für das Große Haus mit all seinen sich widersprechenden Einzelheiten gewesen, obwohl manche Sachverständige dieser Bezeichnung eifrig widersprochen hätten.

Geräumigkeit ohne Strenge und Schönheit ohne Überladung, – das war der erste Eindruck, den man vom Großen Hause empfing. Seine langen wagerechten, nur von einfachen senkrechten Linien und rechtwinkligen Vorsprüngen unterbrochenen Linien waren so ruhig und beherrscht wie die eines Klosters, während das unregelmäßige Dach die Einförmigkeit milderte.

Die hie und da stehenden viereckigen, niedrigen, jedoch nicht abgestumpften Türme gaben dem Gebäude das richtige Höhenverhältnis. Das Große Haus machte den Eindruck konstruktiver Festigkeit. Es sah aus, als könnte es einem Erdbeben trotzen. Es schien für tausend Jahre erbaut zu sein. Der solide Beton war mit gelblichem Zementputz verkleidet. Anderseits hätte dieses Gelb-Weiß vielleicht eintönig gewirkt, wäre es nicht von den vielen flachen Dächern mit ihren roten spanischen Ziegeln unterbrochen worden.

Während das Pferd seine unerlaubten Seitensprünge machte, hatte der Blick Dick Forrests einen Augenblick besorgt auf dem langen Flügel an der andern Seite des sechzig Meter breiten Hofes geweilt. Dort, wo die vielen Türme in der Morgensonne erröteten, zeigten die herabgelassenen Jalousien der Schlafveranda, daß seine Herzensdame noch schlief.

Um ihn her erhoben sich auf drei Seiten gleichförmige, niedrige Höhen mit Hecken, Getreidefeldern und Weiden, die allmählich in höhere Hügel mit steileren, bewaldeten Hängen übergingen und immer steiler und höher, zuletzt zu mächtigen Bergen wurden. Auf der vierten Seite wurde der Horizont nicht von Bergen und Hügeln begrenzt, das Gelände lief sanft zu den weiten, fernen Niederungen ab.

Das Pferd schnaufte unter ihm, seine Knie preßten sich hart gegen die Flanken des Tieres, und er zwang es auf den einen Wegrand. Ihm entgegen kam, wie eine Flut schimmernd weißer Seide, seine berühmte Herde von Angoraziegen, deren jede ihre Stammtafel und ihre Geschichte aufzuweisen hatte. Es sollten gegen zweihundert sein, und nach seinen strengen Prinzipien waren sie im Herbst nicht geschoren worden. Die schimmernde Wolle, die selbst die Flanken des kleinsten Tieres bedeckte, war so fein wie das Haar eines neugeborenen Kindes, so weiß, ja weißer als das Haar eines menschlichen Albinos, länger als die als Norm angesehenen dreißig Zentimeter, und selbst die längsten konnten in jedem gewünschten Ton gefärbt und zu phantastischen Preisen verkauft werden.

Der Anblick überwältigte ihn durch seine Schönheit. Der Weg war zu einem wogenden Seidenbande geworden, hie und da wie von funkelnden Edelsteinen unterbrochen, von gelben, katzenartigen Augen, die ihn und sein nervöses Pferd neugierig betrachteten. Zwei baskische Hirten schlossen den Zug. Es waren stämmige, dunkle Männer mit schwarzen Augen und lebhaften Gesichtern. Sie nahmen die Hüte ab und beugten die Köpfe vor ihm. Forrest hob seine Rechte, an deren Handgelenk die kurze Peitsche hing, und berührte, militärisch grüßend, mit ausgestrecktem Zeigefinger die Krempe seines Pfadfinderhutes.

Er ritt weiter. Auf allen Seiten hörte er das Klappern und Surren der Dungstreumaschinen. In der Ferne, auf den niedrigen, gleichmäßigen Höhen sah er ein Gespann nach dem andern. Das waren seine Shire-Stuten, die die Pflüge auf und nieder zogen und den Rasen auf den Hügeln in fetten, dunkelbraunen Saatboden verwandelten. Es waren die Felder, auf denen Mais und chinesisches Zuckerrohr für seine Silos wachsen sollten. Andere Hänge waren, dem von ihm angewandten Wechselbau entsprechend, mit kniehoher Gerste bedeckt, und wieder andere mit dem schönen Grün des Klees und der kanadischen Erbse.

Rings waren große und kleine Felder nach einem System geordnet, das sie leicht zugänglich und zu bewirtschaften machte und den sorgsamsten und praktischsten Landwirt mit Freude erfüllt hätte. Jede Hecke war gegen das Eindringen von Schweinen und Stieren gesichert, und kein Unkraut wuchs in ihrem Schatten. Viele der Felder auf dem ebenen

Gelände waren mit Alfalfa besät. Andere standen in der Herbstsaat oder wurden gerade für die Frühlingssaat vorbereitet. Wieder andere dienten als Weiden für trächtige Shropshire- oder französische Merinoschafe, oder für riesige, weiße Säue, die das Auge des Besitzers im Vorbeireiten vor Freude strahlen ließen.

Er ritt durch eine Siedelung, die fast den Eindruck eines Dorfes machte, nur daß es weder Läden noch Gasthäuser gab. Die Häuser waren Bungalows, solid gebaut, hübsch anzusehen und alle von Gärten umgeben, in denen die härteren Pflanzen, darunter auch Rosen, schon aufgesprungen waren und der Drohung eines Frühlingsfrostes spotteten. Überall lachten und spielten Kinder zwischen den Blumen oder wurden von ihren Müttern zum Frühstück gerufen.

Dann kam eine Reihe von Werkstätten. Bei der ersten hielt er an und sah hinein. Ein Schmied arbeitete am Amboß. Ein zweiter hatte gerade eine ältere Shire-Stute beschlagen, die reichlich ihre siebzehnhundert Pfund wog, und feilte jetzt den Hufrand zum Eisen passend. Forrest sah es, grüßte und ritt vorbei, als er aber dreißig Meter weitergekommen war, hielt er sein Pferd an und kritzelte etwas auf den Schreibblock, den er aus der Hosentasche zog.

Auch an andern Werkstätten kam er vorbei – einer Malerwerkstätte, einer Stellmacherwerkstätte, einer Klempnerei und einer Tischlerei.

Das Große Haus war der Mittelpunkt des ganzen Betriebes. Rings herum lagen in einem Kreise mit einem Radius von einer halben Meile die verschiedenen Zentren. Immer seine Leute grüßend, galoppierte Dick Forrest am Meiereizentrum vorbei, einem ganzen Meer von Gebäuden mit Batterien von Getreidemagazinen und einer Menge Leute, die dabei waren, allen möglichen Abfall zu den wartenden Dungstreumaschinen zu schaffen. Hin und wieder begegnete er zielbewußten Männern, die bald geritten, bald gefahren kamen. Sie machten bei ihm Halt und besprachen sich kurz mit ihm. Es waren die Verwalter der verschiedenen Betriebe, und sie drückten sich ebenso bündig und klar wie er selber aus. Der letzte von ihnen, der auf einer dreijährigen Palomina-Stute, so anmutig und wild wie ein halb zugerittener Araber, saß, wollte grüßend vorbeireiten, wurde aber von seinem Brotherrn angehalten.

»Guten Morgen, Hennessy! Nun, wann ist sie fertig für meine Frau?« fragte Dick Forrest.

»Ich möchte gern, daß Sie mir noch eine Woche Zeit ließen«, lautete die Antwort Hennessys. »Sie ist zwar soweit zugeritten, wie die gnädige Frau es wollte, aber noch ein bißchen nervös und empfindlich.«

Forrest nickte zustimmend und sagte dann, indem er das von ihm beschriebene Blatt von seinem Notizblock riß, zerknüllte und fortwarf: »Wir haben einen neuen Mann in der Schmiede. Was für einen Eindruck haben Sie von ihm?«

»Er ist noch zu neu, als daß ich mir ein Urteil über ihn bilden könnte.«

»Na ja, den werfen Sie am besten gleich wieder hinaus. Er gehorcht nicht. Ich sah vor einem Augenblick, wie er der alten Bessie ein Eisen anpaßte, indem er ihr einen halben Zoll vom Huf abfeilte.«

»Er weiß doch, daß er das nicht darf.«

»Schicken Sie ihn weg«, wiederholte Forrest. Dann kitzelte er sein unruhiges Pferd ganz leicht mit den Sporen, daß es den Weg entlang schoß, immer noch mit dem Kopfe schlagend und versuchend, sich auf die Hinterfüße zu stellen.

Als Forrest einen der Wege, die von dem gemeinsamen Mittelpunkt, dem Großen Hause, strahlenförmig nach allen Seiten liefen, entlang galoppierte, überholte er Crellin, dem die ganze Schweinezucht unterstand, und erfuhr von ihm, daß Lady Isleton, eine auf allen Tierschauen von Seattle bis San Diego mit dem ersten Preise bedachte Sau, elf Ferkel geworfen hatte und sich ausgezeichnet befand. Crellin berichtete, daß er die ganze Nacht aufgewesen war und jetzt nach Hause wollte, um zu baden und zu frühstücken.

»Ich höre, daß Ihre älteste Tochter mit der Schule fertig ist und gern nach Stanford möchte«, sagte Forrest und hielt das Pferd, das er schon angetrieben hatte, wieder an.

Crellin war ein junger Mann von fünfunddreißig. Er hatte die Reife der Vaterwürde, gleichzeitig aber hatte er sich die Jugendlichkeit bewahrt, die eine Folge reinen, gesunden Lebens in frischer Luft ist. Er nickte, und eine leichte Röte unter der sonnengebräunten Haut zeigte, daß er sich über das Interesse seines Brotherrn freute.

»Sie sollten sich die Sache doch gut überlegen«, riet Forrest. »Stellen Sie mal eine Statistik über all die jungen Mädchen auf, die die höheren Schulen und Universitäten besucht haben, dann werden Sie sehen, wie viele von ihnen Karriere machen und wie viele, sobald sie ihr Examen bestanden haben, einfach Frauen und Mütter werden.«

»Helen ist ganz darauf versessen«, wandte Crellin ein.

»Wissen Sie noch, wie mir der Blinddarm herausgenommen wurde?« fragte Forrest. »Damals hatte ich eine prachtvolle Krankenschwester, ein so nettes Mädel, wie es nur je auf zwei Beinen herumgelaufen ist. Ihr fehlten damals noch sechs Monate an ihrer Ausbildung, aber vier Monate später mußte ich ihr ein Hochzeitsgeschenk schicken.«

In diesem Augenblick kam eine leere Dungstreumaschine vorbeigefahren und zwang die beiden Männer zum Ausweichen. Forrest blickte mit einem frohen Schimmer in den Augen auf das Handpferd vor der Maschine, eine große, wohlproportionierte Shirestute, deren Preise nebst denen ihrer Nachkommenschaft eines geübten Rechenmeisters bedurft hätten, um sie aufzuzählen und zu klassifizieren.

»Sehen Sie die Fotherington-Prinzessin«, sagte Forrest und nickte der Stute zu, die sein Auge erfreut hatte. »Das ist ein Weibsbild, wie es sein soll. Nur durch tausendjährige Zuchtwahl hat man ein Zugtier schaffen können, das allen anderen Zugtieren überlegen ist. Aber das kommt erst in zweiter Linie. In erster ist sie ein Weibsbild. Alles in allem lieben sie – und unsere Menschenweiber vor allem – uns Männer und sind in tiefster Seele mütterlich. Das viele Gerede der modernen Frauen von Stimmrecht und Karriere hat keine biologische Berechtigung.«

»Ja, aber eine ökonomische«, wandte Crellin ein.

»Sehr richtig«, gab sein Brotherr zu, schränkte seine Zustimmung aber gleich wieder ein: »Unser jetziges Industriesystem verhindert Ehen und zwingt die Frau, sich eine Zukunft zu schaffen. Aber vergessen Sie nicht, daß Industriesysteme kommen und gehen, während die Biologie ewig währt.«

»Es ist heutzutage nicht so leicht, junge Frauen mit der Ehe zu befriedigen«, meinte Crellin nachdenklich.

Dick Forrest lachte ungläubig.

»Das weiß ich doch nicht«, sagte er. »Ihre eigene Frau zum Beispiel mit ihrer humanistischen Bildung, – was hat sie nun davon? ... Zwei Jungens und drei Mädels, nicht wahr? Wenn ich nicht irre, haben Sie mir selbst erzählt, daß sie das ganze letzte Jahr vor dem Examen mit Ihnen verlobt war.«

»Sehr richtig, aber ...« fuhr Crellin, mit einem heiteren Blick das gut gewählte Beispiel quittierend, fort, »aber das ist fünfzehn Jahre her, und in diesen fünfzehn Jahren haben sich die ehrgeizigen Träume und Ideale unserer jungen Mädchen sehr geändert.«

»Glauben Sie das nicht. Ich sage Ihnen, Crellin, es ist statistisch bewiesen. Alles, was dagegen spricht, ist nur etwas Vorübergehendes, aber Weib wird immer Weib bleiben, in alle Ewigkeit.«

»Jede Frau, ja sogar jedes Mädchen, will nun einmal bei uns Männern ihren Willen durchsetzen«, murmelte Crellin.

»Und Ihr Mädel wird nach Stanford kommen«, lachte Forrest, sein Pferd zum Galopp anspornend, »und Sie und ich und alle Männer werden in alle Ewigkeit dafür zu sorgen haben, daß die Weiber ihren Willen kriegen.«

Noch einmal machte Dick Forrest Halt, ehe er das Große Haus erreichte. Den Mann, den er anhielt, nannte er Mendenhall. Er war Sachverständiger für Pferde und Weiden. Man sagte von ihm, daß er jeden Grashalm auf dem Gute kannte.

Auf ein Zeichen Forrests hielt Mendenhall die beiden jungen Pferde an, die er gerade einfuhr. Was Forrest veranlaßte, ihm das Zeichen zu geben, war ein Schimmer von den fernen Almen hinter dem nördlichen Talrand, die sich tiefgrün im Sonnenschein in dem ungeheuren Tiefland des Sacramentotals verloren.

Sie sprachen in kurzen Sätzen wie Männer, die sich ganz verstehen und wissen, wovon sie reden. Sie sprachen über die Lebensbedingungen der verschiedenen Herden in Vergangenheit, Gegenwart und Zukunft, sowie über die Aussichten der fernen Almen, und wieviel Heu noch vom Winter übrig geblieben sei in den schirmenden Gebirgstälern, wo die Herden überwintert hatten und gefüttert worden waren.

Beim Bindebalken unter den Eichen kam ein Stallknecht Forrest entgegengelaufen, um sein Pferd in Empfang zu nehmen. Er gab noch einen Auftrag bezüglich eines Pferdes namens Duddy, worauf er mit klirrenden Sporen in das Große Haus trat.

Forrest begab sich in einen anderen Flügel des Großen Hauses. Er trat durch eine massive, eisenbeschlagene Tür aus roh behauenen Balken in den unteren Teil eines Bauwerks, das einem Kerkerturm glich. Der Fußboden war zementiert, und nach verschiedenen Richtungen führten Türen hinaus. Durch eine von ihnen konnte man einen Chinesen mit weißer Schürze und steifer Kochmütze sehen, und aus demselben Raum ertönte das leise Surren einer Dynamomaschine. Sie war es, die Forrest veranlaßte, vom geraden Wege abzuweichen. Er blieb stehen und guckte durch die angelehnte Tür in einen kühlen, zementierten, elektrisch erleuchteten Raum, in dem ein langer Eisschrank mit Glastüren und Glasborden, sowie auf der einen Seite eine Eismaschine, auf der anderen die Dynamomaschine standen. Auf dem Boden lag ein kleiner Mann in fleckigem Arbeitszeug. Forrest nickte ihm zu.

»Etwas nicht in Ordnung, Thompson?« fragte er.

»War«, lautete die Antwort klar und bündig.

Forrest schloß die Tür und schritt weiter durch einen Gang, der einem Tunnel glich. Durch schmale, vergitterte Öffnungen, die den Schießscharten einer mittelalterlichen Burg glichen, fiel gedämpftes Licht auf seinen Weg. Eine neue Tür führte in einen langen, niedrigen Raum mit Balkendecke und einem Kamin, an dem man einen ganzen Ochsen hätte braten können. Ein mächtiger Holzkloben lag auf einer Unterlage von Kohlen und flammte lustig. Zwei Billards, einige Spieltische, bequeme Sessel und eine winzige Bar bildeten im wesentlichen die Einrichtung der Stube. Zwei junge Leute kreideten ihre Billardqueues ein und erwiderten Forrests Gruß.

»Guten Morgen, Herr Naismith«, neckte er. »Wieder neuer Stoff für die ›Breeders' Gazette‹?«

Naismith, ein dreißigjähriger, bebrillter, junger Mann lächelte und nickte in der Richtung seines Mitspielers.

»Wainwright hat mich herausgefordert«, erklärte er.

»Das heißt, daß Lute und Ernestine noch schlafen.«

Bert Wainwright richtete sich auf, um zu antworten, ehe er aber dazu kam, ging sein Wirt schon weiter, indem er Naismith über die Schulter hinweg zuwarf:

»Kommen Sie mit um halb zwölf? Thayer und ich fahren mit dem Auto hinaus, um nach den Shropshire-Schafen zu sehen. Er will ein Dutzend Wagenladungen Widder haben. Das würde einen guten Stoff für einen Artikel in den ›Idahoer Nachrichten‹ abgeben. Nehmen Sie Ihre Kamera mit. Haben Sie Thayer heute morgen schon gesehen?«

»Er kam zum Frühstück, als wir gerade fertig waren«, warf Bert Wainwright ein.

»Wenn Sie ihn sehen, so sagen Sie ihm, daß er sich um halb zwölf bereithalten soll. Dich fordere ich nicht auf, mitzukommen, Bert ... aus Liebenswürdigkeit. Bis dahin sind die Mädels sicher aufgestanden.«

»Willst du nicht wenigstens Rita mitnehmen?« bat Bert.

»Nicht zu machen«, lautete die Antwort Forrests, der schon in der Tür stand. »Es ist Geschäft. Übrigens könntest du Rita gar nicht von Ernestine losreißen, und wenn du einen Kran nähmst.«

»Ich wollte ja eben sehen, ob du es fertig brächtest,« lachte Bert.

»Komisch, daß junge Leute nie ihre eigenen Schwestern zu schätzen wissen.« Forrest hielt den Bruchteil einer Sekunde inne. »Ich finde, daß Rita eine prachtvolle Schwester ist. Was hast du gegen sie?«

Ehe der andere antworten konnte, hatte Forrest schon die Tür hinter sich geschlossen und schritt sporenklirrend zu einer breiten Betontreppe. Als er den Fuß auf die erste Stufe setzte, hörte er Tanzmusik und Gelächter, was ihn verlockte, in ein weißes Stübchen, das von Sonne durchflutet war, zu gucken. Ein junges Mädchen in rotem Kimono und Morgenhäubchen saß am Flügel, während zwei andere, ähnlich gekleidet, eng umschlossen einen Tanz parodierten, den sie nie in einem Tanzkursus gelernt hatten, und der auch nicht für Männeraugen berechnet war.

Das junge Mädchen am Flügel erblickte ihn zuerst, blinzelte schelmisch mit den Augen und spielte weiter. Erst nach einer Minute bemerkten die Tanzenden ihn, schrien erschrocken auf und fielen sich, als die Musik aufhörte, lachend in die Arme. Sie waren alle drei strahlend gesunde, junge Geschöpfe, und Forrests Augen leuchteten, als er sie sah, wie sie beim Anblick der Fotherington-Prinzessin geleuchtet hatten.

Neckereien, wie sie unter jungen Menschen beiderlei Geschlechts üblich sind, flogen hin und her.

»Ich stehe schon fünf Minuten hier«, behauptete Dick Forrest.

Um ihre Verwirrung zu verbergen, bezweifelten die beiden Tänzerinnen seine Glaubwürdigkeit und führten Beispiele seiner bekannten und berüchtigten Verlogenheit an. Das junge Mädchen am Klavier, seine Schwägerin Ernestine, behauptete, daß er stets die Wahrheit spräche, daß sie ihn vom ersten Augenblick an gesehen, und daß er ihrer Berechnung nach viel länger als fünf Minuten dagestanden und zugesehen hätte.

»Und dabei glaubt Bert, das Unschuldslamm, daß ihr noch nicht aufgestanden seid«, übertönte Forrests Stimme ihr heiteres Plaudern.

»Das sind wir auch noch nicht – für ihn wenigstens«, antwortete die eine der Tänzerinnen, eine lebhafte junge Schönheit. »Und für dich übrigens auch nicht. Mach nur, daß du wegkommst, mein Junge. Mach, daß du wegkommst!«

»Nun höre aber mal, Lute,« begann Forrest streng, »wenn ich auch ein hinfälliger, alter Mann bin und wenn du auch nur achtzehn, ganze achtzehn Jahre alt und zufällig die Schwester meiner Frau bist, so brauchst du doch nicht zu versuchen, dich vor mir aufzuspielen. Vergiß nicht, – ich muß es sagen, so unangenehm es dir auch vor Rita sein mag, – vergiß nicht, daß ich dich in den letzten zehn Jahren öfters verhauen habe, als dir aufzuzählen lieb wäre. Es ist richtig, daß ich nicht mehr so jung bin, wie ich war, aber« – er befühlte die Muskeln seines rechten Armes und machte Miene, sich die Ärmel aufzukrempeln – »aber ich bin doch noch kein Tattergreis, und ich hätte große Lust ...«

»Wozu?« fragte das junge Mädchen kriegerisch.

»Ich hätte große Lust,« murmelte er düster, »große Lust dich ... Übrigens, – es tut mir leid, es dir sagen zu müssen, – dein Häubchen sitzt nicht grade. Und besonders geschmackvoll ist es auch nicht.«

Lute warf ihr blondes Köpfchen herausfordernd zurück, blickte ihre Freundinnen hilfesuchend an und sagte dann:

»Ach, ich weiß nicht. Ich halte es doch für höchst wahrscheinlich, daß wir drei Mädchen noch mit einem Mann von deinem ehrwürdigen und soliden Habitus fertig werden können. Was meint ihr, Kinder? Los! Er ist schon vierzig und hat Krampfadern. Ich verrate zwar nicht gern Familiengeheimnisse, aber alles hat seine Grenzen.«

Ernestine, eine etwas robuste, kleine, achtzehnjährige Blondine, sprang vom Flügel auf, und alle drei unternahmen einen Plünderungszug nach den Sofakissen in den tiefen Fensternischen. Nebeneinander, ein Kissen wurfbereit in jeder Hand, rückten sie gegen den Feind vor.

Forrest machte einen kräftigen Ausfall, die jungen Mädchen stoben auseinander und drangen von allen Seiten mit den Kissen auf ihn ein. Mit ausgebreiteten Armen und gespreizten, krummen Fingern ging er auf alle drei los. Der Kampf wurde zu einem wahren Wirbelsturm. Flatternde Tücher, Seidenpantöffelchen, Morgenhäubchen und Haarnadeln flogen nach allen Seiten.

Dick Forrest lag auf allen Vieren, atemlos von dem Kissenbombardement, und die Ohren summten ihm tüchtig von den vielen Schlägen. In der Hand hielt er als Trophäe einen zerrissenen Gürtel aus blauer Seide mit rosa Rosen.

In der einen Tür stand Rita mit flammenden Wangen, wachsam und fluchtbereit wie ein Reh, in der anderen Ernestine, ebenfalls mit flammenden Wangen, in ehrfurchteinflößender Stellung wie die Mutter der Gracchen, die traurigen Reste des Kimonos in strengen Falten um sich drapiert und von der einen Hand gehalten, die sie in die Hüfte stemmte. Lute war hinter dem Flügel eingeklemmt und versuchte, wegzukommen, wurde aber von Forrest zurückgetrieben, der drohend auf Händen und Knien lag und wie ein wilder Stier brüllte.

»Und dabei gibt es Leute, die immer noch an die prähistorischen Mythen glauben,« verkündete Ernestine aus ihrem sicheren Zufluchtsort, »daß dieses elende menschliche Wesen, das hier auf allen Vieren im Staube liegt, Berkeley einst zum Siege über Stanford geführt habe.«

Ihre Brust wogte vor Anstrengung, und er bemerkte mit Freude, wie die schimmernde Seide sich hob und senkte, während sie sich nach ihren Freundinnen umsah, die ebenso schwer atmeten.

Der Flügel war ein winziges Instrument – ein zierliches Möbel in Weiß und Gold, wie alles übrige im Zimmer. Er stand nicht direkt an der Wand, so daß Lute nach beiden Seiten hinausschlüpfen konnte. Forrest erhob sich und machte Miene, über das Instrument hinwegzuspringen. Da rief Lute erschrocken:

»Aber deine Sporen, Dick! Deine Sporen!«

»Dann laß mir Zeit, sie abzuschnallen«, schlug er vor.

Als er niederkniete, um sie abzuschnallen, machte Lute einen schnellen Fluchtversuch, wurde aber hinter den Flügel zurückgetrieben.

»Wie du willst, mein Kind.« Forrest legte die Hände auf den Flügel und trat ein paar Schritte zurück. »Jetzt springe ich.«

Die Tat folgte den Worten unmittelbar; er schwang sich seitwärts über den Flügel, die gefährlichen Sporen einen ganzen Fuß über der weißen, schimmernden Fläche. Im selben Augenblick duckte sich Lute und kroch auf Händen und Füßen unter den Flügel. Unglücklicherweise stieß sie sich den Kopf, und ehe sie sich besinnen konnte, war Forrest schon um das Instrument herumgelaufen und hielt sie fest.

»Komm heraus!« befahl er. »Komm heraus, damit du deine Strafe kriegst!«

»Gnade!« flehte sie. »Gnade, Herr Ritter, im Namen der Liebe und aller in Not befindlichen Jungfrauen.«

»Ich bin kein Ritter,« verkündete Forrest im tiefsten Baß. »Ich bin ein Ungeheuer, ein scheußliches, unverbesserliches Ungeheuer. Ich bin aufgezogen mit dem Blut von im Millschen Seminar erzogenen Jungfrauen.«

»Kann denn gar nichts deine Wildheit bannen und besänftigen?« fragte Lute, schwärmerisch flehend, während sie die Möglichkeit einer Flucht überdachte.

»Nur eines, Elende! Nur eines auf der Erde, über ihr und unter ihren rinnenden Wassern.«

Ein Freudenschrei der beiden anderen jungen Mädchen unterbrach ihn, und, immer noch unter dem Flügel liegend, rief Lute dem jungen Wainwright, der auf dem Schauplatz erschienen war, zu:

»Zu Hilfe, Herr Ritter! Zu Hilfe!«

»Laß ab von der Jungfrau!« ertönte Berts Herausforderung.

»Wer bist du?« fragte Forrest.

»König Georg, Kerl – ich meine St. Georg.«

»Dann bin ich dein Drache«, verkündete Forrest mit gehöriger Demut. »Schone diesen meinen einzigen, alten und ehrwürdigen Hals.«

»Hau ihm den Kopf ab!« riefen die jungen Mädchen eifrig.

»Haltet inne, ihr Jungfrauen, ich bitte euch!« sagte Bert. »Ich bin nur eine Flaumfeder, ein Nichts, aber ich fürchte mich nicht. Ich will den Drachen besiegen.«

»Hau ihm den Kopf ab!« jubelten die jungen Mädchen. »Laß ihn in seinem eigenen Blut ersticken und brate ihn ganz!«

»Ich ergebe mich«, stöhnte Forrest. »Es ist aus mit mir. Das also ist die Barmherzigkeit, die man von jungen Christenweibern im Jahre des Herrn 1914 zu erwarten hat! Von jungen Weibern, die dereinst das Stimmrecht erhalten! St. Georg – sagen wir also, daß mein Kopf abgehauen ist. Ich bin tot. Meine Geschichte ist aus.«

Und jammernd und ächzend, unter realistischen Zuckungen und Beinverrenkungen und mächtigem Sporenklirren legte Forrest sich der Länge nach hin und gab seinen Geist auf.

Lute kroch unter dem Flügel hervor, und die drei jungen Mädchen führten einen Harpyentanz um den Erschlagenen auf.

Aber mitten darin setzte Forrest sich auf und protestierte. Er blinzelte dabei Lute vertraulich und bedeutungsvoll an.

»Der Held!« rief er. »Vergeßt ihn nicht. Bekränzt ihn mit Blumen.«

Und Bert wurde bekränzt, und zwar mit Blumen aus Vasen, die seit dem vorigen Tage kein frisches Wasser gesehen hatten. Als ihm ein Strauß früher Tulpen mit nassen, schleimigen Stengeln von Lutes kräftigem Arm an den Kopf geworfen wurde, floh er. Der Lärm der Verfolgung hallte durch den Vorraum und verlor sich schließlich die Treppe zum Billardzimmer hinab. Forrest stand auf und schritt lachend, mit klirrenden Sporen weiter durch das Große Haus.

Er durchschritt zwei Höfe, lange, mit Fliesen belegte und überdachte Gänge, die unter Blumen und Laub fast begraben waren, und erreichte, immer noch atemlos von dem heiteren Spiel, seinen eigenen Flügel des Hauses, wo sein Sekretär ihn in seinem Arbeitszimmer erwartete.

»Guten Morgen, Blake«, sagte er. »Es tut mir leid, daß ich Sie warten ließ.« Er sah auf seine Armbanduhr. »Aber es sind nur vier Minuten. Ich konnte nicht früher loskommen.«

*

Die Zeit von neun bis zehn verbrachte Dick Forrest mit seinem Sekretär. Sie erledigten gemeinsam die Korrespondenz mit wissenschaftlichen Gesellschaften und allen möglichen Zuchtverbänden und landwirtschaftlichen Genossenschaften, an der ein gewöhnlicher, kleiner Geschäftsmann ohne Hilfe bis Mitternacht gesessen hätte.

Denn Dick Forrest war der Mittelpunkt eines Systems, das er selbst aufgebaut hatte, und auf das er im geheimen stolz war. Wichtige Briefe und Dokumente unterschrieb er selbst mit seiner unausgeglichenen Handschrift. Alle andern Briefe stempelte der Sekretär, der ferner im Laufe dieser einen Stunde die Antworten auf viele Briefe stenographierte. Nach Blakes persönlicher Meinung war seine Arbeitszeit länger als die seines Chefs, der aber — ebenfalls nach Ansicht Blakes — eine einzig dastehende Fähigkeit hatte, andere Leute zu beschäftigen.

Um Punkt zehn erschien Pittman, einer der Betriebsleiter, im Kontor, und Blake verschwand, mit Briefen, Dokumenten und Diktaphonwalzen beladen, in seinem Zimmer.

Von zehn bis elf kam ein ständig wechselnder Strom von Verwaltern und Betriebsleitern, alle geübt in der Kunst, sich kurz zu fassen und Zeit zu sparen, denn Dick Forrest hatte sie gelehrt, die Minuten, die sie bei ihm verbrachten, nicht mit Nachdenken zu vergeuden. Sie mußten vorbereitet sein, wenn sie Bericht erstatteten oder Vorschläge unterbreiteten. Bonbright, der Hilfssekretär, stellte sich stets um zehn Uhr ein, nahm Blakes Platz ein und schrieb mit seinem nie ruhenden Bleistift die hastig gewechselten Fragen und Antworten, Berichte, Vorschläge und Pläne nieder. Diese stenographischen Aufzeichnungen, die in zwei Exemplaren ins Reine geschrieben wurden, waren der Schrecken aller Verwalter und Betriebsleiter und zuweilen ihre Nemesis. Denn erstens hatte Forrest ein glänzendes Gedächtnis, und zweitens zeigte er ihnen gern, wie wertvoll die Aufzeichnungen Bonbrights waren.

War ein Verwalter fünf oder zehn Minuten bei ihm, so war er oft in Schweiß gebadet und vollkommen erledigt. Und doch stand Forrest die ganze Zeit unter Hochdruck und sprang sicher mit den zahllosen Einzelheiten der verschiedenen Betriebe um. Thompson, dem Obermaschinisten, erzählte er im Laufe von vier blitzschnellen Minuten, wo der Fehler des Dynamos für die Eismaschine des Großen Hauses steckte, gab Thompson die Schuld, diktierte Bonbright einen kurzen Brief mit Angabe von Kapitel und Seite des Bandes in der Bibliothek, der Thompson ausgehändigt werden sollte, sagte Thompson, daß Parkman, der Meiereiverwalter, in der letzten Zeit mit der Rohrleitung zu den Milchmaschinen unzufrieden gewesen war, und daß die Eismaschine in der Schlachterei nicht ihr gewohntes Quantum geliefert hatte. Jeder von ihnen war Spezialist, Forrest aber beherrschte jede Spezialität.

Um elf Uhr ging Wardman, sein Schafzuchtleiter, mit dem Bescheid, sich um halb zwölf mit Thayer, dem Aufkäufer von Idaho, einzustellen. Jetzt sollte er zunächst nach den Shropshire-Widdern sehen. Bonbright folgte ihm, und Forrest nahm eine vom Staate Iowa herausgegebene Broschüre über Schweinecholera zur Hand und begann zu lesen.

Bei seiner Größe und seinem Gewicht war Dick Forrest trotz seinen vierzig Jahren ein sehr stattlicher Mann. Seine Augen lagen grau und groß unter der vorspringenden Stirn, Wimpern und Brauen waren dunkel. Das Haar war dunkelblond, ins Kastanienbraune spielend, unter den etwas vorstehenden Backenknochen zeigten sich die Höhlen, die unbedingt zu diesem Gesichtstyp gehören. Die Kinnpartie war kräftig, ohne zu schwer zu wirken, die Nase gerade mit großen Nasenlöchern, das Kinn viereckig und entschlossen, ohne hart zu sein, und der Mund so weich wie der eines jungen Mädchens; doch konnten die Lippen zuweilen große Festigkeit verraten. Die Haut war glatt und sonnengebräunt, aber zwischen Brauen und Kopfhaar zeigte ein heller Streifen, wie weit ihn sein Pfadfinderhut vor der Sonne schirmte. Mundwinkel und Augen waren lachlustig, und die Wangen zeigten Falten, die vom Lachen zu kommen schienen. Ebenso stark aber war der Eindruck von Sicherheit, den jede Linie dieses so beredten Gesichtes machte.

Er hatte auch Ursache, sich sicher zu fühlen. Körper, Hirn und Lebensstellung hatten seit vielen Jahren die Probe bestanden. Obwohl der Sohn eines reichen Vaters, hatte er doch den ererbten Besitz nicht vergeudet. In der Großstadt geboren und aufgewachsen, war er aufs Land zurückgekehrt, und seine Arbeit hatte so reiche Früchte getragen, daß Viehzüchter sich nie trafen, ohne seinen Namen zu nennen. Er besaß ein schuldenfreies Gut von zweihundertfünfzigtausend Morgen, deren Wert zwischen tausend und hundert Dollar, zwischen hundert Dollar und zehn Cent schwankten, ja die stellenweise nicht einmal einen Penny wert waren. Die Verbesserungen, die er auf dieser Viertelmillion Morgen vorgenommen

– vom Dränieren der Wiesen mit Röhren bis zum Trockenlegen von Sümpfen mit Grabmaschinen, von Wegen bis zu ausgetrockneten Flußbetten, von Schuppen bis zum Großen Hause –, hatten Summen gekostet, von denen sich die Leute in der Umgegend einfach keine Vorstellung machen konnten.

Alles war großzügig und nach den neuesten Errungenschaften der Technik angelegt. Die höheren Angestellten bezogen ihren Fähigkeiten entsprechende Gehälter und wohnten in Häusern, die zwischen fünf- und zehntausend Dollar gekostet hatten, aber sie waren auch die tüchtigsten Fachleute, die zwischen dem Atlantischen und dem Stillen Ozean zu finden gewesen waren. Wenn er Benzin-Traktoren brauchte, bestellte er gleich zwei Dutzend. Wenn er Wasser in seinen Bergen abdämmte, handelte es sich um Millionen von Tonnen. Wenn er Gräben durch seine Sümpfe zog, vergab er nicht die Ausschachtungsarbeit, sondern kaufte gleich die mächtigen Maschinen, und gab es nicht Arbeit genug in seinen eigenen Sümpfen, so vereinbarte er die Trockenlegung von den Sümpfen mit den größeren Landwirten und Körperschaften am ganzen Sacramento.

Er selbst war klug genug zu wissen, daß er für die tüchtigsten Köpfe mehr als den üblichen Marktpreis bezahlen mußte, und er verstand die Köpfe, die er kaufte, so zu leiten, daß er Nutzen von ihnen hatte.

Bei alledem war er erst vierzig Jahre alt, stark, kläräugig, ruhig, und sein Puls schlug gesund und kräftig, obgleich er bis zu seinem dreißigsten Lebensjahre ein wildes Leben geführt hatte. Mit dreizehn Jahren war er von einem Millionärheim weggelaufen. Mit einundzwanzig hatte er die Universität mit Glanz absolviert, und dann hatte er alle blauen Häfen in allen blauen Meeren besucht und sich mit klarem Kopf, warmblütig und lachend, in jede Gefahr der wilden Abenteuerwelt gestürzt, bis er gelernt hatte, sich Gesetz und Ordnung zu fügen.

In alten Tagen war Forrest einer der Namen gewesen, deren Klang in San Francisco Wunder tat. Das Palais der Familie auf Nob Hill war eines der ersten, die Leute wie Flood, Mackay, Crocker und O'Brien in diesem aristokratischen

Viertel erbauten. Dicks Vater, Richard Forrest, »Glücks-Forrest« genannt, ein Mann mit ausgeprägtem Geschäftssinn, war aus Neu-England gekommen. Ehe er seine Heimat verließ, hatte er sich für Schnellsegler und deren Bau interessiert. Unmittelbar nach seiner Ankunft in San Francisco hatte er sein Interesse Hafengrundstücken, Flußdampfern, natürlich Minen und später der Trockenlegung des Nevada Comstock und dem Bau der Süd-Pacific-Bahn zugewandt.

Er spielte hoch, mit großem Gewinn und großem Verlust, gewann aber stets mehr, als er verlor, und was er mit einer Hand ausgab, nahm er in einem neuen Spiel mit der andern wieder ein. Seinen Gewinn in Comstock warf er in verschiedene Löcher der bodenlosen Daffodil-Minen in Eldorado. Aus den traurigen Resten der Benicia-Bahn schuf er die Napagesellschaft, ein Quecksilberunternehmen, das ihm fünftausend Prozent brachte. Was er beim Konkurs des stark propagierten Stockton-Unternehmens zusetzte, verdiente er wieder an seinen Grundstücken in Sacramento und Oakland.

Das tollste aber war, wie »Glücks-Forrest« durch eine ganze Reihe von Unglücksfällen alles, was er besaß, verloren hatte, so daß San Francisco schon diskutierte, wieviel das Palais auf Nob Hill auf einer Auktion einbringen könnte, und er einem gewissen Del Nelson Geld zur Ausrüstung einer Expedition nach Mexiko gab. Und das Ergebnis von der Suche dieses Del Nelson nach Quarz war die sogenannte Harvest-Gruppe, die die phantastischen, unerschöpflichen Minen Rattlesnake, Voice, City, Desdemona, Bullfrog und Yellow Boys umfaßte. Der durch sein eigenes Glück ganz verstörte Del Nelson hatte sich, ehe das Jahr um war, in einem mächtigen Quantum schlechten Whiskys zu Tode gesoffen, und da sein Testament mangels Angehöriger nicht umzustoßen war, erbte »Glücks-Forrest« auch seinen Anteil.

Dick Forrest war der echte Sohn seines Vaters. »Glücks-Forrest«, dieser Inbegriff grenzenloser Energie und Unternehmungslust, war, obgleich zweimal verheiratet gewesen und zweimal Witwer geworden, nicht mit Kindern gesegnet. Er verheiratete sich zum dritten Mal im Jahre 1872, im Alter von achtundfünfzig Jahren. Im Jahre 1874 starb seine Frau und hinterließ ihm einen großen, kräftigen Jungen von zwölf Pfund, der von einem ganzen Regiment von Weibern auf Nob Hill aufgezogen wurde.

Dick war ein begabtes Kind. »Glücks-Forrest« war Demokrat. Resultat: Dick lernte in einem Jahr von Hauslehrern mehr, als er bei dreijährigem Schulbesuch gelernt hätte, und benutzte die ganzen, auf diese Weise gesparten Jahre, um im Freien zu spielen. Ein zweites Resultat von der Begabung des Sohnes wie von der demokratischen Anschauung des Vaters war, daß er das letzte Jahr in die Volksschule geschickt wurde, um auf gut demokratische Art neben den Söhnen und Töchtern von Arbeitern, kleinen Geschäftsleuten, Gastwirten und Politikern zu sitzen.

Wenn es galt, Verse aufzusagen oder zu buchstabieren, halfen ihm die Millionen seines Vaters nicht im geringsten im Wettkampf mit Patsy Halloran, dem mathematischen Wunderkind, dessen Vater Maurergeselle war, oder mit Mona Sanguinetti, die fabelhaft buchstabierte, und deren Mutter Witwe war und einen Gemüseladen hatte. Die Millionen seines Vaters und das Palais auf Nob Hill halfen dem jungen Dick auch nicht, als er die Jacke abwarf und mit den Fäusten auf Jimmy Bots, Jean Choyinski und die andern jungen Burschen losging, die einige Jahre später Ruhm und Reichtum gewinnen sollten, eine Generation von Boxern, wie nur San Francisco sie hervorbringen konnte.

Das Klügste, was »Glücks-Forrest« für seinen Jungen tat, war, daß er ihm diese demokratische Erziehung zuteil werden ließ. Im Herzen vergaß Dick nie, daß er in einen Palast mit großer Dienerschaft gehörte, und daß sein Vater ein mächtiger und angesehener Mann war. Andererseits aber lernte Dick die zweibeinige, zweifäustige Demokratie kennen. Er lernte sie kennen, als Mona Sanguinetti ihn in Grund und Boden buchstabierte, und als Berney Miller ihn beim Spiel in der Schule völlig an die Wand drückte.

Und als Tim Hagan zum hundertsten Male mit der linken Faust nach seiner blutenden Nase und seinem zerschlagenen Mund auslangte und ihm mit der rechten immerfort den Bauch bearbeitete, so daß der Atem ihm mühsam durch die zerschundenen Lippen pfiff, hatte er keine Zeit, sich nach Hilfe vom Palais oder vom Bankkonto umzusehen. Auf seinen zwei Beinen, mit seinen zwei Fäusten stand er Tim gegenüber, und es galt entweder ihn selbst oder den andern. Hier war es denn auch, wo der junge Dick unter Schweiß und Blut und mit eisernem Willen eine Niederlage in einen halben Sieg verwandeln lernte. Es war von Anfang an ein hoffnungsloser Kampf gewesen, und doch hatte er ausgehalten, bis die Zuschauer zu dem Ergebnis kamen, daß keiner der beiden Jungen den andern besiegen konnte, wenn sie das auch erst einsahen, als beide übel und erschöpft und vor Trotz und Wut weinend auf dem Boden lagen. Von jetzt an waren sie Freunde und beherrschten gemeinsam den ganzen Schulhof.

»Glücks-Forrest« starb im selben Monat, als der junge Dick die Mittelschule verließ.

Dick war dreizehn Jahre alt, besaß zwanzig Millionen Dollar und nicht einen Verwandten auf der Welt, der sich um ihn gekümmert hätte. Er herrschte über ein ganzes Palais voller Dienerschaft, eine Dampfjacht, Stallungen und dazu einen Sommerpalast weiter südlich auf der Halbinsel, in der Millionärskolonie Mento. Nur eines beschwerte ihn: ein Vormundschaftsrat.

Eines Sommernachmittags wohnte er in der großen Bibliothek der ersten Sitzung des Vormundschaftsrates bei. Es waren drei im ganzen, alles ältere, wohlhabende Juristen und Geschäftsfreunde seines Vaters. Als sie Dick seine Lage auseinandersetzten, hatte er den Eindruck, daß sie es zwar ganz gut mit ihm meinten, aber kein Verständnis für ihn hätten. Seiner Meinung nach war es schon viel zu lange her, daß sie selbst Jungen gewesen waren. Und er kam auf seine eigene, sichere Weise zu dem Ergebnis, daß er selbst der einzige Mensch auf der Welt war, der wissen konnte, was ihm frommte.

Herr Crockett hielt eine lange Rede, die Dick mit geziemender Aufmerksamkeit anhörte, wobei er jedesmal, wenn das Wort direkt an ihn gerichtet wurde, nickte. Dann ergriffen die Herren Davidson und Slocum das Wort und erfuhren die gleiche rücksichtsvolle Behandlung. Unter anderm hörte

Dick, welch prächtiger Mensch sein Vater gewesen war, und daß das von den drei Herren gemeinsam ausgearbeitete Programm ihn zu einem ebenso ausgezeichneten und aufrechten Manne machen sollte.

Als sie fertig waren, nahm Dick das Wort.

»Ich habe darüber nachgedacht,« verkündete er, »und zu allererst möchte ich reisen.«

»Das kommt später, mein Junge«, meinte Herr Slocum beruhigend. »Wenn – sagen wir – wenn du dein Abitur gemacht hast. Dann wird dir ein Jahr im Ausland sehr gut tun – gewiß.«

»Natürlich,« warf Davidson schnell dazwischen, der das Aufblitzen in den Augen des Knaben und den Zug von Festigkeit, der unwillkürlich um seinen Mund trat, gesehen hatte, »natürlich kannst du unterdessen kleinere Reisen machen – innerhalb gewisser Grenzen – in deinen Ferien. Ich bin sicher, daß deine andern Vormünder mit mir einig sind, daß solche kleinen Reisen mit passender Begleitung nur ratsam und nützlich wären.«

»Wieviel, sagten Sie, besitze ich?« fragte Dick, scheinbar zusammenhanglos.

»Zwanzig Millionen Dollar – sehr vorsichtig gerechnet – ja, zwanzig Millionen Dollar«, antwortete Herr Crockett schnell.

»Wenn ich nun sagte, daß ich jetzt gleich hundert Dollar haben möchte?« fuhr Dick fort.

Herr Slocum sah die andern unentschlossen an.

»Dann wären wir genötigt, dich zu fragen, wozu du das Geld brauchtest,« antwortete Herr Crockett.

»Und wenn ich nun,« sagte Dick sehr langsam und blickte Herrn Crockett fest in die Augen, »wenn ich nun sagte, daß es mir sehr leid täte, daß ich es aber nicht sagen wollte?«

»Dann bekämst du es nicht«, sagte Herr Crockett so schnell, daß es fast gereizt klang.

Dick nickte langsam, als wollte er sich die Situation richtig klarmachen.

»Ja, mein Junge,« fügte Herr Slocum schnell hinzu, »du mußt doch verstehen, daß du noch zu jung bist, um mit Geldsachen zu tun zu haben. In all diesen Dingen müssen wir für dich bestimmen.«

»Sie meinen also, daß ich ohne Ihre Erlaubnis nicht einen Penny anrühren darf?«

»Nicht einen Penny«, sagte Herr Crockett, nun wirklich gereizt.

Dick nickte nachdenklich und murmelte: »Ach so.«

»Selbstverständlich, – das ist nicht mehr als recht und billig, – erhältst du ein festes Taschengeld,« sagte Davidson, »etwa einen oder zwei Dollar wöchentlich. Wenn du älter wirst, wird dieser Betrag erhöht werden. Und mit einundzwanzig wirst du zweifellos – natürlich mit einiger Anleitung – dein Geld selbst verwalten können.«

»Und bis ich einundzwanzig bin, kann ich von meinen zwanzig Millionen keine hundert Dollar haben, um sie nach eigenem Belieben zu verwenden?«

Davidson wollte dies freundlich bestätigen, wurde aber von Dick unterbrochen, der fortfuhr:

»Es ist also so zu verstehen, daß wir vier uns darüber einigen müssen, über wieviel Geld ich verfügen kann?«

Der Vormundschaftsrat nickte.

»Und daß unser Beschluß entscheidend ist?«

Der Vormundschaftsrat nickte wieder.

»Na ja, dann möchte ich gerne gleich hundert Dollar haben.«

»Wozu?« fragte Herr Crockett.

»Das will ich Ihnen gern sagen«, lautete die ruhige Antwort des Knaben. »Um zu reisen.«

»Du hast abends um halb neun Uhr im Bett zu liegen«, antwortete Herr Crockett. »Und die hundert Dollar bekommst du nicht. Die Dame, von der wir sprachen, wird etwas vor sechs hier sein. Sie wird dich, wie wir dir erklärt haben, beaufsichtigen. Das Mittagessen findet wie gewöhnlich um halb sieben Uhr statt; sie wird mit dir essen und dafür sorgen, daß du ins Bett kommst. Wie wir dir sagten, soll sie Mutterstelle an dir vertreten, – dafür sorgen, daß dein Hals und deine Ohren immer sauber sind –«

»Und daß ich jeden Sonnabend mein Bad bekomme«, fuhr Dick fromm fort.

»Jawohl.«

»Wieviel bezahlen Sie – oder ich – der Dame für ihre Arbeit?« fragte Dick mit einem der unangenehmen Seitensprünge, die er sich schon damals angewöhnt hatte, und die von seinen Lehrern und Kameraden gefürchtet waren.

Zum erstenmal mußte Herr Crockett sich räuspern, um Zeit zu gewinnen.

»Ja, denn schließlich bin ich es ja, der sie bezahlt, nicht wahr?« fuhr Dick fort. »Von meinen zwanzig Millionen.«

»Ganz sein Vater!« bemerkte Herr Slocum leise. »Frau Summerstone, ›die Dame‹, wie du sie zu nennen beliebst, erhält hundertfünfzig Dollar monatlich oder achtzehnhundert jährlich«, sagte Herr Crockett.

»Das ist rausgeworfenes Geld«, seufzte Dick. »Und dazu bekommt sie doch noch Kost und Logis. – Also dann danke ich Ihnen für Ihre Freundlichkeit«, sagte er, zu allen dreien gewandt. »Ich denke, wir werden uns schon vertragen. Natürlich gehören die zwanzig Millionen mir, und natürlich müssen Sie auf sie aufpassen, denn ich verstehe nichts von Geschäften —«

»Und wir werden dir dein Kapital vermehren, mein Junge, wir werden es dir vermehren – nach guten alten Methoden«, sagte Herr Slocum.

»Keine Spekulationen«, warnte Dick. »Vater hat Glück gehabt, aber ich habe ihn sagen hören, die Zeiten hätten sich geändert, und heute gäbe es nicht mehr die Chancen wie früher.«

Hieraus darf man nicht schließen, daß Dick kleinlich und geldgierig gewesen wäre. Im Gegenteil, er beschäftigte sich in diesem Augenblick heimlich mit Gedanken und Plänen, die nicht das geringste mit seinen zwanzig Millionen zu tun hatten, sondern ihn eher in eine Klasse mit den betrunkenen Matrosen stellten, die die Heuer von drei Jahren nach allen Seiten hinauswerfen.

»Ich bin natürlich nur ein Knabe«, fuhr der junge Dick fort. »Aber Sie kennen mich noch nicht richtig. Wir müssen uns allmählich besser kennenlernen, und nun nochmals vielen Dank.«

Er machte eine kurze Verbeugung, wie man sie früh in den Palästen von Nob Hill lernt und gab durch sein Schweigen zu verstehen, daß die Audienz beendigt war. Es entging seinen Vormündern denn auch nicht, daß er es war, der das Zeichen zum Aufbruch gegeben hatte, und sie zogen sich verdutzt und verwirrt zurück. Bei den Herren Slocum und Davidson wollte die Verwirrung, als sie die breite Steintreppe zu dem wartenden Wagen hinabschritten, dem Zorn weichen, aber der mürrische und bissige Herr Crockett murmelte begeistert: »Der verfluchte Bengel! Der verfluchte Bengel!«

Der Wagen brachte sie in den alten Pacific-Union-Club, wo sie noch eine ganze Stunde mit großem Ernst über die Zukunft des jungen Dick Forrest debattierten und sich wiederum gelobten, das Vertrauen, das »Glücks-Forrest« ihnen erwiesen hatte, nicht zu täuschen. Und den Hügel hinab, nach einem Stadtteil, wo das Gras zwischen dem Pflaster wucherte, da die Straßen zu steil für Pferd und Wagen waren, eilte der junge Dick Forrest allein und zu Fuß. Hier machten die Paläste der Nachbarn mit ihren ausgedehnten Parks unvermittelt elenden Gassen und hölzernen Arbeiterkasernen Platz. Das San Francisco von 1887 war dieselbe sinnlose Mischung von Armenvierteln und Palästen wie die alten Städte Europas. Nob Hill erhob sich wie eine mittelalterliche Burg hoch über das gemeine Volk, dessen Höhlen und Niederlassungen in wirrem Durcheinander um ihren Fuß lagen.

Dick blieb vor einem Krämerladen in einem Eckhaus stehen, dessen oberste Etage von Timothy Hagan senior bewohnt wurde, der diese Wohnung kraft seiner Stellung als Schutzmann und eines Monatsgehalts von hundert Dollar gewählt hatte, um sich hoch erhaben über seinesgleichen zu fühlen, die sich und ihre Familien für fünfundsiebzig Dollars monatlich ernähren mußten.

Vergebens pfiff Dick zu den offenen, nicht mit Läden versehenen Fenstern hinauf. Tim Hagan junior war nicht zu Hause. Dick vergeudete jedoch nicht viel Atem auf das Pfeifen, sondern dachte nach, wo Tim Hagan stecken mochte, als

Tim selbst mit einer Kanne schäumenden Bieres um die Ecke kam. Er grüßte mit einem Grunzen, und Dick antwortete mit einem ähnlichen Grunzen, – niemand würde geglaubt haben, daß er erst vor einem Augenblick eine Audienz mit drei der größten Handelsfürsten dieser Stadt mit den vielen Handelsdynastien abgeschlossen hatte. Und daß er der Besitzer von zwanzig Millionen war, konnte man weder aus seiner Stimme erkennen, noch machte es sein Grunzen auch nur einen Deut kultivierter.

»Ich hab' dich gar nicht mehr gesehn, seit dein Alter starb«, meinte Tim Hagan.

»Na, jetzt siehst du mich ja«, lautete die Antwort Dicks. »Aber hör' mal, Tim, ich muß ernsthaft mit dir reden.«

»Wart', bis ich das hier meinem Alten raufgebracht hab'«, sagte Tim, sachverständig das Bier in der Kanne betrachtend. »Er brüllt wie ein Ochse, wenn es schal ist.«

»Ach, du brauchst es ja bloß ein bißchen zu schütteln«, sagte Dick beruhigend. »Nur einen Augenblick. Ich brenne heut' abend durch. Kommst du mit?«

Tims kleine blaue Augen funkelten neugierig. »Wohin?« fragte er.

»Das weiß ich nicht. Kommst du mit? Wir können immer noch näher drüber reden, wenn wir wegkommen. Also, wie ist es?«

»Der Alte wird mir die Seele zum Leib herausprügeln«, sagte Tim nachdenklich.

»Das hat er schon früher getan, und ich finde nicht, daß du Schaden dabei genommen hast«, antwortete Dick gefühllos. »Wenn du mitkommst, treffen wir uns heut abend um neun beim Fährhaus. Also? Ich bin da.«

»Und wenn ich nicht da bin?« fragte Tim.

»Dann brenne ich doch durch.« Dick wandte sich zum Gehen, blieb aber stehen und warf leicht über die Schulter hin:

»Aber es ist schon besser, du kommst mit.«

Tim schüttelte das Bier und sagte ebenso gleichgültig: »Schön, ich werde da sein.«

Nachdem Dick sich von Tim Hagan getrennt hatte, folgten ein paar geschäftige Stunden. Zuerst suchte er einen Schulkameraden namens Marcovich auf, dessen Vater eine Gastwirtschaft hatte. Der junge Marcovich war Dick zwei Dollar schuldig, und Dick erklärte sich bereit, die Schuld gegen Zahlung von einem Dollar und vierzig Cent bar zu streichen.

Nunmehr wanderte Dick sehr verlegen und verwirrt die Montgomerystraße hinab, zwischen all den vielen Pfandleihen schwankend, die sich in der Hauptverkehrsader befanden. Schließlich ging er mit dem Mut der Verzweiflung in eine hinein und erhielt nach einigem Hin und Her einen Zettel und acht Dollar für seine goldene Uhr, die, wie er wußte, mindestens fünfzig wert war.

Das Mittagessen im Nob-Hill-Palais kam um halb sieben Uhr auf den Tisch. Er erschien um dreiviertel und fand Frau Summerstone vor. Sie war eine dicke, ältere Dame, die einst bessere Tage gesehen hatte und der großen Familie Porter-Rickington angehörte, deren Konkurs in den Siebzigern die ganze Pacific-Küste erschüttert hatte. Trotz ihrer Wohlbeleibtheit hatte sie, wie sie erklärte, schwache Nerven.

»Das geht aber nicht, Richard«, verwies sie ihn. »Das Essen wartet schon eine Viertelstunde, und du hast dich noch nicht einmal gewaschen.«

»Entschuldigen Sie, Frau Summerstone«, sagte Dick. »Ich werde Sie nie wieder warten lassen und Ihnen überhaupt nicht viel Mühe machen.«

Beim Essen, das in aller Feierlichkeit eingenommen wurde, – die beiden saßen allein in dem großen Speisesaal, – spielte sich Dick Frau Summerstone gegenüber vollkommen als Wirt auf.

»Es wird Ihnen hier schon gefallen, wenn Sie sich erst eingelebt haben,« sagte er. »Es ist ein gutes, altes Haus, und die Dienerschaft ist zum größten Teil seit Jahren hier.«

»Aber Richard,« sagte sie, ihn ernst lächelnd ansehend, »die Dienerschaft ist ja nicht für mein Wohlergehen maßgebend, sondern du.«

»Ich werde mein Bestes tun«, sagte er zuvorkommend. »Und mehr als das. Es tut mir leid, daß ich mich verspätet habe, aber es soll nicht wieder vorkommen. Ich werde Sie nicht im geringsten belästigen. Sie werden sehen! Es wird so sein, als ob ich gar nicht hier wäre.«

Als er ihr ›Gute Nacht‹ sagte, fügte er hinzu:

»Vor einem möchte ich Sie warnen: Ah Sing. Das ist unser Koch. Zwanzig, dreißig Jahre, glaub' ich, hat er für Vater gekocht, lange, ehe das Haus hier gebaut oder ich geboren wurde. Er hat Privilegien und ist so gewohnt, seinen Willen zu haben, daß man ihn wie ein rohes Ei behandeln muß. Wenn er einen aber gern hat, dann kann er sich auf den Kopf stellen, um es einem recht zu machen. Mich hat er zum Beispiel gern, und wenn Sie ihn dazu kriegen können, daß er Sie auch mag, dann werden Sie sich hier mehr als wohl fühlen. Und das verspreche ich Ihnen: Ich werde Ihnen keine Mühe machen. Sie werden denken, ich sei gar nicht da.«

Auf die Sekunde um neun Uhr traf Dick in seinem ältesten Zeug Tim Hagan beim Fährhaus.

»Nach Norden zu gehen, hat keinen Zweck«, sagte Tim. »Dort ist es bald Winter, und dann wird es zu kalt, um im Freien zu schlafen. Willst du nach Osten – das heißt, nach Nevada und in die Wüste?«

»Warum nicht nach Süden?« meinte Dick. »Wir könnten nach Los Angeles, nach Arizona und Neu-Mexiko – oh, und nach Texas.«

»Wieviel Geld hast du?« fragte Tim.

»Wozu?« stellte Dick die Gegenfrage.

»Wir müssen vor allem sehen, von hier wegzukommen, und das geht am schnellsten, wenn wir zunächst bezahlen. Ich – ich bin ein Floh, aber du nicht. Die Leute, die auf dich aufpassen, werden einen Höllenlärm schlagen. Sie werden so viele Detektive hinter uns herschicken, daß man nicht vor ihnen ausspucken kann. Wir müssen versuchen, durchzuwitschen.«

»Dann witschen wir eben durch«, sagte Dick. »Wir machen kurze Abstecher, mal nach der einen, mal nach der andern Seite, und bezahlen, bis wir nach Tracy kommen. Dann bezahlen wir nicht mehr und gehen nach dem Süden.«

Dieses Programm befolgten sie genau. Als zahlende Fahrgäste passierten sie Tracy sechs Stunden, nachdem die Polizei es aufgegeben hatte, die Züge zu untersuchen. In einem Anfall übertriebener Vorsicht bezahlte Dick noch die Fahrt bis nach Modesta. Dann übernahm Tim die Führung, und sie reisten als blinde Passagiere auf Güter- und Packwagen und auf Kuhfängern. Einmal kaufte Tim eine Zeitung und erschreckte Dick durch das Vorlesen der unheimlichen Berichte über die Entführung des jungen Erben der Forrestschen Millionen.

In San Francisco setzten die Vormünder dreißigtausend Dollar Belohnung auf die Herbeischaffung ihres Mündels aus, und Tim Hagan, der das alles las, als die beiden Jungen im Grase bei einem Wassertank lagen, prägte dem Hirne Dicks für immer die Lehre ein, daß Ehre, die nicht feil war, nicht von Stellung und Kaste abhing, daß sie in Palästen sowohl wie in einer armseligen Behausung über einem Krämerladen gedeihen konnte.

»Hoppla!« sagte Tim ins Blaue hinein. »Der Alte würde heilfroh sein, wenn ich aus der Schule schwatzte und die dreißigtausend verdiente. Mir wird ganz schwindlig, wenn ich daran denke.«

Aus dem Umstand, daß Tim so offen davon sprach, schloß Dick, daß der Sohn des Schutzmanns ihn unter keinen Umständen verraten würde.

Erst sechs Wochen später, in Arizona, berührte Dick die Sache.

»Siehst du, Tim,« sagte er, »ich habe Berge von Geld. Mein Vermögen wächst immerzu, und ich verbrauche nichts, – jedenfalls ist es nicht der Rede wert, – wenn Frau Summerstone auch achtzehnhundert Dollar jährlich und Kost und Logis dazu von mir kriegt, während wir beide uns mit den Überbleibseln aus den Eimern der Heizer in den Lokomotivschuppen begnügen müssen. Und dabei wächst mein Vermögen beständig. Was sind zehn Prozent von zwanzig Millionen Dollar?«

Tim Hagan starrte in die flimmernden Hitzewellen der Wüste und versuchte, das schwere Problem zu lösen.

»Was ist ein Zehntel von zwanzig Millionen?« fragte Dick gereizt.

»Hm! – Zwei Millionen natürlich.«

»Na, und fünf Prozent ist die Hälfte von zehn Prozent. Was bringen also zwanzig Millionen zu fünf Prozent jährlich?«

Tim überlegte.

»Die Hälfte, die Hälfte von zwei Millionen!« rief Dick. »Auf diese Weise werde ich jährlich um eine Million reicher. Denk daran und paß auf, was ich dir sage. Wenn ich wieder heimkehre, – und das wird viele Jahre dauern, – dann rechnen wir beide ab. Sobald ich es dir sage, schreibst du deinem Vater, dann kommt er irgendwohin, wo wir auf ihn warten, findet mich und bringt mich heim. Dann kriegt er die dreißigtausend Dollar, die meine Vormünder als Belohnung ausgesetzt haben, braucht nicht mehr Schutzmann zu spielen und kann eine Wirtschaft aufmachen.«

»Dreißigtausend Dollar ist ein verfluchter Haufen Geld.« Auf diese nachlässige Weise drückte Tim seine Dankbarkeit aus.

»Nicht für mich«, meinte Dick wegwerfend. »Dreißigtausend gehen dreiunddreißigmal in einer Million auf, und eine Million sind nur die Zinsen eines Jahres.«

Aber Tim Hagan sollte es nicht erleben, seinen Vater als Gastwirt zu sehen. Zwei Tage später warf ein Bremser, der besser Bescheid hätte wissen müssen, die Jungen bei einer Überführung von einem leeren Güterwagen herunter. Die Überführung überbrückte eine trockene Felsschlucht. Dick sah fünfundzwanzig Meter tief auf die Felsen hinunter und erhob Einwände.

»So ist ja Platz genug auf der Überführung,« sagte er, »wenn der Zug aber jetzt weiterfährt?«

»Er fährt nicht weiter, – runter mit euch, solange noch Zeit ist!« erklärte der Bremser. »Die Lokomotive nimmt drüben Wasser ein. Das tut sie immer hier.«

Aber gerade diesmal nahm die Lokomotive kein Wasser ein. Das Zeugenverhör bei der Leichenschau ergab, daß der Lokomotivführer die Zisterne leer gefunden hatte und deshalb weitergefahren war. Die beiden Knaben waren kaum vom Wagen heruntergeklettert und ein Dutzend Schritte weit auf den schmalen Steg zwischen dem Zuge und dem Abgrund gelangt, als der Zug anfuhr. Dick, der schnell und sicher erfaßte und eine erstaunliche Anpassungsfähigkeit hatte, ließ sich sofort auf Hände und Knie sinken. Dadurch bekam er mehr Halt und mehr Platz, weil er sich unter den vorspringenden Oberteil der Wagen duckte. Tim, der keine so schnelle Auffassungs- und Anpassungsgabe hatte und dazu, als echter Irländer, von Wut auf den Bremser gepackt wurde, warf sich nicht nieder, sondern blieb stehen und vertraute dem Bremser seine Meinung über ihn in unheimlichen, von seinen Vätern ererbten Wendungen an.

»Runter mit dir, – wirf dich hin!« rief Dick.

Aber die Gelegenheit war verpaßt. Die Lokomotive, die bergab fuhr, erreichte den Zug schnell. Das Gesicht den rollenden Wagen zugekehrt, die leere Luft hinter und die klaffende Tiefe unter sich, versuchte Tim, sich auf die Knie zu werfen. Aber bei der ersten Schulterdrehung kam er mit den Wagen in Berührung und hätte fast das Gleichgewicht verloren. Nur durch ein wahres Wunder vermochte er sich auf den Füßen zu halten, stand aber immer noch aufrecht da. Der Zug fuhr immer schneller. Es war unmöglich, sich niederzuwerfen.

Dick, der auf den Knien lag und sich festhielt, sah ihn unverwandt an. Der Zug vergrößerte seine Schnelligkeit, und die Wagen folgten immer rascher aufeinander. Tim stand kaltblütig da, den Rücken gegen den Abgrund, mit lose herabhängenden Armen und ohne einen Halt außer den Füßen. Er schwankte hin und zurück, und je schneller der Zug fuhr, desto mehr schwankte er, bis er seinen Willen aufs äußerste anspannte und feststand.

Alles würde gut gegangen sein, wäre nicht ein einziger Wagen fünfzehn Zentimeter breiter als die andern gewesen. Dick sah ihn kommen. Er sah, wie Tim sich bereit machte, der plötzlichen Einschnürung seines engen Standortes zu begegnen. Er sah, wie Tim sich langsam seitwärts schwang, so weit, wie es überhaupt möglich war, aber doch nicht weit genug. Es war unvermeidlich. Noch ein Zoll, und der Wagen wäre frei an Tim vorbeigegangen. Aber dieser eine Zoll fehlte, der Wagen packte ihn und schleuderte ihn rücklings hinab. Zweimal wirbelte er herum, dann schlug sein Kopf gegen den Felsen.

Tim regte sich nicht mehr. Dieser Sturz aus einer Höhe von fünfundzwanzig Meter brach ihm den Hals und zerschmetterte ihm den Schädel. Und in diesem einen Augenblick lernte Dick den Tod kennen – nicht den normalen, anständigen Tod unter zivilisierten Verhältnissen, den durch Ärzte, Krankenschwestern und Morphiumspritzen gemilderten, sondern den plötzlichen, den primitiven, häßlichen, ungeschminkten Tod, wie der eines Stieres auf der Schlachtbank.

Aber in diesem einen Augenblick lernte Dick noch etwas kennen – die Unbarmherzigkeit von Leben und Schicksal; die Feindseligkeit des Universums gegen die Menschen; die Notwendigkeit, zu erfassen und zu handeln, zu sehen und zu wissen, sicher und schnell zu sein, sich allen augenblicklichen Verschiebungen in dem Zusammenspiel der Kräfte, das das Leben ausmacht, anzupassen. Und neben den merkwürdig zusammengefallenen und eingeschrumpften Überresten dessen, was noch vor einem Augenblick sein Kamerad gewesen war, lernte Dick, daß man nicht mit Illusionen rechnen darf, und daß die Wirklichkeit nie lügt.

*

In Neu-Mexiko kam Dick für eine Weile auf die Jinglebob-Ranch, nördlich von Roswell, im Pecostal. Er war noch keine vierzehn Jahre alt, galt als »Glückskind« der Ranch und wurde von älteren Cowboys mit Namen wie Wildpferd, Willi Bock und Toller Pfaff zum perfekten Cowboy ausgebildet.

Hier blieb Dick ein halbes Jahr, und hier eignete sich der weichgliedrige und doch nicht unterzukriegende Junge eine Kenntnis von Pferden und ihrer Behandlung, sowie von Männern mit primitiven Gedanken und Gefühlen an, die ihm im späteren Leben von höchstem Werte werden sollte. Aber er lernte noch mehr. Da war John Chisum, der Besitzer von Jingle-bob, Bosque Grande und mancher andern Viehranch bis an den Black River und noch weiter. John Chisum war ein Viehkönig, der das Kommen der Kleinsiedler vorausgesehen, sich an Stacheldraht gewöhnt, die vierzig Morgen, auf denen es Wasser gab, gekauft und freies Nutzrecht der anstoßenden Millionen Morgen, die ohne das von ihm beherrschte Wasser wertlos waren, erlangt hatte. Und am Lagerfeuer aus den Gesprächen der Cowboys, deren Lohn sich auf vierzig Dollar monatlich belief, und die nicht vorausgesehen hatten, was John Chisum voraussah, lernte Dick genau, wie und warum John Chisum Viehkönig geworden war, während Tausende seiner Zeitgenossen gegen Kost und Lohn für ihn arbeiteten. Aber Dick war nicht kaltsinnig. Sein Blut war heiß, und er besaß Leidenschaft, Feuer und Mannesstolz. Fast weinend nach zwanzig Stunden im Sattel, lernte er doch, sich nichts aus seinen schmerzenden Gliedern zu machen und stoisch und stumm auszuhalten, bis die abgehärteten Cowboys ihn zu Bett schickten. Ebenso ritt er jedes Pferd, das ihm zugewiesen wurde, ritt die Nächte hindurch und kannte kein Zaudern, wenn es galt, sich einer durchgehenden Herde entgegenzuwerfen. Kein Wagnis war ihm zu groß, aber er behielt dabei stets seinen Wirklichkeitssinn. Er wußte gut, daß die Hirnschalen der Menschen dünn waren und leicht zerbrechen konnten, wenn sie mit harten Felsen oder trampelnden Pferdehufen in Berührung kamen. Und wenn er, der sonst jedes ihm angebotene Pferd ritt, sich weigerte, ein Tier zu besteigen, das mehrmals über seine eigenen Beine gestolpert war, so hatte er nicht etwa Furcht, sondern er wollte, daß die Möglichkeit, sich die Knochen zu brechen, derjenigen, heil davonzukommen, wenigstens die Wage hielt, wie er zu John Chisum sagte.

Während seines Aufenthalts auf Jingle-bob schrieb er eines Tages an seine Vormünder. Aber er ließ den Brief durch einen Chicagoer Viehhändler abschicken und gebrauchte zudem die Vorsicht, ihn an Ah Sing zu adressieren. Wenn Dick sich auch von seinen zwanzig Millionen nicht beschwert fühlte, so vergaß er sie doch nie, und da er fürchtete, daß sein

Vermögen unter entfernten Verwandten aus Neu-England aufgeteilt werden würde, schrieb er seinen Vormündern, daß er noch am Leben sei und in einigen Jahren heimkommen würde. Er bat sie ferner, Frau Summerstone unter den vereinbarten Bedingungen zu behalten.

Aber Dick juckten die Füße. Mehr als ein halbes Jahr konnte er nicht auf die Ranch opfern. Als Vagabund durchstreifte er die Vereinigten Staaten und machte die Bekanntschaft von Polizisten, Richtern, Vagabundengesetzen und Gefängnissen, von Vagabunden, Gelegenheitsarbeitern und Verbrechern. Bauernhöfe und Bauern lernte er kennen, und im Staate New-York pflückte er eine ganze Woche Beeren bei einem holländischen Bauern, der mit einem der ersten in den Vereinigten Staaten erbauten Silos experimentierte. Nicht Forscherdrang war es, was ihn trieb, dies alles kennen zu lernen. Er hatte nur die Neugier des echten Jungen und sammelte dabei ein ungeheures Wissen von der menschlichen Natur und den sozialen Verhältnissen, das ihm später sehr zustatten kam.

Seine Abenteuer schadeten ihm nichts. Selbst wenn er mit Leuten, die die Gefängnisse der Vereinigten Staaten gut kannten, am Lagerfeuer saß und auf die Erzählungen von ihrem Leben und ihren Verbrechen lauschte, hatte das keinen schlechten Einfluß auf ihn. Er war ein Zugvogel und aus anderem Blute als sie. Sicher im Bewußtsein seiner zwanzig Millionen, lockten ihn Raub und Diebstahl nicht. Er wollte nur sehen, immer mehr sehen.

Als drei Jahre vergangen und er fast sechzehn Jahre alt und ein abgehärteter junger Bursche mit einem Gewicht von hundertfünfundzwanzig Pfund geworden war, sagte er sich, daß es Zeit sei, zu den Büchern heimzukehren. Folglich machte er seine erste Seereise, ließ sich als Schiffsjunge auf einem Segelschiff für die Fahrt von Delaware nach San Francisco um Kap Horn herum anheuern. Es war eine schwere Reise, die hundertundachtzig Tage dauerte. Bei seiner Ankunft aber wog er zehn Pfund mehr.

Frau Summerstone schrie laut, als er in die Stube trat, und Ah Sing mußte aus der Küche geholt werden, um ihn zu identifizieren. Frau Summerstone stieß einen zweiten Schrei aus, als er ihr die Hand drückte und ihre feine Haut mit seiner zerarbeiteten, borkigen Faust schrammte.

Er war ziemlich verlegen, als er seine schnell herbeigerufenen Vormünder begrüßte, was ihn aber nicht hinderte, frei von der Leber weg zu reden.

»Ich bin nämlich kein Dummkopf«, sagte er. »Ich weiß, was ich will. Ich stehe allein in der Welt, bis auf einige gute Freunde wie Sie natürlich, und ich habe meine eigenen Begriffe von der Welt und dem, was ich in ihr ausrichten will. Ich bin wiedergekommen, weil ich fand, daß es Zeit war, und weil ich Pflichten gegen mich selber habe. In den vier Jahren, die ich auf der Wanderung war, ist es mir gut gegangen, und jetzt will ich weiter an meiner Ausbildung arbeiten – studieren, meine ich.«

»Ich schlage Belmont vor«, sagte Slocum. »Da kannst du dein Abitur machen.«

Dick schüttelte den Kopf.

»Und drei Jahre darauf verschwenden! Nein, ich will in weniger als einem Jahre auf der California-Universität sein. Das heißt, daß ich etwas tun muß. Ich will mir einen Hauslehrer oder, wenn es sein soll, ein Dutzend, engagieren und büffeln. Und ich will meine Lehrer selbst engagieren und – ja, gegebenenfalls – entlassen. Das heißt, daß ich Geld haben muß.«

»Hundert Dollar monatlich?« meinte Herr Crockett.

Dick schüttelte den Kopf.

»Ich bin drei Jahre lang ohne einen Pfennig von meinem Gelde fertig geworden; da, denke ich, kann ich jetzt in San Francisco etwas von meinem Gelde brauchen. Ich mache mir noch nichts daraus, mein Geld selbst zu verwalten, aber ich will ein Bankkonto haben, und zwar ein großes. Ich will mein Geld verbrauchen, wie ich es für gut befinde.«

Die Vormünder sahen sich verdutzt an.

»Das ist lächerlich, unmöglich«, begann Herr Crockett. »Du bist noch genau so unvernünftig, wie du warst.«

»So bin ich nun mal«, seufzte Dick. »Unser letzter Streit galt auch meinem Geld. Damals wollte ich hundert Dollar haben.«

»Aber bedenke doch unsere Lage, Dick«, sagte Herr Davidson eindringlich. »Wir sind deine Vormünder, und was würden die Leute sagen, wenn wir einen sechzehnjährigen Knaben frei über sein Geld verfügen ließen?«

»Was ist die ›Freda‹ wert?« fragte Dick unvermittelt.

»Sie ist jederzeit für zwanzigtausend Dollar zu verkaufen«, antwortete Herr Crockett.

»Dann verkaufen Sie sie. Sie ist sowieso zu groß für mich und wird mit jedem Jahr weniger wert. Ich will eine Neunmeterjacht haben, mit der ich selbst auf der Bucht herumgondeln kann, und die kostet tausend Dollar. Verkaufen Sie die ›Freda‹ und legen Sie das Geld auf meinen Namen in die Bank. Sie fürchten natürlich, daß ich das Geld vertrinken, verwetten, mit Chansonetten durchbringen werde. Damit Sie aber ganz ruhig sein können, schlage ich Ihnen vor, daß wir ein Konto einrichten, auf das wir alle vier ziehen können. Sobald einer von Ihnen findet, daß ich das Geld nicht richtig verwende, können Sie die ganze Summe abheben.«

Nie hatte es eine Erziehung gegeben wie die, welche Dick Forrest selbst – wenn auch nicht ohne Anweisung – leitete. Von seinem Vater sowie vom Viehkönig John Chisum hatte er die Kunst gelernt, die Köpfe anderer gegen Bezahlung für sich arbeiten zu lassen. Er hatte gelernt, stillzusitzen und zu denken, wenn die Kuhhirten am Lagerfeuer und in den Wagen schwatzten. Und durch seinen Namen und seine Stellung versuchte er nun mit Universitätsprofessoren und praktischen Geschäftsleuten in Verbindung zu kommen, hörte ihnen stundenlang zu, sagte selten etwas, fragte selten, hörte nur auf das, was sie zu geben hatten, zufrieden, wenn er im Laufe mehrerer Stunden eine einzige Idee oder eine einzige Tatsache empfing, die ihm helfen konnte, seine Erziehung zu regeln. Als er mit Arithmetik und Geometrie fertig war, suchte er den Physik- und den Chemieprofessor der California-

Universität auf. Professor Carey lachte ihn aus – oder richtiger: er tat es anfangs.

»Mein lieber Junge ...« begann er.

Dick wartete geduldig, bis er ausgesprochen hatte.

Dann ergriff er selbst das Wort: »Ich bin kein Esel, Herr Professor. Ich kenne die Welt. Sie sind der erste Physiklehrer an der ganzen pazifischen Küste. Das Semester ist bald zu Ende. In der ersten Woche Ihrer Ferien kann ich das Pensum des ganzen Jahres absolvieren, wenn Sie mir Ihre ganze Zeit opfern wollen. Wie viel ist Ihnen die Woche wert?«

»Sie können sie nicht für tausend Dollar kaufen«, antwortete Professor Carey und meinte, die Sache damit erledigt zu haben.

»Ich weiß, wie hoch Ihr Gehalt ist«, begann Dick.

»Wie hoch denn?« fragte Professor Carey scharf.

»Keine tausend Dollar wöchentlich«, antwortete Dick ebenso scharf. »Keine fünfhundert, ja, keine zweihundertundfünfzig wöchentlich ...« Er hob die Hand, damit der andere ihn nicht unterbrach. »Sie sagten eben, ich könnte eine Woche Ihrer Zeit nicht für tausend Dollar kaufen. Das will ich auch nicht, aber ich will sie für zweitausend kaufen. Ich habe nur soundsoviele Jahre zu leben ...«

»Kann man denn Jahre kaufen?« fragte Professor Carey verschmitzt.

»Gewiß; deshalb bin ich ja hier. Ich kaufe drei Jahre für eines, und die Woche, die ich von Ihnen kaufe, gehört mit zum Geschäft.«

»Aber ich habe noch nicht eingewilligt«, lachte Professor Carey.

»Wenn die Summe Ihnen nicht genügt, können Sie selbst sagen, was Sie für angemessen halten«, sagte Dick würdig.

Und Professor Carey schlug ein. Und dasselbe tat Professor Bardale, der erste Chemiker des Landes.

Dick hatte schon seine beiden Mathematiklehrer auf eine mehrwöchige Entenjagd nach Sacramento und den San-Joaquin-Sümpfen mitgenommen. Nun nahm er seinen Literatur- und seinen Geschichtslehrer mit nach den Curry-Jagddistrikten in Südwestoregon. Das hatte er von seinem

Vater gelernt: Arbeit und Vergnügen zu vereinigen, und er arbeitete und vergnügte sich, hielt sich im Freien auf und leistete, ohne sich anzustrengen, in einem Jahr die Arbeit, für die ein junger Mann sonst drei braucht. Er fischte, jagte, schwamm, trieb jede Art von Sport und bereitete sich gleichzeitig für sein Abiturium vor. Aber er wußte, daß er das nur konnte, weil die zwanzig Millionen seines Vaters ihm Macht gegeben hatten. Geld war ein Werkzeug, das er weder über- noch unterschätzte.

»Die merkwürdigste Art von Ausschweifung, von der ich je gehört habe«, sagte Herr Crockett, als er Dicks Jahresrechnung durchsah. »Sechzehntausend für Erziehung, genau spezifiziert, mit Eisenbahnfahrkarten, Trinkgeld für die Gepäckträger und Patronen für die Lehrer.«

»Aber sein Examen hat er jedenfalls gemacht«, sagte Herr Slocum.

»Und das im Laufe eines Jahres«, brummte Herr Davidson. »Mein Enkel kam zur gleichen Zeit nach Belmont, und wenn er Glück hat, ist er in zwei Jahren fertig.«

»Na, ich sage nichts weiter,« erklärte Herr Crockett, »als daß der Junge in Zukunft selbst über sein Geld bestimmen kann.«

»Und jetzt will ich mir eine kleine Atempause gönnen«, sagte Dick zu seinen Vormündern. »Jetzt habe ich die anderen eingeholt. Ich habe nur noch Schritt zu halten. Und jetzt brauche ich nicht mehr so viel Geld für den Unterricht, aber dafür mehr Geld für Vergnügungen.«

Herr Davidson wurde sofort mißtrauisch: »Was verstehst du unter Vergnügungen?«

»Ach, in Vereine eintreten, Fußball spielen, mitleben, – wissen Sie. Und außerdem interessiere ich mich für Benzin. Ich will die erste mit Benzin getriebene Hochseejacht der Welt bauen.«

»Du wirst dich in die Luft sprengen«, wandte Herr Crockett ein.

»Ich werde schon aufpassen«, antwortete Dick. »Aber experimentieren muß ich, und das kostet Geld. Geben Sie mir also ein ordentliches Bankkonto – genau wie bisher, auf das wir alle vier ziehen können.«

An der Universität machte Dick Forrest sich nur dadurch bemerkbar, daß er im ersten Jahre mehr Vorlesungen versäumte als jeder andere Student. Der Grund war, daß er die Vorlesungen nicht brauchte und das wußte. Als seine Hauslehrer ihn auf das Abitur vorbereiteten, hatten sie ihn so weit gebracht, daß er fast alles wußte, was das erste Universitätsjahr ihm zu bieten hatte.

Aber Dick leistete eine ganze Menge Arbeit, von der niemand etwas sah. Er las viel und vielerlei, und als er seine erste Sommerfahrt in der von ihm erbauten Motorjacht unternahm, waren seine Gäste nicht eine Schar froher junger Leute, sondern Universitätsprofessoren mit Familie, Professoren der Literatur, Geschichte, Jura und Philosophie. Noch nach Jahren nannte man die Reise in Universitätskreisen die »Intelligenzfahrt«, und nach ihrer Rückkehr erklärten die Professoren, sich prächtig amüsiert zu haben. Dick aber brachte größere Kenntnisse auf den verschiedenen Gebieten dieser Professoren mit heim, als er sich in vielen Jahren bei ihren Vorlesungen hätte erwerben können, und die so angewandte Zeit erlaubte ihm, weitere Vorlesungen zu versäumen und mehr Zeit auf praktische Arbeit zu verwenden. Gleichzeitig aber nahm er die Vergnügungen mit, die das Universitätsleben bot. Alle Mütter und Studentinnen hatten es auf ihn abgesehen, da er ein unermüdlicher Tänzer war und keine Universitätsfestlichkeit versäumte. Und bei alledem war er doch kein Wunder. Er zeichnete sich auf keinem Gebiet besonders aus. Ein Dutzend seiner Kommilitonen waren bessere Banjo- und Mandolinenspieler als er; zwei Dutzend galten als bessere Tänzer. Im Fußball galt er als solider, zuverlässiger Spieler, mehr aber nie.

Zeichnete Dick Forrest sich aber in keinem Punkt besonders aus, so versagte er auch in keinem Fach. Er zeigte keine überragende Tüchtigkeit, verriet aber anderseits weder Schwächen noch Mängel. Er war eine Seltenheit: ein normaler, gut ausbalancierter Durchschnittsmensch, der von allem etwas wußte.

Als Herr Davidson in Gegenwart der anderen Vormünder seine Freude darüber ausdrückte, daß Dick keine Tollheiten begangen hatte, seit er sich beruhigt hatte, antwortete er:

»Ach, ich kann mich beherrschen, wenn ich nur will.«

»Ja,« sagte Herr Slocum ernst, »es ist prächtig, daß du dir die Hörner abgelaufen und Selbstbeherrschung gelernt hast.«

Dick sah ihn mit einem seltsamen Blick an.

»Ach, die Jungenstreiche sind nicht der Rede wert«, sagte er. »Das war keine Tollheit. Warten Sie nur, bis ich erst richtig anfange. Vergessen Sie nicht, daß ich einen unlöschbaren Lebensdurst habe. Ich bin jung. Ich brenne! Aber ich beherrsche mich. Nach der Universität kommt die landwirtschaftliche Hochschule, und dann kaufe ich, verschaffe mir entsprechendes Inventar und beginne eine Landwirtschaft, die sich wirklich lohnt. Und dann ziehe ich auf Abenteuer.«

»Wie groß soll der Betrieb sein, mit dem du anfangen willst?« fragte Herr Davidson.

»Vielleicht fünfzigtausend Morgen, vielleicht eine halbe Million. Das kommt darauf an. Ich will auf die steigenden Bodenpreise spekulieren. Ohne daß ich einen Finger zu rühren brauche, wird in fünfzehn Jahren der Boden, den ich jetzt für zehn Dollar den Morgen kaufen kann, fünfzig, und der, den ich für fünfzig kriege, fünfhundert wert sein.«

»Eine halbe Million Morgen zu zehn Dollar macht fünf Millionen Dollar«, sagte Herr Crockett ernst.

»Und zu fünfzig der Morgen macht es fünfundzwanzig Millionen«, lachte Dick.

Aber seine Vormünder glaubten nicht einen Augenblick, daß er wirklich auf Abenteuer ausgehen würde, wie er gedroht hatte. Er konnte vielleicht sein Vermögen mit neuen Ideen in der Landwirtschaft durchbringen, daß er sich aber nach so vielen Jahren der Selbstbeherrschung Ausschweifungen hingeben sollte, das erschien ihnen undenkbar.

In dem Jahr, das Dick auf der landwirtschaftlichen Hochschule verbrachte, beschäftigte er sich fast ausschließlich im Laboratorium und schwänzte alle Vorlesungen. Tatsächlich engagierte er sich seine eigenen Dozenten und verbrauchte ein ansehnliches Vermögen allein für Studienreisen in Kalifornien. Jacques Ribot, der für eine der größten Autoritäten der Welt in landwirtschaftlicher Chemie galt, und den man mit sechstausend jährlich von den zweitausend, die er in Frankreich verdiente, weggelockt hatte, wurde von Dick mit dem Angebot von fünfzehntausend bei fünfjährigem Kontrakt gewonnen.

Die Herren Crockett, Slocum und Davidson hoben entsetzt die Hände und waren sich klar, daß jetzt die Ausschweifungen Dick Forrests begannen.

Und dies war wirklich nur der Anfang. Der Regierung stahl er mittels einer ungeheuren Gehaltserhöhung ihren ersten Viehzuchtspezialisten, und durch ein ähnlich skandalöses Benehmen beraubte er die Nebraska-Universität ihres größten Milchkuhprofessors und verursachte der landwirtschaftlichen Abteilung der California-Universität tiefen Kummer, indem er sich Professor Nirdenhammers, eines wahren Zauberers auf dem Gebiet der Landwirtschaft, bemächtigte.

An seinem einundzwanzigsten Geburtstage schloß er den Kauf seines Fürstentums ab, das sich vom Sacramento bis zu den Bergen im Westen erstreckte.

»Ein unglaublicher Preis!« sagte Herr Crockett.

»Unglaublich billig«, sagte Dick. »Sie sollten nur die Berichte über meine Bodenproben und Wasserproben lesen.«

Der Name Dick Forrest begann unheimlich oft in den Zeitungen zu erscheinen. Er wurde plötzlich berühmt, weil er der erste Mann in Kalifornien war, der zehntausend Dollar für einen einzigen Stier bezahlte. Sein Vieh-Experte, den er der Regierung ausgespannt hatte, überbot in England Rothschild und bezahlte für »Hillcrest Chieftain«, den königlichen Hengst, der bald unter dem Namen »Forrests Tollheit« bekannt wurde, nicht weniger als fünfundzwanzigtausend Dollar.

»Mögen die Leute lachen!« sagte Dick zu seinen früheren Vormündern. »Ich importiere vierzig Shire-Stuten. Fünfzig Prozent ihres Anschaffungspreises werde ich im ersten Jahre verdienen. Von ihnen werden viele Söhne und Enkel abstammen, und Kalifornien wird sich um sie reißen und dreibis fünftausend das Stück bezahlen.«

Viele ähnliche Tollheiten beging Dick in den ersten Monaten seiner Volljährigkeit, die unbegreiflichste aber war, daß er, nachdem er Millionen hineingesteckt hatte, alles seinen Experten überließ, so daß sie auf eigene Faust und nach gewissen, von ihm festgesetzten Richtlinien weiter arbeiten konnten, sich selbst aber eine Fahrkarte nach Tahiti löste und an Bord einer Brigg auf Abenteuer auszog.

Hin und wieder hörten seine Vormünder von ihm. Einmal war er Besitzer und Führer einer eisernen Viermastbark, die unter englischer Flagge Kohlen von Newcastle brachte. Sie erfuhren das dadurch, daß man sich wegen Bezahlung der Kaufsumme an sie wandte, daß sie Dicks Namen als Kapitän in den Zeitungen lasen, als sein Schiff die Passagiere der unglücklichen »Orion« rettete, und daß ihnen die Versicherungssumme ausbezahlt wurde, als Dicks Schiff mit fast der ganzen Besatzung in dem großen Fidji-Orkan unterging. 1896 war er in Klondike, 1897 in Kamschatka, wo er am Skorbut daniederlag, und dann tauchte er gleichzeitig mit der amerikanischen Flagge auf den Philippinen auf. Einmal, – sie konnten nie erfahren, wie und warum, – war er Besitzer eines uralten Frachtdampfers, den Lloyd längst gestrichen hatte, und der unter siamesischer Flagge fuhr.

Von Zeit zu Zeit hörten sie von ihm aus blauen Häfen in blauen Meeren. Einmal mußte man die ganze politische Maschinerie der Pacific-Küste gegen Washington in Gang setzen, um ihm in Rußland aus einer Klemme zu helfen. Es war eine Affäre, die mit keinem Wort in der Presse erwähnt wurde, im geheimen jedoch in allen Gesandtschaften Europas Heiterkeit erregte.

Durch einen reinen Zufall erfuhren sie, daß er verwundet in Mafeking lag und einen heftigen Anfall von gelbem Fieber in Guayaquil hatte. Dreimal meldeten die Zeitungen seinen Tod: zweimal war er im Kampf in Mexiko gefallen, einmal in Venezuela hingerichtet. Nach all dem blinden Alarm imponierte es seinen Vormündern nicht mehr, daß er in einem

Sampan über das gelbe Meer gefahren, »dem Gerücht nach« an Beri-Beri gestorben, mit Russen zusammen von den Japanern in Mukden gefangen genommen war und in einem Militärgefängnis in Japan saß.

Das einzige, was noch Eindruck auf sie machte, war, daß er, als er nach seiner bewegten Jugend im Alter von dreißig Jahren nach Kalifornien zurückkehrte, eine Frau mitbrachte, mit der er seiner Aussage nach schon seit mehreren Jahren verheiratet war, und die seine drei Vormünder zu ihrem Erstaunen sämtlich kannten. Slocum hatte außer eigenen achthunderttausend Dollar das ganze Vermögen ihres Vaters in der letzten Katastrophe der Los-Cocos-Minen in Chihuahua verloren, als die Vereinigten Staaten sich vom Silberfluß zurückzogen. Davidson hatte gemeinsam mit ihrem Vater eine Million aus Last Stake herausgeholt. Crockett hatte, damals noch ganz jung, mit ihrem Vater Merced ausgebeutet, war bei seiner Hochzeit in Stockton sein Brautführer gewesen und hatte am Grant-Paß mit ihm und dem damaligen Leutnant U. S. Grant gepokert, als man von dem jungen Leutnant noch nicht viel anderes wußte, als daß er ein großer Indianertöter und ein mäßiger Pokerspieler war.

Und nun war Dick Forrest mit der Tochter Philipp Destens verheiratet! Sie kamen gar nicht dazu, Dick zu beglückwünschen. Sie redeten drauf los, behaupteten, daß Dick gar nicht wüßte, welches Glück er gehabt hätte. Sie verziehen ihm all seine tollen Streiche. Endlich hatte er einmal etwas Vernünftiges getan, ja, mehr als das: etwas geradezu Geniales! Paula Desten! Die Tochter Philipp Destens! Die drei alten Freunde von Desten und Forrest aus der entschwundenen Goldzeit, die drei überlebenden Kameraden der beiden, die jetzt tot waren, sprachen strenge Worte zu Dick. Sie erzählten ihm immer wieder, welch ungeheuren Schatz er erhalten hatte, und welch heilige Pflichten eine Ehe wie diese ihm auferlegte; sie sprachen von den Traditionen und Tugenden, die an das Blut der Destens und Forrests geknüpft waren, bis Dick lachen mußte und sagte, daß sie wie Viehzüchter oder Vorkämpfer der Vererbungstheorie sprächen, – was wirklich stimmte, wenn sie es auch nicht gern hörten.

Jedenfalls aber genügte die einfache Tatsache, daß er mit einer Desten verheiratet war, um sie ihre rückhaltlose Billigung aussprechen zu lassen, als er ihnen die Pläne und Kostenanschläge für das Große Haus zeigte. Und dank Paula Desten waren sie sich diesmal einig, daß er sein Geld klug und vernünftig anlegte. Was seine Landwirtschaft betraf, so verdiente er unbestreitbar Geld damit, und so konnte man ihn unbesorgt sein Steckenpferd reiten lassen. »Aber,« sagte Herr Slocum, »fünfundzwanzigtausend Dollar für einen einfachen Arbeitshengst ist nun doch der reine Wahnsinn. Arbeitspferde sind Arbeitspferde, – ja, wenn es noch Rennpferde wären ...«

Während Dick Forrest hastig die vom Staate Iowa herausgegebene Broschüre über die Schweinecholera überflog, begannen verschiedene Geräusche über den weiten Hof durch die offenen Fenster zu dringen, Geräusche, die ihm erzählten, daß die junge Frau aufgewacht war, deren lachendes Gesicht aus dem Rahmen über seinem Bett blickte, und die vor nicht vielen Stunden das rosa Spitzenhäubchen auf seiner Schlafveranda hatte liegen lassen.

Dick hörte ihre Stimme, denn sie erwachte wie ein Vogel mit Gesang. Er hörte ihr klares Trillern aus den offenen Fenstern des langen Flügels, der ganz ihr überlassen war. Dann hörte er sie im Garten zwischen den Gebäuden singen, wo sie einen Augenblick stehen blieb, um sich mit ihrem Airedale zu zanken und den jungen Collie auszuschelten, den die goldroten, japanischen Schleierschwänze mit den bunten Flossen im Springbrunnenbecken unendlich anzogen.

Er fühlte Freude darüber, daß sie wach war, eine Freude, die immer gleich groß war. Stundenlang konnte er auf sein, – das Gefühl, daß das Große Haus erwacht war, hatte er doch erst, wenn Paulas Morgengesang über den Hof herüberklang.

Als Dick aber die Freude gefühlt hatte, die es ihm stets bereitete, sie wach zu wissen, vergaß er sie wie gewöhnlich über seinen eigenen Angelegenheiten. Sie verschwand aus seinem Bewußtsein, als er sich wieder in die Statistik der Schweinecholera vertiefte.

»Guten Morgen, edler Herr!« war das nächste, was er hörte, und was ihm wie göttliche Musik erklang, – und Paula trat, weich und schmiegsam in ihrem Morgenkimono, ein, schlang ihm die Arme um den Hals und setzte sich ihm auf die Knie.

»Großer Gott!« sagte sie. »Du hast es wirklich viel zu gut! Du bist mit Reichtum gesättigt. Hier sitzt nun dein Kamerad, dein Mädel, dein ›schnippischer, kleiner Mond‹, und du sagst nicht einmal so viel wie ›Guten Morgen, mein Mädelchen, ist dein Schlaf sanft und ruhig gewesen?‹«

Und Dick Forrest ließ die Ergebnisse von Professor Kenealys Einspritzungen fahren, preßte seine Frau an sich und küßte sie, den rechten Zeigefinger zwischen den Seiten der Broschüre haltend.

Aber ihre Vorwürfe hinderten ihn nicht, das Versäumte nachzuholen und sie zu fragen, wie sie geschlafen hatte, seit sie das Häubchen auf seiner Schlafveranda liegen gelassen. Er schloß die Broschüre über seinem Zeigefinger, um später dort weiterzulesen, und legte seinen Arm um sie.

»Ach!« rief sie. »Ach! Ach! Hör' nur!«

Vor den Fenstern ertönte das lockende Rufen der Wachteln. Ihr Leib bebte gegen den seinen, so groß war ihre Freude über die sanften Töne.

»Sie wollen schon das Weite suchen«, sagte er.

»Das bedeutet Frühling«, rief Paula.

»Und gutes Wetter.«

»Und Liebe.«

»Und Nestbau und Eierlegen«, lachte Dick. »Noch nie ist mir die Welt so fruchtbar erschienen wie in dieser Morgenstunde. Lady Isleton hat elf Ferkel geworfen. Die Angoraziegen sind heut' morgen heruntergetrieben, um zu werfen. Du hättest sie sehen sollen. Und auf dem Hofe haben die wilden Kanarienvögel stundenlang von Ehe geschwatzt, – ich nehme an, daß sie einen Anhänger der freien Liebe unter sich haben, der versucht hat, unsern Ehehimmel mit seinen modernen Theorien zu verdunkeln. Es ist unbegreiflich, daß du dabei schlafen konntest. Hör' nur! Jetzt sind sie wieder da!«

Ein zartes Zwitschern mit weichen Übergängen und erregten, schrillen Ausbrüchen ertönte und erfüllte Dick und

Paula mit Entzücken, bis plötzlich, wie vom Klang einer Weltgerichtsposaune, der ganze vielstimmige Chor winziger, goldener, verliebter Geschöpfe von einem mächtigen Gebrüll verschlungen wurde, einem Gebrüll, das nicht weniger wild, nicht weniger melodisch, nicht weniger liebestoll war, aber durch seine Gewalt alles beherrschte und bezwang.

Mann und Frau hoben sofort den Kopf und spähten suchend durch die offenen Glastüren und die vorgebaute Schlafveranda durch die Syringen den Weg hinab und warteten atemlos, daß der große Hengst, dessen Liebesruf wie Trompetenschall tönte, sich zeigen sollte. Noch einmal erhob er seine mächtige Stimme, und Dick sagte:

»Ich will dir ein Lied vorsingen, mein schnippischer Mond! Ein Lied, nicht von mir, das Lied des Bergkönigs. Das ist es, was er wiehert. Hör' nur! Jetzt singt er es wieder. Er singt: ›Hört mich! Ich bin Eros. Ich stampfe durch die Berge. Ich fülle die breiten Täler. Die Stuten hören mich auf den stillen Weiden und heben die Köpfe, denn sie kennen mich. Das Gras wird üppiger und üppiger. Das Land erfüllt sich mit Fruchtbarkeit, und der Saft steigt in den Bäumen. Es ist Frühling. Der Frühling ist mein. Ich bin König in meinem Reich, im Reich des Frühlings. Die Stuten erkennen meine Stimme. Sie kennen mich, kennen mich durch ihre Mütter. Hört mich! Ich bin Eros! Ich stampfe durch die Berge, die breiten Täler sind meine Herolde, sie rufen mein Kommen aus!‹«

Und Paula lehnte sich eng an ihren Mann, der den Arm fester um sie schlang, ihre Lippen berührten seine Stirn, und wie sie beide den leeren Weg zwischen den Syringen hinabstarrten, sahen sie plötzlich Bergkönig auftauchen, majestätisch und mächtig, ein mückenartiges, lächerlich kleines Menschengeschöpf auf seinem Rücken tragend. Die Augen waren wild und voller Verlangen, und ein blauer Glanz ging von ihnen aus, wie die Augen eines Hengstes ihn haben. Das vor unbändiger Lebensfreude schäumende Maul war bald gegen die blanken, ungeduldigen Knie gepreßt, bald hoch erhoben, um das gewaltige, alles besiegende Gebrüll auszustoßen, das die Luft erzittern ließ.

Fast wie ein feines Echo ertönte ein zartes, sanftes Wiehern zur Antwort.

»Das ist Fotherington-Prinzessin«, sagte Paula weich.

Wieder ließ Bergkönig seinen Ruf ertönen, und Dick sang: »Hört mich! Ich bin Eros! Ich stampfe durch die Berge!«

Und wie Paula, eng umschlossen von den Armen ihres Mannes, dasaß, fühlte sie plötzlich Zorn über seine Begeisterung für das prächtige Tier in sich aufsteigen. Im nächsten Augenblick aber schwand der Zorn wieder, und in dem Gefühl, ihm Genugtuung zu schulden, sagte sie:

»Manchmal glaube ich fast, daß du ganz und gar die Rote Wolke bist, deine Eicheln pflanzt und dein wildes Freudenlied über die Arbeit singst. Manchmal aber erscheinst du mir als der hypermoderne Mensch, als das typische, zweibeinige Männchen unserer Zeit, das an die Belagerung von Statistiken geht, wie die Helden des Altertums an die Belagerung Trojas, und das sich, mit Reagenzgläsern und Spritzen bewaffnet, in Gladiatorenkämpfe mit phantastischen Mikroorganismen stürzt. Manchmal denke ich dann, du müßtest eine Brille tragen und eine Glatze haben; mir scheint ...«

»Daß ich gar kein Anrecht auf einen solchen Armvoll Mädel hätte«, beendete er den Satz für sie und zog sie noch enger an sich. »Daß ich eine elende, wissenschaftliche Bestie sei, die ihren ›zarten, eitlen Hauch von süßem, rosenfarbenen Staub‹ gar nicht verdient. Aber hör', – ich hab' eine Idee! In ein paar Tagen ...«

Aber sein Plan war totgeboren, denn hinter ihnen ertönte plötzlich ein diskretes Husten, und als beide gleichzeitig den Kopf wandten, sahen sie Bonbright, den zweiten Sekretär, mit einigen gelben Papieren in der Hand.

»Vier Telegramme,« entschuldigte er sich murmelnd, »und Herr Blake meint, zwei davon seien wichtig. Das eine handelt von den Stieren, die nach Chile geschickt werden sollten ...«

Und Paula, die sich langsam von ihrem Mann zurückzog und aufstand, fühlte, wie ihr entglitt und zu seinen statistischen Tabellen, seinen Sekretären, seinen Verwaltern und seinen Betriebsleitern zurückkehrte.

»Weißt du, Paula,« rief Dick, als sie zur Tür hinaus verschwinden wollte, »ich habe jetzt dem neuen Diener einen Namen gegeben, – er soll Oh Ho heißen. Wie gefällt dir das?«

Und sie antwortete mit einer leichten Mutlosigkeit, die jedoch gleich wieder ihrem Lächeln wich: »Du wirst bald alle Möglichkeiten der Sprache erschöpft haben und dir etwas anderes ausdenken müssen. Das ›Oh‹ war ein Fehlgriff. Du hättest mit ›Roter‹ beginnen sollen, dann hättest du jetzt Rote Stute, Rotes Pferd, Roter Hund, Roter Frosch und so weiter.«

Ihr Lachen mischte sich mit dem seinen, dann schloß sich die Tür hinter ihr, und im nächsten Augenblick saß er da, das Telegramm vor sich und bis über die Ohren vergraben in allen Einzelheiten bezüglich der dreihundert jungen Stiere, die für zweihundertfünfzig Dollar nach Chile geschickt werden sollten. Aber mitten darin hörte er mit einem unbestimmten Wohlbehagen das Singen Paulas, die sich nach dem andern Flügel des Hauses begab. Was er jedoch nicht hörte, war, daß dieses Singen ein ganz klein wenig verzagt klang.

Fünf Minuten, nachdem Paula gegangen, waren die vier Telegramme erledigt, und Punkt halb zwölf setzte sich Dick mit Thayer, dem Händler aus Idaho, und Naismith, dem Sonderberichterstatter der ›Breeders Gazette‹ in ein Auto. Wardman, den Leiter der Schafzucht, trafen sie bei den Hürden, wo mehrere tausend Shropshire-Widder zur Besichtigung gesammelt wurden.

Es gab keinen Anlaß zu weiterer Unterhaltung. Thayer war offenbar enttäuscht, denn er meinte, daß der Kauf von zehn Waggons Schafen zu diesem Preise eine Angelegenheit war, die schon einiges Reden verdiente.

»Sie sprechen selbst für sich«, hatte Dick ihm versichert, und dann hatte er sich zu Naismith gewandt, um ihm einige Auskünfte für den Artikel zu geben, den er über die Zucht von Shropshire-Schafen in Kalifornien und den nordwestlichen Staaten schreiben sollte.

»Ich würde mir an Ihrer Stelle nicht die Mühe geben, sie einzeln auszuwählen«, sagte Dick zehn Minuten später zu Thayer. »Es sind durchweg erstklassige Tiere. Sie könnten eine ganze Woche wählen, und doch keine besseren bekommen, als wenn sie die ersten besten genommen hätten.«

Die Kaltblütigkeit, mit der er voraussetzte, daß das Geschäft bereits abgeschlossen war, verblüffte Thayer dermaßen, daß er, der übrigens sicher war, nie Widder von solcher Güte gesehen zu haben, verleitet wurde, seinen Auftrag auf zwanzig Waggons zu erhöhen.

Als sie wieder im Großen Hause waren und ihre Queues einkreideten, um die unterbrochene Billardpartie zu Ende zu spielen, sagte er zu Naismith:

»Es ist das erste Mal, daß ich Forrest besuche. Er ist der reine Hexenmeister. Ich habe in den Weststaaten gekauft und aus dem Ausland eingeführt. Aber diese Shropshire-Schafe sind die besten, die ich je gesehen habe. Sie haben vielleicht bemerkt, daß ich meinen Auftrag verdoppelte. Die Leute in Idaho werden sich die Finger nach den Tieren lecken. Ich sollte nur sechs Waggons kaufen und eventuell noch zwei dazu, aber wenn nicht jeder Käufer, der die Widder sieht, seinen Auftrag verdoppelt, und wenn es nicht ein Gereiße um sie gibt, dann verstehe ich nichts von Schafen. Wenn sie nicht die ganze Schafzucht von Idaho auffliegen lassen, dann ist Forrest kein Züchter und ich kein Händler, mehr kann ich nicht sagen.«

Als der Gong zum zweiten Frühstück rief, ein mächtiger, koreanischer Bronzegong, der nie geschlagen wurde, wenn man nicht ganz sicher wußte, daß Paula wach war, – begab Dick sich zu den jungen Leuten, die am Goldfischbecken im großen Hof standen. Bert Wainwright, der abwechselnd von seiner Schwester Rita und von Paula, Lute und Ernestine mit guten Ratschlägen und Aufträgen bombardiert wurde, mühte sich mit einem Netz ab, einen besonders prächtigen Fisch zu fangen, dessen Größe, Farbe und Vielfältigkeit von Flossen und Schwänzen Paula zu dem Entschluß veranlaßt hatte, ihn von den andern zu trennen und in einem besonderen Zuchtteich beim Springbrunnen in ihrem abgetrennten Hofe unterzubringen.

In großer Aufregung und unter vielem Lachen und Kreischen wurde die Tat vollbracht und der große Fisch in eine

Kanne getan, um von dem wartenden, italienischen Gärtner fortgetragen zu werden.

»Und was hast du sonst noch zu prahlen?« fragte Ernestine herausfordernd, als Dick zu ihnen trat.

»Nichts,« antwortete er traurig. »Die Ranch ist vollkommen ausgeplündert. Dreihundert schöne, junge Stiere gehen morgen nach Südamerika, und Thayer, – ihr habt ihn ja gestern abend kennen gelernt, – kauft zwanzig Waggons Widder. Ich kann nur sagen, daß ich Idaho und Chile gratuliere.«

Der bronzene Gong ertönte zum zweitenmal, und Paula schritt voraus nach dem Hause, einen Arm um Dick, den andern um Rita geschlungen, während Bert Wainwright Lute und Ernestine, mit denen er den Nachtrab bildete, einige neue Tangoschritte zeigte.

In einem langen, niedrigen Speisezimmer, einer getreuen Nachbildung der von den alten, mexikanischen Großgrundbesitzern in Kalifornien gebauten Hacienda-Speisesäle, setzten sie sich an einen Tisch, der unendlich lang ausgezogen werden konnte. Der Fußboden bestand aus großen, braunen Fliesen; die Balkendecke und die Wände waren geweißt, und der mächtige, ganz schmucklose Betonkamin war ein Wunder von Wucht und Reinheit der Linien. Blattgewächse und Blumen schmückten die tiefen Fensternischen, und der ganze Raum atmete Sauberkeit, Keuschheit und Kühle. An den Wänden hingen, ohne daß sie überladen wirkten, Gemälde, deren größtes, das auch den Ehrenplatz einnahm, von Xavier Martinez war. Das Bild war durchweg in melancholischen, grauen Tönen gehalten und stellte einen mexikanischen Bauern hinter einem mit zwei Ochsen bespannten Pfluge dar, der eine melancholische Furche in die traurige, unendliche mexikanische Steppe pflügte. Es gab auch lichtere Bilder mit Szenen aus der ersten, mexikanisch-kalifornischen Zeit.

»Wissen Sie,« sagte Thayer leise zu Naismith, während Dick und die jungen Mädchen sich heiter neckten und lachten, »hier haben Sie wirklich Stoff genug für einen ganzen Artikel, wenn Sie über das Große Haus schreiben wollen. Ich habe das Eßzimmer des Personals gesehen. Bei jeder Mahlzeit vierzig, einschließlich der Gärtner, Chauffeure und Tagelöhner. Ein ganzes Pensionat. Dazu gehört ein wohldurchdachtes System, sage ich Ihnen. Der Chinese, Oh Freud, ist fabelhaft. Er ist der Ökonom, Verwalter oder wie man es nennen soll, für die ganze Gesellschaft und alles geht wie geschmiert«

»Es ist Forrest selbst, der fabelhaft ist«, nickte Naismith. »Er ist der Kopf, – andere Köpfe gibt es nicht. Er könnte ein ganzes Heer, einen Feldzug, eine Regierung, – ja, selbst einen Zirkus mit drei Manegen leiten.«

»Und das ist wirklich ein Kompliment«, stimmte Thayer zu.

»Ach, Paula,« sagte Dick über den Tisch hinweg zu seiner Frau, »Graham schreibt mir eben, daß er morgen vormittag kommt. Sag lieber Oh Freud, daß er ihn im Aussichtsturm einquartieren soll. Vielleicht macht er Ernst mit seiner Drohung und arbeitet an seinem Buch.«

»Graham? – Graham?« fragte Paula laut, um ihrem Gedächtnis auf die Spur zu helfen. »Kenne ich ihn?«

»Du hast ihn einmal vor zwei Jahren im Café Venus in Santiago getroffen. Er aß mit uns zu Mittag.«

»Ach, einer von den Seeoffizieren?«

Dick schüttelte den Kopf.

»Nein, der Zivilist. Weißt du nicht mehr? Der große, blonde Bursche, – du unterhieltst dich eine halbe Stunde mit ihm über Musik, während Kapitän Joyce uns andere in Grund und Boden redete, um zu beweisen, daß die Vereinigten Staaten Mexiko mit der gepanzerten Faust auskehren müßten.«

»Ach ja, richtig!« Paula begann sich zu besinnen. »Du hattest ihn schon mal irgendwo getroffen, – war es nicht in Südafrika? Oder auf den Philippinen?«

»Ja, stimmt: In Südafrika! Evan Graham. Dann trafen wir uns wieder im Gelben Meer auf dem Kurierboot der ›Times‹. Und später kreuzten sich unsere Wege noch ein dutzendmal, ohne daß wir uns getroffen hätten, – bis zu dem Abend im Café Venus.

Denk' dir: Er reiste von Bora-Bora nach Osten, zwei Tage, ehe ich auf der Fahrt westwärts nach Samoa vor Anker ging. Ich verließ Apia mit Briefen für ihn vom amerikanischen

Konsul am Tage vor seiner Ankunft. Es fehlten nur drei Tage, und wir hätten uns in Levuka getroffen, – ich fuhr damals auf der »Wildfang«. Er verließ Suva als Gast auf einem britischen Kreuzer. Sir Everard im Thurn, der britische Oberkommissar der Südsee, gab mir noch weitere Briefe für ihn mit. Ich verfehlte ihn in Port Resolution und auf den Neuen Hebriden. Der Kreuzer war auf einer Vergnügungsreise, wißt ihr. Wir spielten Verstecken miteinander in der Santa Cruz-Gruppe. Ebenso ging es auf den Salomoninseln. Nachdem der Kreuzer die Menschenfresserdörfer auf Longa-Longa bombardiert hatte, stach er morgens in See. Am Nachmittag kam ich an. Ich hatte nie Gelegenheit, ihm die Briefe persönlich abzuliefern, und das erste Mal, das ich ihn wieder sah, war vor zwei Jahren im Café Venus.«

»Aber was ist sonst mit ihm?« fragte Paula. »Und was ist das für ein Buch?«

»Nun ja, um mit dem Schluß anzufangen, so hat er nichts mehr, – das heißt, für seine Verhältnisse. Er hat immer noch eine Jahresrente von einigen tausend Dollar, aber alles, was sein Vater ihm hinterließ, ist weg. Nein, durchgebracht hat er es nicht. Er setzte alles auf eine Karte, und »die stille Panik« vor ein paar Jahren kostete ihn Kopf und Kragen. Aber er winselt nicht.

Er ist einer von der richtigen Sorte, alte, amerikanische Familie und Yale-Student. Das Buch, – er denkt, ein bißchen damit zu verdienen, – behandelt seine vorjährige Reise quer durch Südamerika, von der West- bis zur Ostküste. Fast ausschließlich durch unbekanntes Gebiet. Die brasilianische Regierung gab ihm freiwillig ein Honorar von zehntausend Dollar für seine Aufklärungen über bisher unbereiste Teile Brasiliens. Oh, er ist ein Mann – durch und durch ein Mann! Ihr kennt den Typ: groß, stark und schlicht; ist überall gewesen, hat alles mögliche gesehen, weiß alles mögliche, ist ehrlich, geradlinig, – sieht einem in die Augen, – kurz: ein Mann.«

Ernestine klatschte in die Hände, sandte Bert Wainwright einen aufreizenden, herausfordernden, bezwingenden Blick und rief:

»Und morgen kommt er?«

Dick schüttelte vorwurfsvoll den Kopf.

»Bei dem ist nichts zu machen, Ernestine. Manches Mädchen, das genau so nett ist wie du, hat versucht, Evan Graham einzufangen. Und unter uns, ich kann es ihnen nicht verdenken. Aber bisher ist es noch keiner geglückt, ihn müde zu laufen oder in eine Ecke zu drängen, wo er verwirrt, atemlos und mechanisch auf gewisse Fragen ein ›Ja‹ stammelt, um dann, wenn er zur Besinnung kommt, an Händen und Füßen gebunden, gezeichnet und verheiratet zu sein. Vergiß ihn, Ernestine! Halte dich an die goldene Jugend und laß sie dir ihre goldenen Äpfel zuwerfen. Lies sie auf und die goldene Jugend mit dazu. Aber auf Graham kannst du nicht rechnen. Er ist ein alter Bursche – genau so alt wie ich – und hat, wie ich, manchen Wettlauf mitgemacht. Er hat alle Schrecken ausgestanden, die man sich denken kann, und ist immer noch ein bißchen ängstlich, läßt sich aber nicht fangen. Er macht sich nichts aus jungen Dingern. Du wirst vielleicht meinen, er sei ein alter Mummelgreis, und alt ist er auch, aber dickfellig und sehr klug.«

Dick schritt auf der Suche nach seiner kleinen Frau sporenklirrend durch das Große Haus.

Er erreichte die Tür, die zu ihrem Flügel führte. Es war eine Tür ohne Griff, eine gewaltige Holzfüllung in einer getäfelten Wand. Aber Dick, der wie seine Frau das Geheimnis der verborgenen Feder kannte, drückte darauf, und die Tür sprang auf.

Er schritt durch alle Zimmer, guckte in das Badezimmer mit dem in den Fußboden eingelassenen römischen Bad. Sowohl in Paulas Schrank- wie in ihrem Ankleidezimmer suchte er vergebens.

Er gelangte in die Schlafveranda, fand hier aber nur eine ehrbare, besorgt aussehende, dreißigjährige Chinesin, die ihn verschämt anlächelte, als ob sie ihn wegen ihrer bloßen Anwesenheit um Entschuldigung bitten wollte.

Dies war Paulas Jungfer Oh Gott, wie Dick sie vor vielen Jahren genannt hatte, weil sie eine eigene, besorgte Art hatte, die feinen Brauen zusammenzuziehen, als wollte sie gerade

»Oh Gott!« sagen. Dick hatte sie, kaum den Kinderschuhen entwachsen, in einem Fischerdorf am Gelben Meer gefunden, wo ihre Mutter, die Witwe war, in einem guten Jahre vier Dollar mit der Anfertigung von Netzen für die Fischer verdiente. Ihren ersten Dienst bei Paula hatte sie an Bord des Dreimastschoners »All Away« verrichtet, und zwar auf derselben Reise, auf der Oh Freud als Kajütenjunge zuerst die Tüchtigkeit gezeigt hatte, durch die er es im Laufe der Jahre zum Haushofmeister des Großen Hauses gebracht hatte.

»Wo ist deine Herrin, Oh Gott?« fragte Dick.

Oh Gott wollte vor Scham fast in die Erde sinken.

Dick wartete.

»Sie vielleicht mit die jungen Damen – ich weiß nicht«, stammelte sie schließlich, und Dick erbarmte sich ihrer und drehte sich um.

»Wo ist sie denn?« rief er, unter das vorspringende Dach der Einfahrt tretend. Im selben Augenblick kam eines seiner Automobile um die Wegbiegung unter den Syringen angefahren.

»Ich will gehenkt werden, wenn ich es weiß!« antwortete ein hochgewachsener, blonder, hell gekleideter Mann im Automobil, und im nächsten Augenblick drückten Dick Forrest und Evan Graham sich die Hände.

Oh Jeh und Oh Ho trugen das Handgepäck ins Haus, und Dick führte seinen Gast in das Turmzimmer.

»Sie müssen sich schon an unsere Lebensweise gewöhnen, Alter«, erklärte Dick. »Auf dem Hofe geht alles wie am Schnürchen, und die Dienerschaft ist prachtvoll, wir selber aber kümmern uns nicht im geringsten um Formen. Ich wollte gerade ausreiten, und Paula – meine Frau – ist verschwunden.«

Die beiden Männer waren fast von gleicher Größe, Graham vielleicht zwei Zentimeter größer als sein Wirt, gleichzeitig aber vielleicht eine Kleinigkeit weniger breitschultrig und weitbrüstig. Graham war ferner etwas blonder als Forrest, obgleich beide gleich graue Augen hatten und gleich sonnenverbrannt und verwittert waren. Grahams Gesicht war vielleicht etwas größer geschnitten, seine Augen waren länglicher, was allerdings wieder dadurch aufgewogen wurde, daß seine Lider schwerer waren. Seine Nase war um ein weniges größer und gerader als die Dicks und seine Lippen eine Spur dicker, röter und geschwungener.

Forrest hatte dunkelblondes, ins Kastanienbraune spielendes Haar, das seidenblanke Grahams machte den Eindruck, fast golden gewesen zu sein, ehe die Sonne es ausgebleicht hatte. Beide hatten vorstehende Backenknochen, wenn die Höhlungen in Forrests Wangen auch stärker hervortraten, und beide hatten große, empfindsame Nasenflügel. Und um beider Mund lag trotz den kräftigen Linien etwas Sanftes, Unberührtes und Keusches, obgleich die Lippen sich zu einer Festigkeit und Härte zusammenpressen konnten, denen das gebieterische Kinn nicht widersprach.

Aber die zwei Zentimeter mehr in der Größe und weniger im Brustumfang verliehen Evan Graham eine Anmut in Erscheinung und Haltung, die Dick Forrest fehlte. Durch diesen Unterschied diente einer dem andern zur Folie. Graham war lauter Licht und Freude, mit einer ganz leisen Andeutung – aber der allerleisesten – vom Märchenprinzen; Forrest war kraftvoller, zielbewußter, gefährlicher für andere Geschöpfe, fester im Leben fußend.

Forrest sah auf seine Armbanduhr:

»Halb zwölf«, sagte er. »Kommen Sie gleich mit, Graham. Wir essen erst um halb eins. Ich muß heute eine Anzahl Stiere fortschicken, dreihundert Stück, auf die ich wirklich stolz bin. Sie müssen sie sehen. Reitzeug brauchen Sie nicht. Oh Ho, – hol ein Paar von meinen Gamaschen. Oh Freud, laß die Altadena satteln. Was für einen Sattel wollen Sie haben, Graham?«

»Ach, das ist mir einerlei, Alter.«

»Englisch? Australisch? McClellan? Mexikanisch?« beharrte Dick.

»Na, wenn es Ihnen weiter keine Mühe macht, McClellan«, ergab Graham sich.

*

Sie trieben ihre Pferde an den Wegrand und sahen den letzten Stier von der nach Chile bestimmten Herde hinter der Biegung verschwinden.

»Ich verstehe schon, was Sie machen, – es ist großartig«, sagte Graham mit strahlenden Augen. »Ich hab mich auch ein bißchen mit den lieben Dingern abgegeben, – als Junge in Argentinien. Hätte ich eine Rasse gehabt wie die hier, dann wäre es nicht schief gegangen.«

»Ja, aber das war doch, ehe man Alfalfa und artesische Brunnen hatte«, tröstete Dick ihn. »Die Zeit war noch nicht reif für Kurzhornvieh. Nur die kleinen Rassen konnten die Trockenperioden überstehen. Die waren am widerstandsfähigsten, wogen aber nicht so viel. Und Dampfer mit Kühlräumen waren noch nicht erfunden. Das alles hat erst die große Umwälzung bewirkt.«

»Außerdem war ich damals ein Knabe«, fügte Graham hinzu. »Obwohl das nicht so viel zu sagen hatte. Ein junger Deutscher begann gleichzeitig mit mir und mit einem Zehntel meines Kapitals. Er hielt durch – magere Jahre, trockene Jahre. Jetzt beziffert sich sein Vermögen auf eine siebenstellige Zahl.«

Sie wandten die Pferde nach dem Großen Hause. Dick warf einen hastigen Blick auf seine Armbanduhr.

»Wir haben noch sehr viel Zeit«, sagte er zu seinem Gast. »Ich freue mich, daß Sie meine Stiere gesehen haben. Es hatte seinen Grund, daß der junge Deutsche sich durchbiß. Er mußte eben. Sie hatten das Geld Ihres Vaters als Rückhalt, und ich glaube, es war nicht allein Ihr Wanderdrang, sondern mehr noch, daß Sie es sich eben leisten konnten, ihn zu befriedigen.«

»Drüben sind die Fischteiche«, sagte Dick und wies mit einem Kopfnicken nach rechts hinter die Syringenbüsche. »Sie werden reiche Gelegenheit haben, Forellen, Barsche und sogar Steinbeißer zu fangen. Die Teiche sind in Reihen nach der Art der Fische geordnet. Aber das Wasser beginnt hoch oben in den Bergen zu arbeiten. Es läuft herunter und klärt sich, bis es klar wie Kristall ist. Dann stürzt es von der Höhe herab und schafft die Hälfte von aller Kraft und allem Licht, die hier auf der Ranch gebraucht wird. Darauf überrieselt es die Niederungen, fließt dann hier in die Fischteiche und überrieselt weiter abwärts meilenweite Strecken mit Alfalfa. Und, glauben Sie mir, wenn es nicht unterdessen in das Flachland von Sacramento gelangt wäre, würde ich die Entwässerungsanlage auspumpen, um noch mehr Wasser zum Berieseln zu erhalten.«

»Mann,« lachte Graham, »Sie könnten ja ein ganzes Gedicht auf das Wunder des Wassers schreiben! Und dabei wohnen Sie doch nicht in der Wüste. Sie leben in einem Wasserland, wie gesagt ...«

Graham führte den Gedanken nicht aus. Von rechts ertönte ganz in der Nähe das unverkennbare Klappern beschlagener Pferdehufe auf Zement, und dann folgte ein starkes Plätschern und lautes Frauenlachen und Kreischen. Das Kreischen wurde schnell zu Angstrufen, und gleichzeitig hörte man ein gewaltiges Plätschern und Getöse, als ob ein mächtiges Tier ertrinken wollte. Dick beugte den Kopf und gab seinem Pferd die Sporen, daß es in die Syringen schoß, und Graham folgte ihm auf Altadena. Im nächsten Augenblick hielten sie mitten in der flammenden Sonne auf einer Lichtung zwischen den Bäumen, und der überraschte Graham hatte einen nie gesehenen Anblick.

In der Mitte der Lichtung, in einem Kranz von Bäumen, befand sich ein rechteckiges, zementiertes Becken. Am oberen Ende ging es in seiner vollen Breite in eine Ablaufrinne über, durch die das Wasser still und glänzend dahinfloß. Die Seiten waren senkrecht. Das untere Ende, das leicht gerauht und abfallend war, bot einen sicheren Halt. Hier sahen sie einen Cowboy in Bärenfellhosen im höchsten Schrecken herumspringen; wobei er hilflos immer wieder »O Gott! O Gott!« rief, während auf der gegenüberliegenden Seite drei entsetzte Nymphen in Badeanzügen die Beine über dem Wasser baumeln ließen.

Im Becken aber, als Mittelpunkt des Bildes, sah er ein großes Pferd, rot, naß und seidig schimmernd, senkrecht steigen und die Luft mit seinen mächtigen, im Wasser und der Sonne wie Stahl glänzenden Vorderhufen bearbeiten, während auf seinem Rücken, halb herabgleitend und sich festklammernd, eine weiße Gestalt saß, in der Graham im ersten

Augenblick einen wunderschönen Knaben zu sehen glaubte. Erst als der Hengst durch gewaltsames Schlagen mit Beinen und Hufen wieder auftauchte, wurde es Graham klar, daß es ein junges Weib war, das ihn ritt, – ein Weib, so weiß wie der weißseidene Badeanzug, der den Linien ihrer Gestalt wie die Marmordraperien einer Statue folgte. Wie Marmor war ihr Rücken, nur daß die feinen Muskeln unter der Seide sich schwellend regten, während sie sich bemühte, den Kopf über Wasser zu halten. Ihre schlanken, runden Arme verschwanden in der langen, nassen Mähne des Hengstes, während die weißen, runden Knie vergebens nach einem Halt auf dem glatten, nassen Kissen suchten, das die angespannten Schultermuskeln des großen Pferdes bildeten. Ihre weißen Zehen bohrten sich in die glatten Flanken des Tieres, ohne einen Halt an den Rippen finden zu können.

Mit einem einzigen Blick sah Graham die ganze atemlose Situation, wurde sich klar darüber, daß das herrliche, weiße Geschöpf ein Weib war, und fühlte, wie klein und zierlich sie trotz ihrer athletischen Anstrengungen sein mußte. Sie erinnerte ihn an eine Meißner Porzellanfigur, so sinnlos zerbrechlich, leicht und wunderbar saß sie auf dem Rücken des mächtigen, ertrinkenden Tieres. So klein wirkte sie im Verhältnis zu dem gewaltigen Hengst, daß sie ihm wie eine winzige Elfe erschien, die den Zauberkreis des Elfenlandes verlassen hatte.

Sie preßte ihre Wange gegen den breiten, gekrümmten Hals und ihr flatterndes, goldbraunes Haar, das naß und verfilzt war, mischte sich mit der schwarzen Mähne des Pferdes. Aber den größten Eindruck machte auf Graham ihr Gesicht. Es war ein Knabengesicht und doch wieder ein Frauengesicht, es war ernst und heiter zugleich, als fände es eine gewisse Freude an der Gefahr. Es war das Gesicht einer weißen Frau, ganz modern, und doch erschien es Graham ganz heidnisch.

Der Hengst hob sich mit einer gewaltigen Anspannung aller seiner Kräfte aus dem Wasser und hätte sich fast überschlagen, ehe er wieder untertauchte. Das prächtige Tier und die prächtige Reiterin verschwanden zusammen unter der Oberfläche, um gleich wieder aufzutauchen, der Hengst immer noch mit seinen tellergroßen Hufen durch die Luft schlagend, die Reiterin sich immer noch an die glatten, seidigen Muskeln klammernd. Graham stockte der Atem bei dem Gedanken, was geschehen sein konnte, wenn der Hengst gestürzt wäre. Ein Hufschlag hätte genügt, für immer das hell sprudelnde Leben in dem prachtvollen Weibe mit dem weißen Körper und der flammenden Seele zu verlöschen.

»Reit auf dem Hals!« rief Dick. »Halt dich am Stirnbüschel fest und zieh dich den Hals hinauf, bis er sein Gleichgewicht wiedergewonnen hat!«

Die Frau gehorchte, bohrte die Zehen in die immer gleitenden Muskeln, wickelte sich die nasse Mähne um die Hand und sprang dann auf den Hals hinauf. Und im nächsten Augenblick war sie wieder auf den Rücken des Hengstes zurückgeglitten, der durch die Verschiebung des Gleichgewichts in seine normale Lage gesunken war. Mit einer Hand sich an der Mähne festhaltend, schwang sie die andere in der Luft und lächelte Forrest dankbar an; und Graham bemerkte, daß sie kaltblütig genug war, ihn auf seinem Pferde neben Forrest zu bemerken.

»Es gibt nicht viele Frauen, die es wagen würden, sich mit dem einzulassen«, sagte Dick ruhig, als Bergkönig jetzt leicht das einmal gewonnene Gleichgewicht wahrte, zum unteren Ende des Beckens schwamm und die Schräge hinauf zu dem erschrockenen Cowboy kletterte.

Der legte ihm schnell das Gebiß mit einer kurzen Kette zwischen die Zähne. Paula aber, die immer noch auf dem Hengst saß, beugte sich mit einer gebieterischen Bewegung vor, nahm dem Cowboy den Zügel aus der Hand, wandte das Pferd, so daß sie Angesicht zu Angesicht mit Forrest stand, und salutierte.

»Jetzt müßt ihr gehen«, rief sie. »Hier ist der Zutritt nur Frauen gestattet, männliches Publikum können wir nicht gebrauchen.«

Dick lachte, erwiderte ihren Gruß und ritt durch die Syringen nach dem Wege voraus.

»Wer ... wer war das?« fragte Graham.

»Paula – meine Frau – der Bub, das Kind, das nie erwachsen wird, das herzhafteste Frauenzimmerchen auf der Welt.«

»Ich bin noch ganz sprachlos«, sagte Graham. »Machen Sie hier oft solche tollen Sachen?«

»Es ist das erstemal, daß sie das getan hat«, antwortete Forrest. »Das war Bergkönig. Sie ritt mit ihm zur Ablaufrinne und rutschte einfach mit ihm und seinen zweitausend Pfund hinunter.«

»Ja, und riskierte dabei, ihm und sich selber Hals und Beine zu brechen.«

»Und der Hals und die Beine sind fünfunddreißigtausend wert«, lächelte Dick. »Die Summe bot mir voriges Jahr ein Konsortium von Pferdezüchtern für ihn, nachdem er die ganze Küste mit seiner Nachkommenschaft versorgt hatte. Und Paula könnte sich gut jeden Tag im Jahre Hals und Beine brechen, bis ich pleite wäre, aber sie tut es nicht. Ihr geschieht nie etwas.«

»Wenn der Hengst gestürzt wäre, hätte ich nicht viel für sie gegeben.«

»Aber er stürzte eben nicht«, antwortete Dick mit größter Seelenruhe. »Paula hat Glück. Sie ist zäh. Ich hatte sie mit, wo im Ernst geschossen wurde, und sie war direkt enttäuscht, daß sie nicht getroffen oder totgeschlagen wurde. Vier Batterien schossen mit Granaten auf uns, und wir mußten eine halbe Meile weit über einen Höhenrücken gehen, bis wir Deckung fanden. Wir sind jetzt zehn, zwölf Jahre verheiratet, und wissen Sie, manchmal ist mir, als kenne ich sie gar nicht, als kenne sie sich selber nicht. Paula und ich haben eine Zauberformel: Einerlei, was es kostet, wenn es nur Freude macht. Ob man mit Geld, mit seiner Haut oder seinem Leben bezahlt, hat nichts zu sagen. Und wir sind noch nie den Preis schuldig geblieben.«

Es war ein Herrenessen. Die Damen wollten, wie Forrest sagte, »unter sich bleiben«.

»Ich glaube kaum, daß Sie eine einzige von ihnen vor vier Uhr sehen werden; dann schlägt Ernestine, das ist eine von

Paulas Schwestern, mich im Tennis, – oder sie versucht es jedenfalls.«

Während des Lunch beteiligte sich Graham an der Unterhaltung, die sich um Rassen und Zucht drehte, und trug sein Scherflein aus eigener Erfahrung dazu bei, konnte aber die ganze Zeit nicht das Bild von der Gattin seines Wirtes vergessen, – von der runden, feinen, weißen Gestalt auf dem dunklen, nassen Rücken des Hengstes. Den ganzen Nachmittag, bei der Besichtigung der Merinoschafe, flammte dieser Anblick beständig unter seinen Lidern, und selbst als er um vier Uhr auf dem Tennisplatz mit Ernestine spielte, mißglückte ihm mehr als ein Schlag, weil der fliegende Ball plötzlich verdunkelt wurde von dem Bilde der marmorweißen Frauengestalt, die sich krampfhaft auf dem Rücken eines mächtigen Hengstes anklammerte.

Wenn Graham auch kein Kalifornier war, so kannte er doch das Land und wunderte sich nicht, daß alle Damen zu Tisch Badeanzug mit Gesellschaftskleidung vertauschten, die Herren sich aber nicht umgezogen hatten. Er beging auch nicht den Fehler, eine Ausnahme von der Regel bilden zu wollen, trotz der Vornehmheit, die das Große Haus ausstrahlte.

Zwischen dem ersten und zweiten Anschlagen des Gongs versammelten sich die Gäste allmählich im Speisesaal. In dem Augenblick, als der Gong zum zweitenmal ertönte, erschien Dick Forrest, und sofort wurden Cocktails gereicht. Graham wartete ungeduldig, daß die Frau sich zeigen sollte, die er seit dem Vormittage vor Augen gehabt hatte. Er hatte zu oft prachtvolle Athleten nackt gesehen, die sich, sobald sie bekleidet waren, nicht zu bewegen verstanden, als daß er sehr viel von dem wunderbaren weißen Geschöpf erwartet hätte, wenn er es jetzt in der üblichen Kleidung zivilisierter Frauen sehen sollte.

Er schnappte direkt nach Luft, als sie eintrat und eine Sekunde in der Tür stehen blieb. Sprachlos starrte er sie an, entrückt, bezaubert von ihrer überraschenden Schönheit. Sie war ihm so klein und elfenhaft erschienen, jetzt aber wirkte sie weder klein noch wie der Knabe auf dem Hengst, sondern ganz als große Dame, so wie gerade eine kleine Frau hin und wieder einmal wirken kann. Sie war größer und sah auch größer aus, als er sie sich gedacht hatte. Er bemerkte ihr goldbraunes Haar, ihren frischen Teint, der rein, klar und weiß war, ihren kräftigen, runden Hals und das mattblaue Kleid, das mit seinen langen, losen Ärmeln und der Verbrämung mit juwelenbesetztem Goldband fast wie ein mittelalterliches Gewand wirkte.

Mit einem Lächeln begrüßte sie die Anwesenden. Dieses Lächeln kannte Graham, war es doch dem verwandt, das sie Dick vom Rücken ihres Hengstes aus gesandt hatte. Als sie jetzt auf ihn zuschritt, bemerkte er unwillkürlich, wie unvergleichlich rhythmisch ihre Knie sich unter den schweren Falten des Kleides hoben, – diese runden Knie, die er sich mit der Kraft der Verzweiflung gegen die runden Schultermuskeln Bergkönigs hatte pressen sehen.

Sie stand zwischen ihnen, und Grahams Hand umschloß die ihre bei der formellen Vorstellung, als sie ihn im Großen Hause willkommen hieß.

Bei Tisch saß er neben ihr und konnte es sich nicht versagen, sie heimlich zu studieren. Während er sich mit Erfolg an der allgemeinen Unterhaltung beteiligte, waren seine Gedanken von der Gattin seines Wirtes erfüllt.

Kaum je hatte Graham in einer so merkwürdigen Gesellschaft zu Tische gesessen. Der Viehhändler und der Korrespondent von ›Breeders Gazette‹ befanden sich noch unter den Gästen. Drei Automobile voller Menschen waren, kurz bevor der Gong zum erstenmal ertönt war, angekommen und sollten spät abends im Mondschein wieder heimfahren. Graham hatte ihre Namen nicht behalten, wußte aber, daß sie aus Wickenberg, einem Städtchen in dem etwa dreißig Meilen vom Großen Haus gelegenen Tal kamen und teils der Bank- und Beamtenwelt des Städtchens angehörten, teils wohlhabende Landwirte waren. Sie befanden sich in glänzender Stimmung, lachten und schwatzten, und von allen Seiten ertönten die neuesten Witze und der neueste Slang.

»Das weiß ich jedenfalls schon«, sagte Graham zu Paula, »wenn Ihr Haus immer eine solche Karawanserei ist, wie ich es seit meiner Ankunft kenne, so brauche ich gar nicht erst zu versuchen, Namen und Leute im Kopf zu behalten.«

»Das kann ich Ihnen nicht übelnehmen«, räumte sie lachend ein. »Aber es sind unsere Nachbarn. Sie kommen zu allen möglichen Zeiten. Frau Watson, die neben Dick sitzt, gehört der alten Landaristokratie an. Ihr Großvater, Wicken, kam im Jahre 1846 über die Sierra Nevada. Wickenberg ist nach ihnen benannt, und das hübsche, junge Mädchen mit den dunklen Augen ist ihre Tochter.«

Paula beschrieb ihm schnell die übrigen Gäste, aber Graham hörte kaum, was sie sagte, so sehr beschäftigte ihn der Versuch, diese rätselhafte Frau kennenzulernen. Natürlichkeit war der Grundton ihres Wesens, das war sein erster Eindruck. Wenige Augenblicke später war er zu dem Ergebnis gelangt, daß der Grundton Lebensfreude war. Aber er war mit beiden Schlüssen unzufrieden, wußte, daß er das Wesentliche in ihr noch nicht erfaßt hatte. Plötzlich wußte er es – Stolz. Das war es! Stolz lag in ihren Augen, in ihrer Kopfhaltung, in den Locken, die ihr Gesicht umgaben, in dem beweglichen Munde, in dem Winkel, den das runde Kinn bildete, in ihren kleinen, muskulösen Händen, die, wie er gleich sah, viel Klavier gespielt hatten. Stolz lag in jeder Muskel, in jedem zitternden Nerv, – bewußter, empfindender, brennender Stolz.

Sie konnte heiter und natürlich, Knabe und Weib, nichts als Lustigkeit und Ausgelassenheit sein, dahinter lag stets, zitternd und angespannt, der Stolz als ein Teil ihres Wesens, als der Grundstoff, aus dem sie geschaffen war. Sie war Weib, freimütig, ehrlich, offen, schmiegsam und demokratisch, aber ein Spielzeug war sie nicht. Zeitweise hatte er das Gefühl, als schlüge sie Funken wie Stahl – feiner, juwelenartiger Stahl. Sie war der Inbegriff von Kraft.

»Gewiß, Aaron,« tönte in einer Pause Dick Forrests Stimme vom andern Ende des Tisches, »darüber können Sie mal nachdenken: Phillips Brooks sagt, keiner hat sich zu wirklicher Größe hindurchgerungen, ohne zu fühlen, daß sein Leben in gewisser Beziehung seiner Rasse gehört, und daß

Gott, was er ihm gibt, ihm für die ganze Menschheit gegeben hat.«

»Da glauben Sie also letzten Endes doch an Gott?« gab der mit Aaron angeredete Mann spöttisch zurück. Er war ein schlanker Mensch mit einem länglichen, olivenfarbenen Gesicht, strahlenden, schwarzen Augen und einem langen, tiefschwarzen Bart.

»Ich will mich hängen lassen, wenn ich es weiß«, antwortete Dick. »Jedenfalls aber habe ich ihn nur figürlich zitiert. Nennen Sie es meinetwegen Moral oder Entwicklung.«

»Die Größe eines Mannes beruht nicht auf dem Intellekt«, sagte ein ruhiger Ire mit einem langen Gesicht und blankgeriebenen Ärmeln.

»Sehr richtig, Terrence!« stimmte Dick zu.

»Es kommt auf die Erklärung an«, sagte müde ein Mann, unverkennbar ein Hindu, der das Brot zwischen seinen sehr schlanken, feinen Fingern zerkrümelte. »Was verstehen wir unter ›Größe‹?«

»Sagen wir Schönheit«, meinte still ein melancholisch aussehender junger Mann mit empfindsamem, ängstlichen Wesen und langem, wirren Haar.

Ernestine erhob sich plötzlich, legte die Hände auf den Tisch und beugte sich mit gemachtem Ernst vor. »Jetzt geht es los!« rief sie. »Jetzt geht es los! Jetzt werden wir das Universum zum tausendsten Mal ordnen. Theodore,« wandte sie sich an den jungen Dichter, »der Anfang ist schwach. Benutzen Sie die Gelegenheit. Reiten Sie Ihre Gelehrsamkeit, und Sie werden mit drei Längen vor uns ankommen.«

Ein schallendes Gelächter belohnte ihre Worte, und der Dichter errötete und zog sich in seine Schale von Empfindsamkeit zurück.

»Unsere Philosophen werden heute wohl kaum Gelegenheit finden, sich auszusprechen«, sagte Paula leise zu Graham.

»Philosophen?« fragte er. »Die kamen ja nicht mit den Leuten von Wickenberg. Wer und was sind sie? Ich verstehe nicht ein Wort von der ganzen Geschichte.«

»Die ...« Paula zögerte. »Die wohnen hier. Sie nennen sich selbst die Dschungelvögel. Sie wohnen ein paar Meilen von hier im Walde und tun nichts anderes als lesen und reden. Ich möchte wetten, daß man mindestens fünfzig von Dicks nicht katalogisierten Büchern in ihren Höhlen findet. Dick sagt, ihnen hätte er es zu verdanken, daß er die umfassendste und modernste Sammlung philosophischer Werke an der ganzen atlantischen Küste besitzt. Sie verdauen gewissermaßen alles für ihn. Es macht Dick einen Heidenspaß und spart ihm nebenbei Zeit. Er arbeitet ja ununterbrochen, wissen Sie.«

»Mit andern Worten: Dick sorgt für sie, nicht wahr?« fragte Graham und freute sich, daß er in die blauen Augen sehen durfte, die seinem Blick so offen begegneten.

Während sie antwortete, beobachtete er den schwachen Bronzeschimmer in ihren langen, braunen Wimpern; vielleicht war es ein zufälliger Lichtreflex. Hierauf mußte er notgedrungen ihre fein gezeichneten, braunen Brauen betrachten, ob sie denselben Bronzeschimmer hatten, und zuletzt fiel sein Blick auf ihr Haar, und auch hier sah er, noch deutlicher, den schwachen Bronzeton. Unwillkürlich verblüffte und durchbebte ihn auch das blendende Lächeln, das so häufig ihr Gesicht erhellte und sowohl Zähne wie Augen umfaßte. Wenn sie lächelte, so tat sie es aus ihrem Innern heraus, überströmend, freudig, und sie legte den ganzen Reichtum ihres Wesens hinein.

»Ja,« sagte sie, »solange sie leben, brauchen sie sich nicht den Kopf zu zerbrechen, wovon sie leben sollen. Dick ist sehr freigebig oder eigentlich unmoralisch in der Art, wie er derartige Menschen in ihrer Faulheit bestärkt. Diese Leute sind ... eine Art Zubehör zum Hause, und sie werden hier bleiben, bis wir sie begraben oder sie uns. Ab und zu verschwindet einer für eine Weile. Wie die Katzen, wissen Sie. Dann kostet es Dick richtiges Geld, sie wiederzubekommen. Terrence dort drüben – Terrence McFane – ist epikuräischer Anarchist, wenn Sie wissen, was das heißt. Er würde keinen Floh töten.

Voriges Jahr hatte er auf einmal eine fixe Idee: das Alphabet. Er reiste nach Ägypten – ohne einen Pfennig natürlich, – um es bis zu seinem Ursprung zurück in dem Lande, aus dem es stammt, zu verfolgen, und so zu der Formel zu gelangen, die die Erklärung für das ganze Weltall geben sollte. Er kam denn auch bis nach Denver, – er reiste als Tramp, – und wurde dort in irgendwelche sozialistischen Geschichten verwickelt. Dick mußte ihm Rechtsanwälte engagieren, Strafen bezahlen und alles mögliche tun, um ihn wiederzubekommen.

Und der mit dem Bart, – das ist Aaron Hancock. Der will ebensowenig arbeiten wie Terrence. Aaron stammt aus den Südstaaten. Er sagt, in seiner Familie habe keiner je gearbeitet, und es seien immer nur Narren gewesen, die das Arbeiten einfach nicht hätten lassen können. Daher trägt er auch einen Bart. Sich zu rasieren, ist seiner Meinung nach unnötige Arbeit und daher unmoralisch. Ich vergesse nie, wie er in Melbourne auf Dick und mich losgeschossen kam, ein Wilder aus dem australischen Busch. Er hatte offenbar anthropologische oder folkloristische Studien an Ort und Stelle betrieben. Dick, der ihn vor Jahren in Paris kennen gelernt hatte, versprach ihm, für ihn zu sorgen, wenn er je nach Amerika zurückkäme. Und da ist er nun.«

»Und der Dichter?« fragte Graham, froh, noch weiter mit ihr sprechen und das blendende Lächeln beobachten zu können, das immer wieder über ihr Antlitz glitt.

»Ach, Theo – Theodore Malken, – wir nennen ihn Leo. Er will auch nichts tun. Er ist aus alter, kalifornischer Familie. Seine Verwandten sind schrecklich reich, zogen sich aber von ihm zurück, – oder er sich von ihnen, – als er fünfzehn Jahre alt war. Sie sagen, er sei ganz verrückt. Er macht wirklich fabelhafte Gedichte ... wenn er einmal schreibt; aber er träumt lieber mit Terrence und Aaron in der Dschungel. Er ist jetzt zwei Jahre bei uns und beginnt direkt Fett anzusetzen. Dick versorgt sie einfach unvernünftig freigebig mit Proviant, aber sie wollen lieber reden, lesen und träumen, als sich selbst ihr Essen bereiten. Die einzigen, richtigen Mahlzeiten erhalten sie, wenn sie, wie heute, zu uns kommen.«

»Und der Hindu, – wer ist das?«

»Das ist Dar Hyal. Er ist ihr Gast. Die drei haben ihn eingeladen. Dick meint, mit der Zeit kämen noch drei dazu, und dann hätte er seine sieben Weisen von Madroñohain. Sie wohnen nämlich im Madroñohain. Da ist es herrlich: rieselnde Quellen und ein Canyon, – aber ich wollte Ihnen von Dar Hyal erzählen.

Er ist Revolutionär eigener Art. Er hat ein bißchen an unsern Universitäten gearbeitet, hat in Frankreich, in Italien und der Schweiz studiert, mußte Indien aus politischen Gründen verlassen und hat zwei große Ziele: erstens ein neues synthetisch-philosophisches System und zweitens Empörung gegen die britische Tyrannei in Indien. Er ist Vorkämpfer für individuellen Terrorismus und direkte Aktion der Massen. Das ist der Grund, daß seine Zeitung »Kadar« oder »Badar« oder so etwas in Kalifornien verboten und er selbst beinahe ausgewiesen wurde; und das ist auch der Grund, daß er sich augenblicklich hier befindet und sich der Formulierung seiner Philosophie widmet. Er und Aaron streiten sich immer schrecklich über philosophische Probleme. Und jetzt« – Paula seufzte, verlöschte den Seufzer aber gleich wieder durch ein Lächeln – »jetzt bin ich fertig, und Sie wissen Bescheid. Wenn Sie unsere Weisen übrigens näher kennenlernen wollen, so will ich Ihnen einen guten Rat geben, namentlich, wenn es im Herrenzimmer geschieht: Dar Hyal ist Antialkoholiker; Theodore Malken kann einen poetischen Rausch haben und bekommt ihn meistens von einem einzigen Cocktail; Aaron Hancock weiß ein gutes Glas zu schätzen, und Terrence McFane, der kaum ein Getränk vom andern unterscheiden kann und sich auch nichts daraus macht, kann fünfundneunzig Männer von hundert unter den Tisch trinken und dabei noch mit größter Klarheit seine epikuräisch-anarchistischen Theorien entwickeln.«

Etwas bemerkte Graham im Laufe des Essens: Die Weisen nannten Dick Forrest beim Vornamen, Paula aber stets »Frau Forrest«, obgleich sie sie bei ihren Vornamen nannte. Das klang nicht im geringsten unnatürlich. Diese Menschen, die nur wenige Dinge unter der Sonne, und darunter nicht einmal die Arbeit, respektierten, legten sich ganz unbewußt der Gattin Dick Forrests gegenüber eine gewisse Zurückhaltung auf.

Genau so war es nach dem Essen in dem großen Wohnzimmer. Sie tat, was ihr einfiel, aber niemand nahm sich deshalb ihr gegenüber etwas heraus. Ehe die Gesellschaft sich verteilte, schien Paula überall zu sein und war heiterer als sie alle. Aus dieser und jener Gruppe, aus dieser und jener Ecke erscholl ihr Lachen, das Graham bezauberte.

Vom Klavier, an dem Eddie Mason, von einer Schar junger Mädchen umgeben, saß, ertönten Lärm und Heiterkeit und die neuesten Lieder und Schlager.

Paula lief schnell durchs Zimmer, verfolgt von Dick, der sie in dem Augenblick fing, als sie sich hinter einigen Gästen zu verbergen suchte.

»Verruchtes Weib!« rief Dick mit angenommener Wut, und im nächsten Augenblick hatten beide sich gefunden und verabredeten, daß sie Dar Hyal zum Tanzen überreden wollten.

Dar Hyal gab nach und überließ Asien und die Asiaten sich selber, während er mit seltsamen Arm- und Beinverrenkungen eine Tanzparodie tanzte, die er für die »blastische« Kulmination des modernen Tanzes erklärte.

»Und jetzt, Rote Wolke, sing Herrn Graham dein Eichellied vor«, sagte Paula zu Dick. Dick, der immer noch den Arm um seine Frau geschlungen hatte, damit sie sich nicht der Strafe entzöge, die er ihr angedroht, aber noch nicht erteilt hatte, schüttelte düster den Kopf.

»Das Eichellied!« rief Ernestine vom Klavier, und die Aufforderung wurde von Eddie Mason und den jungen Mädchen wiederholt.

»Ach ja, Dick«, bat Paula. »Herr Graham ist der einzige, der es noch nicht gehört hat.«

Dick schüttelte den Kopf.

»Dann sing' dein Lied vom Goldfisch!«

»Ich will ihm das Lied des Bergkönigs vorsingen«, sagte Dick trotzig, und seine Augen leuchteten necklustig. Er stampfte mit den Füßen, tanzte, wieherte, daß es wirklich wie das Wiehern Bergkönigs klang, warf eine eingebildete Mähne zurück und rief: »Hört mich, ich bin Eros, ich stampfe durch die Berge —«

»Das Eichellied!« unterbrach Paula ihn schnell und ruhig mit einem ganz leisen stählernen Klang in der Stimme.

Dick unterbrach gehorsam das Lied des Bergkönigs, schüttelte aber den Kopf wie ein eigensinniges Füllen.

»Ich weiß ein neues Lied«, sagte er mit großem Ernst. »Es handelt von uns beiden, Paula. Ich habe es von den Nishinam.«

»Die Nishinam sind die ausgestorbenen Ureinwohner dieses Teils von Kalifornien«, sagte Paula leise zu Graham.

Dick machte ein Dutzend Tanzschritte mit steifen Beinen, wie die Indianer tanzen, schlug sich mit der einen Handfläche den Schenkel und begann, ohne seine Frau loszulassen, ein neues Lied.

»Mich, ich bin Ai-kut, der erste Mann der Nishinam. Ai-kut ist Adam, und mein Vater war der Coyote und meine Mutter der Mond. Und dies ist Yo-to-to-wi, meine Gattin. Sie ist das erste Weib der Nishinam. Ihr Vater war der Grashüpfer und ihre Mutter die Wildkatze. Das waren der beste Vater und die beste Mutter nach meinem Vater und meiner Mutter. Der Coyote ist sehr klug, der Mond ist sehr alt, aber wer hätte je Gutes vom Grashüpfer und von der Wildkatze gehört? Die Nishinam haben immer recht. Die Mutter aller Weiber mußte eine Katze sein, eine schlaue, kleine, verschrumpfte Katze mit einem traurigen Gesicht und einem gestreiften Schwanz.«

Hier wurde das Lied von dem ersten Mann und der ersten Frau durch Proteste der Damen und Beifallsrufe der Herren unterbrochen.

»Dies ist Yo-to-to-wi, was Eva bedeutet«, sang Dick weiter, wobei er Paula mit einer Bewegung an sich riß, die primitive Wildheit ausdrücken sollte. »Es ist nicht viel an Yo-to-to-wi. Aber ihr dürft nicht zu hart über sie urteilen. Es ist die Schuld des Grashüpfers und der Wildkatze. Ich bin Ai-kut, der erste Mann, und ihr dürft meinen Geschmack nicht kritisieren. Ich war der erste Mann, und sie war das erste Weib. Wo nur eines ist, gibt es keine Wahl. So erging es Adam. Er wählte Eva. Yo-to-to-wi war das einzige Weib auf der ganzen Welt, und deshalb wählte ich Yo-to-to-wi.«

Und Evan Graham, der zuhörte, während sein Blick dem Arm folgte, der mit dem Recht des Besitzers die ganze Schönheit dieser Frau für sich beanspruchte, fühlte das fast als eine persönliche Kränkung, und ungerufen stieg in ihm der Gedanke auf, um gleich wieder zornig verdrängt zu werden: »Dick Forrest ist glücklich – zu glücklich.«

»Ich bin Ai-kut«, sang Dick weiter. »Dies ist mein Blütentau von Weib. Sie ist mein Honigtau von Weib. Ich habe gelogen, denn ihr Vater war nicht der Grashüpfer und ihre Mutter nicht die Wildkatze. Ihr Vater war die Morgenröte über der Sierra und der Sommerwind in den Bergen. Sie berieten miteinander und sogen aus Luft und Erde alle Süßigkeit, bis sich ihre Liebe wie Nebel auf Chapparal und Manzanita senkte und der Honigtau sich auf die Blätter legte.

Yo-to-to-wi ist mein Honigtau-Weib. Hört mich, ich bin Ai-kut. Yo-to-to-wi ist mein Wachtel-Weib, mein Hirsch-Weib, mein Pflanzensaft-Weib, geboren aus dem milden Regen und der fetten Erde. Sie ist geboren aus dem zarten Sternenlicht und der spröden Morgenröte vor der Sonne ...

Und«, schloß Forrest, der jetzt seine Erfindungsgabe erschöpft hatte und zu seiner gewohnten Ausdrucksweise zurückkehrte, »wenn ihr glaubt, daß der liebe, alte, blauäugige Salomon ein ganz anderer Kerl gewesen sei als ich, dann braucht ihr euch nur in die Subskriptionsliste für mein Lied der Lieder einzutragen.«

Frau Mason bat Paula, zu spielen.

Dar Hyal schloß sich den drei Weisen an, die Paula zu dem großen Konzertflügel begleiteten, der, wie Graham sich sagte, doch für den großen Raum nicht zu groß war. Kaum aber saß sie, als sie sich auch schon wieder zurückzogen und die Plätze einnahmen, auf denen sie offenbar am liebsten lauschten. Der junge Dichter legte sich der Länge nach auf ein langhaariges Bärenfell, das zwölf Meter vom Klavier entfernt lag und vergrub die Hände in seinem Haar. Terrence und Aaron warfen sich zusammen auf einen Fenstersitz, einander nahe genug, um sich gegebenenfalls bei einer Stelle, über die sie sich gestritten hatten, einen Wink geben zu können. Die jungen Mädchen saßen in buntem Durcheinander auf den breiten Diwanen oder zu zweit oder dritt in den großen Sesseln.

Evan Graham wollte sich schon zum Flügel begeben, um Paula die Noten umzublättern, als er sah, daß Dar Hyal sich diesen ehrenvollen Posten erwählt hatte. Neugierig wartete er, was kommen sollte. Der Flügel stand auf einem Podium unter einer niedrigen Wölbung am Ende des Saales, so daß die Musik in vollstem Maße zu ihrem Rechte kommen konnte. Alles Lachen und Schwatzen war verstummt.

Ernestine, die in einem Sessel ganz in seiner Nähe saß, beugte sich zu ihm vor und flüsterte: »Sie kann alles, was sie will. Und dabei übt sie nicht viel. Sie hat bei Leschetitzky und der Carreño Unterricht gehabt und hält sich an deren Methoden. Und sie spielt nicht wie eine Frau. Hören Sie nur!«

Graham erwartete, von ihren sicheren Händen enttäuscht zu werden. Die liefen in kleinen, schnellen Läufen und Trillern über die Tasten, aber er hatte nur zu oft technisch gewandte, aber in musikalischer Beziehung mittelmäßige Spieler gehört.

Er war jedoch überrascht, als sie das so ausgesprochen männliche Präludium von Rachmaninow, das er nur von Männern befriedigend hatte spielen hören, anschlug.

Und sie spielte weiter mit einer Ruhe und Kraft, die er am allerwenigsten von dieser kleinen, fast mädchenhaften Frau erwartet hätte, welche er durch halbgeschlossene Lider undeutlich hinter der Ebenholzplatte des mächtigen Flügels erblickte, dieses Instruments, das sie ebenso beherrschte wie sich selbst und den Komponisten.

Während Dar Hyal nach Paulas Anweisung andere Noten hervorsuchte, sah sie zu Dick hinüber, der eine Lampe nach der anderen verlöschte, bis sie in einer Oase von mildem Lichte saß, das den matten Goldschimmer auf ihrem Haar und ihrem Kleid hervorhob.

Graham sah, wie der hohe Raum gleichsam noch höher wurde, je mehr er im Schatten lag. Zwanzig Meter lang war der Saal und reichte durch zwei und ein halbes Stockwerk von dem gemauerten Fußboden bis zu der holzgetäfelten Decke. Eine Galerie lief durch die ganze Länge des Raumes, und über ihrem Geländer hingen Felle wilder Tiere, handgewebte Decken aus Oaxaca und Ekuador und Tapas, die Frauenhände mit Pflanzenfarben in der Südsee verfertigt hatten. Graham wußte, woran es ihn erinnerte: an die Festhalle einer mittelalterlichen Burg.

Später, als Paula genug von Debussy gespielt hatte, um Terrence und Aaron Stoff zu einem neuen Disput zu geben, sprach Graham einen Augenblick mit ihr über Musik. Es war ein lebhaftes Gespräch, bei dem sie sich so vertraut mit der Philosophie der Musik zeigte, daß er sich zuletzt hinreißen ließ, seine eigenen Theorien zu entwickeln.

Als die drei Weisen sich dann in das Gespräch mischten, entschlüpfte Paula und überließ Graham seinem Schicksal. Er blickte ihr nach, sah, mit welch vollendeter Schönheit ihre Knie sich unter den Falten ihres Kleides hoben, als sie jetzt zu Frau Mason trat und die Bridgetische arrangierte, während er wie im Traum Terrence seine Theorien entwickeln hörte.

Als die Weisen später in dem hitzigen Wortstreit, ob Berlioz oder Beethoven die tiefste Intelligenz in der Musik bedeutete, alles um sich vergessen hatten, glückte es Graham, ihnen zu entkommen. Sein Ziel war wieder Paula. Aber sie hatte sich zu zwei der jungen Mädchen gesetzt, so daß sie eine lachende Gruppe für sich in einem der großen Sessel bildeten, und da der größte Teil der Gesellschaft vom Bridge in Anspruch genommen war, schlenderte er zu einer andern, aus Dick Forrest, Herrn Wombold, Dar Hyal und dem Korrespondenten von ›Breeders Gazette‹ bestehenden Gruppe und hörte zu, wie Dick Forrest seine neuesten Pläne darlegte.

Evan Graham konnte sich an diesem Abend erst spät entschließen, zu Bett zu gehen. Das Große Haus sowohl wie die kleine Dame, die darin herrschte, hatten ihn in starke Erregung versetzt. Halb entkleidet saß er auf dem Bettrand, rauchte seine Pfeife und sah sie dabei immer noch vor sich, wie er sie in ihren verschiedenen Stimmungen und Kleidern während der letzten zwölf Stunden gesehen hatte, – die Frau, die mit ihm über Musik gesprochen, die so mädchenhaft wie die beiden jungen Mädchen neben ihr in dem großen Sessel gesessen, die mit einem leisen Stahlklang in der Stimme ihren widerspenstigen Mann gezügelt hatte, als er das Lied des

Bergkönigs singen wollte, die unerschrocken auf dem Rücken des großen Hengstes gesessen, als er im Schwimmbassin ertrinken wollte, und die sich einige Stunden später wie ein Traumgesicht im Speisesaal unter ihren Gästen gezeigt hatte.

Aber nicht allein die Gestalt Paula Forrests, auch das Große Haus mit all seinen Wundern und bizarren, neuartigen Einrichtungen beschäftigte seine Phantasie.

Graham klopfte seine Pfeife aus, sah sich noch einmal in diesem fremden, mit allen Bequemlichkeiten ausgestatteten Zimmer um, schaltete das elektrische Licht aus und lag endlich zwischen den kühlen Laken in dem wachen Dunkel. Wieder hörte er Paula lachen, fühlte wieder ihre Kraft, die ihn an Silber und Stahl gemahnte, sah wieder im Dunkeln die unvergleichliche Bewegung, mit der sie die Knie unter dem Kleide hob. Zuletzt irritierte ihn die strahlende Erscheinung fast, so unmöglich war es, von ihr loszukommen. Immer wieder tauchte sie auf, ein flammendes Bild aus Licht und Farbe.

Er sah Hengst und Reiterin unter dem Wasser verschwinden und wieder auftauchen. Ein Gewirr von Schaum und fechtenden Hufen und ein Frauenantlitz, das lachend ihr Haar in der nassen Mähne des Tieres barg. Und die ersten, rauschenden Töne des Präludiums erklangen in seinem Ohr, während er dieselben Hände, die den Hengst gelenkt hatten, dem Flügel die reine, strahlende Klangfülle Rachmaninows entlocken sah.

Und im Einschlafen noch staunte Graham über das Wunderbare des Entwicklungsprozesses, der aus dem Urschlamm und Staub das glühende Fleisch und den herrlichen Geist dieser Frau erschaffen konnte.

Am nächsten Morgen erhielt Graham einen weiteren Einblick in das Leben im Großen Hause. Oh Jeh hatte ihn schon am Abend zuvor über verschiedenes aufgeklärt und erfahren, daß er es vorzog, nach der Tasse Kaffee, die er gleich nach dem Aufwachen erhielt, statt im Bett im Frühstückszimmer zu essen. Ferner hatte Oh Jeh ihm mitgeteilt, daß das Frühstück nicht auf eine bestimmte Zeit angesetzt war, sondern jederzeit zwischen sieben und neun Uhr eingenommen werden konnte, und daß die Gäste kamen, wann es ihnen paßte. Wenn er ein Pferd, ein Schwimmbad, ein Auto oder sonst etwas wünschte, das das Große Haus zu bieten hatte, so brauchte er es Oh Jeh nur zu sagen.

Als Graham um halb acht Uhr das Frühstückszimmer betrat, kam er gerade früh genug, um sich von dem Korrespondenten von ›Breeders Gazette‹ sowie von dem Viehhändler aus Idaho zu verabschieden, die schon gegessen hatten, um jetzt mit dem Auto nach Eldorado und von dort mit dem Morgenzuge nach San Francisco zu fahren. Er frühstückte allein, und ein chinesischer Diener nötigte ihn, sich zu bedienen. Er verlangte und erhielt zuerst eine geeiste Grape Fruit mit Sherry, die, wie der Diener stolz erklärte, »selbstgezogen« war. Dann dankte er für verschiedene Frühstücksgerichte und Grütze, die der Chinese ihm vorschlug, und hatte sich gerade flaumweiche Eier und Speck bestellt, als Bert Wainright mit einer Gleichgültigkeit hereinschlenderte, die, wie Graham sofort merkte, nur gespielt war, und fünf Minuten später erschien Ernestine Desten in einem entzückenden Morgenkleid und tat, als sei sie sehr erstaunt, so früh schon so viele Gäste anzutreffen.

Als die drei sich von Tisch gerade erheben wollten, kamen Lute Desten und Rita Wainright. Im Billardzimmer, wohin Graham sich dann mit Bert begab, erfuhr er, daß Dick Forrest nie am Frühstückstisch erschien, und daß er sich nur bei ganz besonderen Gelegenheiten seinen Gästen vor dem zweiten Frühstück um halb eins zeigte. Paula Forrest schlief, wie Bert erklärte, immer sehr schlecht und stand erst spät auf, lebte hinter einer Tür ohne Griff in einem geräumigen Flügel mit einem geheimen Hof, den er selbst nur ein einziges Mal gesehen hatte.

»Sie ist ganz gesund,« erklärte er, »aber sie hat nie schlafen können, nicht einmal als ganz kleines Kind. Aber das macht ihr nichts aus, denn sie hat einen starken Willen und will sich ihre Nerven nicht verderben lassen. Sie hat ein so empfindliches Nervensystem, aber statt sich aufzuregen, wenn sie nicht schlafen kann, beschließt sie, daß sie ruhen will, und dann ruht sie. Solche Nächte nennt sie ihre »weißen Nächte«. Vielleicht schläft sie bei Tagesanbruch oder um neun oder zehn Uhr morgens ein, und dann schläft sie den ganzen Tag hindurch und kommt erst zum Mittagessen, und zwar vollkommen frisch.«

»Das ist wohl Gewohnheit, denke ich«, meinte Graham.

Bert nickte.

»Ja, für neunhundertundneunundneunzig von tausend Frauen wäre es eine Qual. Für sie aber nicht. Sie nimmt es, wie es gerade kommt, und wenn sie zu der einen Zeit nicht schlafen kann, so schläft sie einfach zu einer anderen und holt das Versäumte ein.«

Bert Wainright erzählte noch mehr von ihrer Wirtin, und Graham merkte schnell, daß der junge Mann, obgleich er sie erst kurze Zeit kannte, doch schon großen Respekt vor ihr hatte.

»Ich habe noch keinen Menschen gesehen, mit dem sie nicht fertig werden konnte, wenn sie es sich vorgenommen hatte,« sagte er vertraulich. »Und ich kann nicht herauskriegen, wie sie es macht. Nur ein Schimmer in ihren Augen, ein Ausdruck um ihren Mund, – was weiß ich! – Aber sicher ist, daß sie den Leuten ihren Platz anweist, und zwar so, daß kein Zweifel möglich ist.«

»Sie hat so ... eine besondere Art«, meinte Graham.

»Eben!« Berts Gesicht strahlte. »Es ist ihre Art. Es kann eine Kälte von ihr ausstrahlen, man weiß nicht, wieso. Vielleicht hat sie gelernt, es so still abzutun, weil sie gewohnt ist, die Nächte schlaflos zu verbringen, ohne zu klagen oder verdrießlich zu werden. Es ist sehr wahrscheinlich, daß sie heute nacht kein Auge geschlossen hat – die Aufregung, die vielen Menschen, das Schwimmbad mit Bergkönig und alles das. Sehen Sie, was sonst die meisten Frauen wachhält – Gefahr, Seesturm oder dergleichen – das, sagt Dick, macht keinen Eindruck auf sie. Sie kann wie ein Kind schlafen, sagt er, und wenn die Stadt, in der sie sich befindet, bombardiert wird, oder das Schiff, auf dem sie ist, Gefahr läuft, an den Klippen zu zerschellen. Sie ist prachtvoll. Sie sollten nur mal Billard mit ihr spielen, da werden Sie sehen, was sie kann!«

Kurz darauf trafen Graham und Bert die jungen Mädchen in der kleinen Wohnstube, und sie sangen, tanzten und plauderten eine ganze Stunde lang, aber trotzdem konnte Graham ein Gefühl der Leere und den tiefen Wunsch nicht loswerden, Paula Forrest in einer neuen, unerwarteten Stimmung in die offene Tür treten zu sehen.

Dann machte er auf Altadena in Begleitung Berts, der eine Vollblutstute namens Mollie ritt, einen zweistündigen Ausritt nach den Meiereien des Gutes und kam gerade früh genug wieder heim, um sich gemäß der Verabredung mit Ernestine auf dem Tennisplatz zu treffen.

Zum Frühstückstisch erschien er mit einem Eifer, den sein starker Appetit nicht hinreichend erklärte, und war sehr enttäuscht, als die Hausfrau sich nicht zeigte.

»Eine weiße Nacht«, erklärte Dick Forrest seinem Gast und ergänzte die Auskünfte Berts mit einigen Einzelheiten über ihre angeborene Schlaflosigkeit. »Wissen Sie, wir waren schon jahrelang verheiratet, ohne daß ich sie je schlafen gesehen hatte. Ich wußte, daß sie schlief, sah es sie aber nie tun. Ich habe sie drei Tage und drei Nächte herumlaufen sehen, ohne ein Auge zu schließen, und als sie endlich einschlief, geschah es einfach aus Erschöpfung. Das war, als die »All Away« bei den Karolinen strandete, und die ganze Bevölkerung sich abmühte, uns klarzubringen. Es war nicht die Gefahr – eine eigentliche Gefahr bestand nicht – nur der Lärm und die Aufregung. Sie war zu sehr darauf versessen, etwas zu erleben, und als dann alles vorüber war, sah ich sie wirklich schlafen – aber das war das erstemal.«

Am Morgen war ein neuer Gast angekommen, Donald Ware, den Graham beim zweiten Frühstück vorfand. Er schien alle zu kennen, als sei er ein häufiger Gast im Großen Hause, und Graham erfuhr, daß er trotz seiner Jugend ein bekannter Geiger war.

»Er ist wahnsinnig in Paula verliebt«, sagte Ernestine zu Graham, als sie das Eßzimmer verließen.

Graham hob die Brauen.

»Ach, daraus macht sie sich nichts«, lachte Ernestine. »Das ist sie gewohnt. Sie amüsiert sich darüber. Dick findet es

86

furchtbar komisch. Es geht allen so, ehe sie eine Woche hier gewesen sind. Wenn es Ihnen nicht ebenso ergeht, sind Sie eine mächtige Ueberraschung für uns alle, und Dick wird sich wahrscheinlich kränken. Er hält es für etwas Selbstverständliches und erwartet es direkt. Und wenn ein stolzer, verliebter Ehemann sich an so etwas gewöhnt hat, so muß es ihn natürlich auch schrecklich kränken, wenn jemand seine Frau nicht hinreichend zu schätzen weiß.«

»Na, wenn man das von mir erwartet, muß ich es wohl tun«, seufzte Graham. »Ich hasse es zwar, dasselbe zu tun wie alle anderen, wenn es aber mal so üblich ist ... Aber es ist furchtbar hart für mich, wo es so viele hübsche Mädchen in der Gegend gibt.«

Seine länglichen, grauen Augen blickten sie neckend an und machten einen solchen Eindruck auf Ernestine, daß sie zu lange hinein sah, ehe sie sich dessen bewußt wurde, worauf sie den Blick niederschlug und glühend rot wurde.

»Theochen – der junge Dichter, dessen Sie sich wohl von gestern abend erinnern,« schwatzte sie plötzlich drauflos mit einem offenbaren Versuch, ihre Verlegenheit zu verbergen, »Theochen ist schrecklich in Paula verliebt. Und Terrence – das ist der Ire – ist auch leise in sie verliebt. Sie können ja nichts dafür, und man kann ihnen keinen Vorwurf daraus machen.«

»Sie verdient es auch sicher alles«, murmelte Graham, fast gekränkt, weil der halbverrückte Ire, der stolz auf sein Tagediebleben von anderer Gnaden war, selbst ›leise‹ in die kleine Herrin verliebt sein sollte. »Nach dem wenigen, was ich von ihr gesehen habe, muß sie eigenartig und bezaubernd sein.«

»Sie ist meine Halbschwester,« erklärte Ernestine, »wenn man auch nicht glauben sollte, daß wir auch nur einen Blutstropfen in unseren Adern miteinander gemein hätten. Übrigens ist sie gar nicht so jung. Sie ist achtunddreißig, wissen Sie –«

»Pussi, Pussi!« flüsterte Graham.

Die hübsche, junge Blondine sah ihn überrascht und verdutzt an.

»Kätzchen!« sagte er mit angenommener Strenge.

»Ach,« rief sie, »so meinte ich es ja gar nicht. Wir sagen hier immer alles, was wir meinen. Jeder kennt Paulas Alter. Sie erzählt es selber. Ich bin achtzehn, – daß Sie es wissen! Und weil Sie so schlecht von mir dachten: wie alt sind Sie?«

»Genau so alt wie Dick«, antwortete er schnell.

»Und der ist vierzig«, lachte sie triumphierend. »Kommen Sie mit zum Schwimmen? – Das Wasser wird schrecklich kalt sein.«

Graham schüttelte den Kopf.

»Ich soll mit Dick ausreiten.«

Mit ihrer ganzen achtzehnjährigen Unmittelbarkeit versuchte sie gar nicht, ihre Enttäuschung zu verbergen.

»Ach,« sagte sie, »wieder sein ewiger Dünger oder die Terrassenanlage auf den Hängen oder die Wässerungsanlage!«

»Aber er sprach davon, daß wir um fünf schwimmen wollten.«

Ihr Gesicht erhellte sich in einem strahlenden Lächeln.

»Dann treffen wir uns am Schwimmbassin. Das muß er mit Paula verabredet haben – sie sagte auch, daß wir um fünf schwimmen gingen.«

Graham mußte hineingehen, um sich für den Ritt umzukleiden, so daß sie sich in einer langen Pergola trennten, von wo er in sein Turmzimmer kommen konnte. Plötzlich blieb Ernestine stehen und rief:

»Ach, Herr Graham!«

Gehorsam wandte er sich um.

»Sie sind natürlich nicht gezwungen, sich in Paula zu verlieben. Ich hab' das nur so gesagt.«

»Ich werde sehr, sehr vorsichtig sein«, sagte er feierlich, aber seine Augen funkelten lustig.

Und doch mußte er sich, als er weiterschritt, eingestehen, daß er schon im Begriff war, sich von dem Reiz Paula Forrests einfangen zu lassen. Er wußte in diesem Augenblick, daß er weit lieber mit ihr ausgeritten wäre, als mit seinem alten Freunde Dick.

Als er zu dem langen Bindebaum unter den alten Eichen kam, wo die Pferde angebunden waren, sah er sich eifrig nach der Frau des Hauses um. Aber es war niemand zur Stelle als

Dick und der Stallknecht, obwohl viele gesattelte Pferde stampfend im Schatten standen. Dick und er ritten allein. Dick zeigte ihm ihr Pferd – einen lebhaften, roten Vollbluthengst, der einen kleinen, amerikanischen Sattel mit stählernen Steigbügeln und eine Trense mit doppeltem Zügel trug.

»Ich weiß nicht, was Paula vor hat«, sagte Dick, als sie ihre Pferde angetrieben hatten. »Sie hat sich noch nicht gezeigt, aber jedenfalls werden wir sie später beim Schwimmbassin treffen.«

Graham genoß den Ritt, wenn er sich auch mehrmals dabei ertappte, wie er auf seine Armbanduhr sah, um sich zu vergewissern, wie lange es noch bis fünf war. Das Lammen stand gerade bevor, und während er mit seinem Wirt durch ein Feld nach dem andern ritt, stiegen sie abwechselnd ab und halfen trächtigen Shropshire- und Rambouillet-Merinoschafen auf die Beine, denn wenn sie sich auf ihre breiten Rücken gewälzt hatten, konnten sie nicht von selber wieder hoch kommen, sondern fochten hilflos mit allen Vieren in der Luft herum.

»Ich habe tüchtig gearbeitet, um das amerikanische Merinoschaf zu schaffen«, sagte Dick, »und ihm die kräftigen Beine, den starken Rücken, die gewölbten Rippen und die gehörige Widerstandskraft anzuzüchten. Die europäische Rasse war nicht widerstandsfähig. Sie war zu frisiert und manikürt.«

»Ja, Sie haben wirklich Großes geleistet«, sagte Graham. »Widder nach Idaho zu schicken! Das spricht genug für sich.«

Mit strahlenden Augen antwortete Dick:

»Idaho ist noch gar nichts! Entschuldigen Sie, wenn ich prahle, aber so unglaublich es auch klingen mag, so sind doch die großen Schafherden in Michigan und Ohio auf meine in Kalifornien gezüchteten Rambouillet-Widder zurückzuführen. Oder Australien! Vor zwölf Jahren verkaufte ich drei Widder zu dreihundert das Stück an einen Ansiedler, der zu Besuch hier war. Als er mit ihnen heimkam und sie zeigte, verkaufte er sie für ebensoviel Tausend und bestellte sofort eine ganze Schiffsladung bei mir.«

Auf dem Heimwege begegneten sie zufällig Mendenhall, dem Leiter der Pferdezucht, der sie veranlaßte, ihn auf eine abgelegene, von bewaldeten Canyons durchschnittene und mit vielen Eichen bestandene Weide zu begleiten, um sich eine Herde von Shire-Jährlingen anzusehen, die am nächsten Morgen auf die Almen in den Miramarbergen geschickt werden sollte. Es waren fast zweihundert, zottig und zerzaust und mit für ihr Alter sehr kräftigen Beinen.

»Wir überfüttern sie nicht,« erklärte Dick Forrest, »aber Mendenhall sorgt dafür, daß es ihnen nie am geeigneten Futter fehlt. In den Bergen, wo sie hinkommen, erhalten sie ebensoviel Getreide wie Gras. Die Folge ist, daß sie sich jeden Abend an den Futterstellen sammeln, was den Leuten, die füttern, sehr viel Arbeit erspart. Die letzten fünf Jahre habe ich jährlich fünfzig zweijährige Hengste allein nach Oregon geschickt.«

Als Mendenhall fortritt, kam ihnen ein anderer Mann auf einem Palomina-Pferd mit schlanken Beinen und lebhaften Kopfbewegungen entgegen, und Dick stellte ihn als seinen Tierarzt vor.

»Ich hörte, daß Ihre Frau Gemahlin die Fohlen besichtigt hat, und ritt hin, um ihr »Rehkalb« zu zeigen. Vor Ablauf einer Woche kann sie es reiten. Welches Pferd hat sie heute?«

»Stutzer«, antwortete Dick in einem Ton, als erwartete er, daß Hennessy sofort mißbilligend den Kopf schütteln sollte.

»Ich kann mich nicht damit vertraut machen, Frauen auf Hengsten reiten zu sehen«, murmelte der Tierarzt. »Stutzer ist gefährlich und schlimmer noch: er ist boshaft – wenn ich auch vor seinem Stammbaum den Hut ziehe. Ihre Frau Gemahlin sollte ihn nur mit Maulkorb reiten; aber er schlägt auch, und ich glaube kaum, daß man ihm Kissen an die Hufe binden kann.«

»Nun ja,« meinte Dick, »sie reitet ihn mit der Kandare und scheut sich nicht, sie zu benutzen.«

»Wenn er nicht eines Tages stürzt und sie unter sich begräbt«, brummte Hennessy. »Jedenfalls atme ich auf, wenn sie erst Rehkalb reitet. Sehen Sie, das ist ein Damenpferd, so feurig, wie man es sich nur wünschen kann, und nicht im geringsten boshaft. Es ist ein gutes Pferd und wird selbst, wenn es die Jugendtollheiten hinter sich hat, noch ein munteres Tier sein, das seinem Reiter genug zu schaffen macht.«

Die drei Männer ritten ein kleines Stück einen Seitenweg hinauf, bogen dann in einen bewaldeten Canyon ein, wo ein kleiner Bach rieselte, und gelangten auf eine breite, wellige Terrasse mit üppigen Wiesen. Das erste, was Graham sah, war ein Hintergrund von vielen eigenartigen, ein- und zweijährigen Fohlen und vor diesem Hintergrund Paula Forrest auf dem roten Vollbluthengst Stutzer, der stieg und mit den Vorderbeinen durch die Luft focht, wobei er sein gellendes Wiehern hören ließ. Sie hielten ihre eigenen Pferde an und sahen zu.

»Es endet noch damit, daß er sie totschlägt«, murmelte der Tierarzt gereizt. »Auf Stutzer ist kein Verlaß.«

Im selben Augenblick aber hieb Paula, die nicht bemerkte, daß sie Zuschauer bekommen hatte, Stutzer mit einem kurzen Befehl und einer raschen Drehung der scharfen Sporen die Absätze in die seidigen Flanken und zwang das schäumende Tier wieder zu Boden.

»Bist du nicht doch ein bißchen zu waghalsig?« sagte Dick mit leisem Vorwurf, als die drei Männer sich näherten.

»Ach, ich werde schon mit ihm fertig«, sagte sie atemlos mit zusammengebissenen Zähnen, als Stutzer mit flach zurückgelegten Ohren und einem bösen Funkeln in den Augen seine Zähne zu einem Biß entblößte, der Grahams Bein unheimlich nahe gekommen wäre, hätte sie dem Tier nicht mit einem heftigen Ruck am Zügel den Kopf zurückgerissen und ihm beide Sporen in die Seiten gejagt.

Stutzer zitterte, stöhnte und stand einen Augenblick unbeweglich da.

Dreimal wollte der Hengst sich empören, während die drei Männer zusahen, bereit, ihre eigenen Pferde seitwärts zu lenken, falls er sich nicht mehr halten ließe, und dreimal trieb ihm Paula Forrest in der feinen, geübten Hand den Zügel, die Sporen scharf in die Flanken, bis er schwitzend und schäumend, verwirrt und besiegt stand.

»Guten Tag«, begrüßte Paula ihren Gast, den Tierarzt und ihren Mann. »Jetzt hab' ich ihn, glaube ich. Laßt uns die Fohlen sehen. Nehmen Sie sich vor seinem Maul in acht, Herr Graham. Er beißt. Halten Sie sich weg, wenn Sie sich Ihre Beine bis in Ihr hohes Alter zu bewahren wünschen.«

Jetzt da Stutzer mit seinen Kunststücken fertig war, stürmten die Fohlen, wie von einem Neckgeist besessen, herbei, galoppierten über den Rasen, bis sie neugierig wieder stehen blieben, worauf sie sich unter Führung einer besonders kecken, kastanienbraunen Stute in einem Halbkreis mit wachsam gespitzten Ohren vor den Reitern sammelten.

Anfangs sah Graham nicht viel von den Fohlen. Er sah seine Wirtin wieder in einer neuen Rolle. Finden ihre Veränderungsmöglichkeiten denn nie ein Ende, fragte er sich und sah auf das prachtvolle, unterjochte Tier, das sie ritt. Bergkönig war trotz seiner Größe ein gutgezogenes Schoßhündchen neben dem wiehernden, beißenden und schlagenden Stutzer, der die ganze, feurige Bosheit des Vollbluts zeigte.

»Sieh«, flüsterte Paula Dick leise zu, um das kecke Fohlen nicht zu verscheuchen. »Ist es nicht prachtvoll? Dafür habe ich gearbeitet.« Paula wandte sich zu Evan. »Immer haben sie irgendwelche Fehler oder Mängel, – bestenfalls kommen sie der Vollendung nahe. Hier aber ist es vollendet. Sehen Sie nur! Der Vater ist der Große Häuptling, – Sie haben sicher von ihm gehört, wenn Sie das amerikanische Rennregister kennen. Als er Krüppel geworden war, wurde er für sechzigtausend verkauft. Wir liehen ihn. Diese Stute war sein einziges Fohlen in der Saison. Aber sehen Sie sie nur. Die Brust und die Lungen! Ich hatte die Wahl zwischen vielen Stuten, die zum Stammbaum paßten. Ihre Mutter war nichts Besonderes, aber ich wählte sie doch. Sie war eine schwierige alte Jungfer, aber die einzige Stute, die zum Großen Häuptling paßte. Dies ist ihr erstes Füllen, und sie war achtzehn Jahre alt, als sie fohlte. Aber ich wußte, daß es richtig war. Ich brauchte nur sie und den Großen Häuptling anzusehen, um es zu wissen.«

»Die Stute war nur Halbblut«, erklärte Dick.

»Aber ein gut Teil Morgan von der anderen Seite«, warf Paula schnell ein, »und ein Streifen auf dem Rücken von

Mustang. Dies wird mein erstes, vollkommenes, ganz unangreifbares Reitpferd – ich weiß es – mein Traum, der sich endlich verwirklicht hat.«

»Ja, schön ist es«, sagte Dick bewundernd, und seine Augen wurden ganz warm, als er das kastanienbraune Fohlen betrachtete, das sich ihnen keck näherte und aufmerksam an dem zitternden Kopf des gebändigten Stutzers mit den weit geöffneten Nüstern schnupperte.

»Ich will lieber, daß meine Pferde nur beinahe Vollblut sind«, erklärte Paula. »Das Rennpferd gehört auf die Rennbahn, aber für den allgemeinen Brauch ist es zu sehr spezialisiert.«

»Gut gepaart«, sagte Hennessy und zeigte auf Nymphe. »Kurz genug, um gut zu laufen, und lang genug für den langen Trab. Ich gestehe, daß ich nicht viel Vertrauen zu dem Experiment hatte, aber wir haben doch ein herrliches junges Tier dabei erhalten.«

»Als junges Mädchen hatte ich keine Pferde,« sagte Paula zu Graham, »und daß ich sie jetzt nicht allein habe, sondern auch aufziehen und nach Belieben züchten kann, das ist, finde ich immer, fast zu schön.«

Sie wandte den Kopf, hob dankbar den Blick, und Graham sah, wie sie und Forrest sich eine lange halbe Minute in die Augen schauten. Forrests Freude über die Freude seiner Frau, ihre jugendliche Begeisterung und Lebensfreude war Graham völlig einleuchtend. »Der Glückspilz!« dachte er, nicht weil sein Wirt einen so großen Besitz hatte und soviel daraus gemacht hatte, sondern weil er eine herrliche Frau besaß, die ihm so freimütig und dankbar in die Augen sehen konnte.

Graham dachte ungläubig an Ernestines Angabe, daß Paula achtunddreißig Jahre alt sein sollte, als sie sich plötzlich zu den Fohlen wandte und mit der Reitpeitsche auf einen schwarzen Jährling zeigte, der an dem jungen Gras nippte.

»Sieh das gerade Kreuz, Dick,« sagte sie, »und die Füße und Fesseln!« Sie wandte sich zu Graham: »Ganz anders als die langen Gelenke von Nymphe, nicht wahr? Aber gerade so, wie ich es wollte.« Sie lachte leise, ein klein wenig ärgerlich.

»Die Mutter war eine hellrote Stute, – fast wie ein neuge-
münztes Zwanzigdollarstück, – und ich wollte so gern von ihr
ein Paar Pferde für meinen Wagen haben – genau in einer
Farbe. Nun, daraus wurde nichts, obgleich ich sie mit einem
prachtvollen, rotbraunen Traber paarte. Statt dessen hab ich
das schwarze dort bekommen; – wenn wir nachher die
Zuchtstuten besichtigen, sollen Sie den Bruder sehen: maha-
gonibraun. Das war eine Enttäuschung.«

Sie wies auf ein Paar dunkle Rotschimmel, die nebeneinander weideten. »Das sind zwei von den Nachkommen Guy
Dillons – Brüder von Lou Dillon, wissen Sie. Sie haben verschiedene Mütter, nicht ganz vom selben Rotbraun; aber
passen sie nicht prachtvoll zueinander? Beide haben sie das
Fell von Guy Dillon.«

Sie ritt auf ihrem gezähmten Hengst vorsichtig an der
Herde entlang, um die Tiere nicht zu verscheuchen, aber
einige der Fohlen begannen doch zu laufen.

»Sehen Sie,« rief sie. »Fünf von denen sind Kutschpferde.
Wie die beim Laufen die Vorderbeine heben!«

»Ich würde sehr enttäuscht sein, wenn du nicht ein Preis-
viergespann aus ihnen kriegtest«, sagte Dick anerkennend,
und wieder schenkte sie ihm einen leuchtenden, dankbaren
Blick, der Graham einen Stich ins Herz gab.

»Die Mütter von den beiden dort – dem in der Mitte und
dem am weitesten links – sind schwerere Stuten, und dann
haben wir noch die Wahl zwischen drei anderen für das Leit-
pferd. Ein und derselbe Vater, fünf verschiedene Mütter und
von den fünfen ein gut abgestimmtes, vierblätteriges Kleeblatt
– alles in ein und demselben Jahre – das ist doch Glück, nicht
wahr?«

Ihr großes Interesse für die Tiere verhinderte, daß ihre
Worte auch nur im geringsten geziert oder eingebildet klan-
gen, so daß Dick sich sogar bewogen fühlte, Graham gegenüber ihre Urteilskraft zu rühmen.

»Ich kann eine ganze Bibliothek über Pferdezucht durch-
ackern und mich mit dem Mendelschen Gesetz herumschla-
gen, bis mir Dummkopf direkt schwindelt; aber sie ist ein
Genie. Sie braucht die Gesetze nicht erst zu studieren, sie

weiß alles rein intuitiv. Sie braucht nur den Blick über eine Stutenherde schweifen zu lassen, um sofort die richtigen Väter zu finden, und sie kann beinahe alles erreichen, was sie will, – außer der Farbe, nicht wahr, Paula?«

Sie lachte, daß ihre Zähne blitzten, und Dick fuhr fort: »Sie hat eine Eigenschaft, deretwegen wir den Hut vor ihr ziehen müssen: sie läßt keine weibliche Sentimentalität mitreden, wenn es zu verwerfen gilt. Sie ist schonungslos wie ein Mann, wenn es heißt, minderwertige Exemplare auszurangieren und auszuwählen! Nur die Farben beherrscht sie noch nicht. Da reicht ihr Genie nicht aus, was, Paul? Du mußt dich wohl noch ein Weilchen mit Duddy und Fuddy als Kutschpferden begnügen. Übrigens, wie geht es Duddy?«

»Wieder ganz in Ordnung,« antwortete sie, »dank Herrn Hennessy.«

»Es war nichts Ernstes«, fügte der Tierarzt hinzu. »Er hatte nur keinen rechten Appetit. Es war mehr Angst vom Stallknecht.«

*

Auf dem Wege von der Weide zum Schwimmbassin unterhielt sich Graham mit der Gattin seines Wirts und ritt so dicht neben ihr, wie die Bosheit Stutzers es zuließ, während Dick und Hennessy, in verschiedene, den Betrieb betreffende Fragen vertieft, vorausritten.

»Unter Schlaflosigkeit habe ich mein ganzes Leben gelitten«, sagte sie und kitzelte Stutzer mit dem Sporn, um einen Versuch, sich aufzulehnen, im Keim zu ersticken. »Aber ich habe früh gelernt, meine Nerven nicht dadurch reizen zu lassen. Tatsächlich habe ich mich schon früh daran gewöhnt, meinen Geist dann zu beschäftigen, so daß ich direkt Freude davon hatte. Das war die einzige Möglichkeit, mit dieser Schlaflosigkeit fertig zu werden, die dauern wird, solange ich lebe. Haben Sie, – es ist übrigens selbstverständlich, – gelernt, sich durch eine Unterströmung durchzuarbeiten?«

»Ja, indem ich nicht dagegen ankämpfte«, antwortete Graham, während er seinen Blick auf der warmen Farbe ihrer Wange und den winzigen Schweißperlen, einer Folge ihres beständigen Kampfes mit dem nervösen Tier, das sie ritt, ruhen ließ. Achtunddreißig! dachte er. Warum Ernestine wohl gelogen hatte? Sie sah nicht einmal nach achtundzwanzig aus. Ihre Haut war wie die eines jungen Mädchens, zart und durchsichtig, mit feinen Poren.

»Eben«, fuhr sie fort. »Indem man nicht gegen sie ankämpft. Indem man sich ihr überläßt, sich von ihr hinabziehen läßt und mit ihr schwimmt, um wieder nach oben zu kommen. Das hat Dick mich gelehrt. Und ebenso geht es mit meiner Schlaflosigkeit. Wenn ich vor Aufregung über unmittelbar vorhergegangene Ereignisse nicht einschlafen kann, so gebe ich nach und gelange aus den verwickelten Strömungen schneller zum Unterbewußtsein.

Nehmen Sie zum Beispiel das gestrige Schwimmbad mit Bergkönig. Ich erlebte es heute nacht wieder, wie ich es in der Wirklichkeit erlebte. Dann erlebte ich es als Zuschauer, – wie die Mädchen es sahen, wie Sie es sahen, wie der Cowboy, und vor allem, wie mein Mann es sah. Dann machte ich mir ein Bild davon, viele Bilder, von jedem Gesichtspunkt aus eines, malte sie, rahmte sie ein und hing sie auf, und dann sah ich sie mir an, als sähe ich zum erstenmal. Und ich machte mir vielerlei Zuschauer, von krittligen, alten Jungfern und dürren Junggesellen bis zu höheren Töchtern und bis zu jungen Griechen vor Jahrtausenden.

Dann setzte ich es in Musik. Ich spielte es auf dem Klavier und dachte mir, wie es wohl mit vollem Orchester klingen mochte. Ich rezitierte es, – sang es als Lied, und nach vielen ermüdenden Stunden schlief ich natürlich mitten drin ein und wußte nicht, daß ich schlief, bis ich heute mittag um zwölf aufwachte. Als ich die Uhr das letztemal schlagen hörte, war es sechs. Sechs Stunden ununterbrochener Schlaf sind ein großer Gewinn in der Lotterie des Schlafs für mich.«

Als sie schwieg, ritt Hennessy auf einem Seitenweg fort, und Dick Forrest hielt sein Pferd zurück, um auf der anderen Seite seiner Frau weiterzureiten.

»Haben Sie Lust zu einer Wette, Evan?«

»Lassen Sie mich erst die Bedingungen hören«, lautete die Antwort.

»Zigarre gegen Zigarre, daß Sie Paula nicht in zehn Minuten im Schwimmbassin fangen können – nein, sagen wir, in fünf, ich erinnere mich, daß Sie ein guter Schwimmer sind.«

»Ach, laß ihm doch eine Chance, Dick«, rief Paula edelmütig. »In zehn Minuten wird es ihm schon sauer genug werden.«

»Du kennst ihn nicht«, wandte Dick ein. »Und du bewertest meine Zigarren nicht richtig. Er ist ein glänzender Schwimmer, hat Kanaken besiegt, und du weißt, was das heißt.«

»Ich hätte es möglicherweise doch bedenken sollen. Vielleicht hat er mich im Crawlen eingeholt, ehe ich überhaupt richtig in Gang gekommen bin. Erzähl' mir von seinen Taten und Preisen.«

»Ich will dir nur eine erzählen. Man spricht noch davon auf den Marquesas. Es war bei dem großen Orkan im Jahre 1892. Er schwamm vierzig Meilen in fünfundvierzig Stunden, und nur er und noch einer erreichten das Land. Und doch waren alle anderen Kanaken. Er war der einzige Weiße, und er hielt aus, als der letzte Kanake ertrunken war –«

»Du sagtest doch, daß noch einer gerettet wurde?« fiel Paula ihm ins Wort.

»Das war eine Frau«, antwortete Dick. »Der letzte Kanake ertrank.«

»Dann war die Frau also eine Weiße?« fragte Paula weiter.

Graham warf ihr einen hastigen Blick zu, und obgleich die Frage an Dick gerichtet war, wandte sie doch gleichzeitig mit Graham den Kopf, so daß ihr fragender Blick dem seinen begegnete.

Graham sah ihr ruhig in die Augen und antwortete: »Sie war eine Kanakin.«

»Eine Königin, wenn ich bitten darf«, warf Dick ein. »Eine Königin vom ältesten Häuptlingsgeschlecht. Sie war die Königin von Huohoa.«

»Machte es das Häuptlingsblut, daß sie länger aushielt als die eingeborenen Männer?« fragte Paula. »Oder halfen Sie ihr?«

»Ich glaube eher, wir halfen uns gegenseitig«, erwiderte Graham. »Wir waren beide zeitweise ganz von Sinnen. Manchmal war der eine, manchmal der andere völlig erschöpft. Bei Sonnenuntergang erreichten wir das Land, – das heißt eine Küste wie eine eiserne Mauer, über die der Südostpassat die Brandung hinwegpeitschte. Sie packte mich, krallte mir ihre Nägel in den Arm, um mich zum Bewußtsein zu bringen. Ich wollte direkt in die Brandung hinein, was unweigerlich das Ende bedeutet hätte.

Sie machte mir begreiflich, daß sie wüßte, wo wir uns befänden, und daß die Strömung uns westwärts die Küste entlang in zwei Stunden zu einer Stelle führen würde, wo wir ans Land kommen könnten. Ich versichere Ihnen, den größten Teil der zwei Stunden schlief ich oder war bewußtlos. Und als ich zufällig zum Bewußtsein kam und die Brandung nicht mehr brüllen hörte, da schlief sie oder war bewußtlos, so daß ich sie gewaltsam wieder zum Bewußtsein bringen mußte. Es dauerte noch drei Stunden, bis wir an Land waren, und im selben Augenblick schliefen wir ein. Am nächsten Morgen brannte die Sonne uns wach, und wir krochen in den Schatten einiger wilder Bananen, fanden frisches Wasser und schliefen wieder ein. Als ich das nächste Mal aufwachte, war Nacht. Ich trank wieder und schlief die ganze Nacht bis zum nächsten Morgen. Sie schlief noch, als wir morgens von einer Schar Kanaken gefunden wurden, die auf der Ziegenjagd waren.«

»Sie muß Ihnen doch ewig dankbar gewesen sein«, sagte Paula herausfordernd und sah ihm in die Augen. »Sie wollen mir doch nicht einreden, daß sie nicht jung und schön, eine goldbraune, junge Göttin gewesen sei?«

»Ihre Mutter war Königin von Huohoa«, antwortete Graham. »Ihr Vater war Engländer, griechischer Philologe. Die Mutter lebte nicht mehr zu der Zeit, als die Geschichte passierte, und Nomare war Königin. Sie war jung. Sie war das schönste Weib, das man sich denken kann. Dank ihrem englischen Vater war sie nicht goldbraun, sondern hell. Aber Sie haben die Geschichte doch sicher gehört –«

Er brach ab und sah fragend Dick an, der den Kopf schüttelte.

Kreischen und Plätschern hinter einer schirmenden Baumgruppe sagte ihnen, daß sie sich in der Nähe des Schwimmbassins befanden.

»Den Rest der Geschichte müssen Sie mir ein andermal erzählen«, sagte Paula.

»Dick kennt sie ja. Ich verstehe nicht, daß er Sie Ihnen nicht erzählt hat.«

Sie zuckte die Achseln.

»Vielleicht hat er nie Zeit oder Gelegenheit dazu gehabt.«

»Sie ist, weiß Gott, eigentlich bekannt genug«, lachte Graham. »Denn Sie müssen wissen, daß ich einmal morganatischer König, oder wie man es nennen soll, von Kannibaleninseln oder doch jedenfalls von einer paradiesischen, polynesischen Insel gewesen bin«, schloß er, sich aus dem Sattel schwingend. Stutzer wollte die Zähne in Paulas Bein schlagen, aber sie wies ihn mit den Sporen zurecht und wartete, bis Dick ihr aus dem Sattel half und das Pferd anband.

»Zigarren! – Da mache ich mit! – Sie fangen sie nicht!« rief Bert Wainright von dem zwölf Meter hohen Sprungbrett herab. »Einen Augenblick! Ich komme!«

Und er kam mit einem Kopfsprung, der ihm den stürmischen Beifall der jungen Mädchen eintrug.

»Ein guter Sprung, sehr schön ausbalanciert«, sagte Graham, als er aus dem Bassin kletterte.

Bert tat, als machten die anerkennenden Worte keinen Eindruck auf ihn, was ihm aber nicht ganz glückte, und um darüber hinwegzukommen, begann er, von der Wette zu reden.

»Ich weiß nicht, wie Sie schwimmen, Graham«, sagte er, »aber ich möchte auch gern eine Zigarre haben.«

»Ich will auch mitmachen!« riefen Ernestine, Lute und Rita im Chor.

»Um Schokolade, Handschuhe, oder was Sie daran wagen wollen«, fügte Ernestine hinzu.

»Ich weiß ja gar nicht, was Frau Forrest leistet«, wandte Graham ein, als die Wette abgeschlossen war. »Wenn ich aber in fünf Minuten —«

»Zehn Minuten,« sagte Paula, »und wir starten jeder von einem Ende des Bassins. Sobald Sie mich berühren, gelte ich als gefangen.«

Graham sah die Gattin seines Wirts mit heimlicher Bewunderung an. Sie trug nicht den einfachen, weißseidenen Badeanzug, den sie offenbar nur benutzte, wenn sie mit den jungen Mädchen allein war, sondern eine kokette Nachahmung der herrschenden Mode: einen Anzug aus changierender, blaugrüner Seide – ungefähr von der Farbe des Wassers im Becken. Auf dem Kopfe hatte sie eine fesche Bademütze, und fesch war sie selbst, wie sie dastand und zehn Minuten statt der fünf forderte.

Rita Wainright hielt die Uhr, während Graham sich nach dem anderen Ende des fünfundvierzig Meter langen Bassins begab.

»Wenn du nicht aufpaßt, fängt er dich, Paula«, warnte Dick sie. »Evan Graham ist der reine Fischmensch.«

»Ich glaube, Paula würde selbst ohne die Röhre gewinnen«, setzte Bert sich für sie ein. »Und ich möchte wetten, daß sie besser taucht als er.«

»Dann verlierst du«, antwortete Dick. »Ich sah den Felsen, von dem er in Huohoa hinuntersprang. Es war nach seiner Zeit und nach dem Tode der Königin Nomare. Er sprang vom Gipfel des Pauwi – genau achtunddreißig Meter hoch. Und dazu mußte er noch im Sprunge aufpassen, daß er nicht gegen zwei niedrige Felsvorsprünge schlug, deren oberer nach der Tradition der Kanaken der höchste Absprung war, den je einer von ihnen gewagt hatte. Also los, Rita. Wenn die Minute voll ist.«

»Es ist beinahe eine Schande, einen so tüchtigen Schwimmer anzuführen«, sagte Paula zu ihnen, als sie und Graham sich Angesicht zu Angesicht, das Bassin in seiner ganzen Ausdehnung zwischen sich, gegenüberstanden und auf das Zeichen warteten.

»Er ist imstande, dich zu fangen, ehe du Zeit zu deinem kleinen Kniff bekommst,« warnte Dick sie wieder; dann wandte er sich mit leichter Besorgnis in der Stimme zu Bert.

»Ist es auch in Ordnung? Sonst kann Paula ein paar schwere Sekunden haben.«

»Es funktioniert tadellos«, versicherte Bert. »Ich war selbst unten, die Röhre ist in Ordnung, sie kriegt Luft, soviel sie will.«

»Fertig!« rief Rita. »Los!«

Graham kam wie ein Wettläufer angerannt, während Paula die Leiter zu dem hohen Sprungbrett hinaufeilte. Als sie die oberste Plattform erreicht hatte, war er gerade auf den untersten Sprossen angelangt. Als er halb oben war, drohte sie abzuspringen, wodurch er von weiterem Klettern abgehalten wurde und sich auf die sechs Meter hohe Plattform setzte, bereit, ihr sofort ins Wasser zu folgen. Worauf sie ihm zulachte und den Sprung unterließ.

»Die Zeit vergeht, – die kostbaren Sekunden schwinden,« deklamierte Ernestine.

Er wollte weiter klettern, aber Paula trieb ihn durch die Drohung, abzuspringen, wieder auf die mittlere Plattform zurück. Viele Sekunden vergeudete Graham jedoch nicht. Er kletterte weiter, entschlossen, es darauf ankommen zu lassen, und Paula, die sprungbereit dastand, konnte ihn nicht zur Umkehr bewegen. Er hoffte die neun Meter hohe Plattform zu erreichen, ehe sie springen konnte, aber sie war klug genug, nicht zu warten. Sie stürzte sich in den leeren Raum, mit zurückgeworfenem Kopf, gebeugten Armen, dicht an die Brust gelegten Händen und gestreckten, geschlossenen Beinen. Wagerecht schoß sie vorwärts und abwärts durch die Luft.

»Die reine Annette Kellermann!« rief Bert Wainright bewundernd.

Graham blieb stehen, um den Sprung zu beobachten, und sah Paula Forrest dicht über dem Wasser den Kopf beugen, die Arme strecken, die Hände zusammenlegen, so daß die Arme einen Bogen über ihrem Kopf bildeten und in dem Winkel weitersausen, der am besten geeignet ist, das Wasser zu spalten. Im selben Augenblick, als sie ins Wasser tauchte, schwang er sich auf die neun Meter hohe Plattform und wartete. Von dieser Höhe aus konnte er sie unter Wasser sehen, wie sie mit voller Kraft nach dem anderen Ende des Bassins schwamm. Erst dann sprang er ab. Er war überzeugt, daß er schneller schwimmen konnte als sie, und mit einem Hechtsprung erreichte er das Wasser, sechs Meter weiter als sie.

Aber im Augenblick seines Absprungs tauchte Dick zwei flache Steine ins Wasser und schlug sie gegeneinander. Es war das Zeichen für Paula, ihre Taktik zu ändern. Graham hörte das Geräusch und dachte, was es wohl sein könne. Mit rasender Schnelligkeit schoß er nach dem Ende des Bassins. Die Mädchen klatschten in die Hände, und dadurch wurde er aufmerksam auf die kleine Dame, die am andern Ende aus dem Wasser stieg.

Wieder lief er am Bassin entlang, und wieder erklomm sie das Sprungbrett. Diesmal behielt er dank seiner größeren Ausdauer seinen Vorsprung, so daß sie auf die Sechsmeter-Plattform getrieben wurde. Sie verlor keine Zeit damit, sich in Positur zu stellen oder kunstfertig abzuspringen, sondern stürzte sich kopfüber ins Wasser und schwamm nach der Westseite des Bassins.

Als er die Seitenwand des Bassins erreichte, kletterte er aus dem Wasser. Sie war nirgends zu sehen. Er richtete sich auf, schnappte nach Luft und stand sprungbereit da. Aber alles war still.

»Sieben Minuten!« rief Rita. »Und eine halbe! ... Acht! ... Und eine halbe!«

Aber Paula Forrest kam immer noch nicht zum Vorschein. Graham verscheuchte die keimende Unruhe, weil er die anderen ruhig bleiben sah.

»Ich verliere«, erklärte er, als Rita »Neun Minuten!« meldete.

»Sie ist jetzt mehr als zwei Minuten unter Wasser, aber ihr seid mir Gott sei Dank zu ruhig, als daß ich mich ängstigen sollte«, sagte er. »Ich habe noch eine Minute Zeit, – vielleicht verliere ich doch nicht«, fügte er hastig hinzu und sprang ins Bassin.

Unter Wasser drehte er sich und untersuchte die Zementmauer des Bassins mit den Händen. In der Mitte, etwa drei Meter unter der Oberfläche, fanden seine Hände eine

Öffnung in der Mauer. Er betastete den Rand, fand kein Hindernis und schwamm kühn hinein. Fast im selben Augenblick merkte er, daß er auftauchen konnte, er tat es langsam, ohne zu plätschern, und fand sich im Dunkeln.

Seine Finger berührten einen kühlen, weichen Arm, der zusammenzuckte, während ein kleiner, erschrockener Schrei ertönte. Er hielt fest und begann zu lachen, und Paula lachte auch.

»Sie haben mich wirklich erschreckt, als Sie mich anfaßten«, sagte sie. »Sie kamen so lautlos, und ich träumte gerade und war tausend Meilen fort von hier ...«

»Was träumten Sie?« fragte Graham.

»Offen gestanden hatte ich gerade eine Idee für ein Kleid bekommen – ein maulbeerfarbenes Samtkleid mit langen, geraden Linien, schweren, matten Goldborten, Litzen und so weiter. Und als einziger Schmuck ein Ring – ein riesiger, taubenblutfarbener Rubin, den Dick mir einmal vor Jahren schenkte, als wir auf der All Away fuhren.«

»Gibt es etwas, das Sie nicht können?« lachte er.

Auch sie lachte, und ihr Lachen klang seltsam hohl in dem dunklen, widerhallenden Raum.

»Wer hat es Ihnen erzählt?« lautete ihre nächste Frage.

»Niemand. Als Sie aber zwei Minuten unter Wasser gewesen waren, wußte ich, daß es etwas Derartiges sein mußte, und da begab ich mich auf die Entdeckungsreise.«

»Es war Dicks Idee. Er ließ es nachträglich in das Bassin einbauen. Er hat viele so lustige Einfälle. Es machte ihm Spaß, alte Damen vor Angst ganz außer sich zu bringen, indem er ihre Söhne und Enkel mit ins Bassin nahm und hier versteckte. Als aber ein paar von ihnen vor Schreck fast gestorben waren, – von den alten Damen, meine ich, – ließ er Leute mit stärkeren Nerven, wie Sie zum Beispiel, von mir anführen ...«

»Na, wollt ihr da übernachten?« tönte Bert Wainwrights Stimme durch die Röhre, wie aus einem Lautsprecher.

»Himmel!« seufzte Graham erleichtert, denn er war zusammengefahren und hatte Paulas Arm gepackt. »Jetzt bin ich wirklich erschrocken.«

»Und jetzt wird es Zeit, daß wir wieder in die Welt zurückkehren«, schlug sie vor. »Ich kann mir ein gemütlicheres Plaudereckchen denken.«

»Es hat also jemand aus der Schule geplaudert«, sagte Bert vorwurfsvoll, sobald Graham wieder aufgetaucht war und aus dem Bassin kletterte.

»Hätte ich verloren, so würde ich Protest eingelegt haben«, sagte Graham. »Es war kein ehrliches Spiel – eine förmliche Verschwörung, und ich bin überzeugt, daß ein unparteiischer Richter es für Betrug erklären würde.«

»Aber Sie haben ja gewonnen«, rief Ernestine.

»Jawohl, und deshalb werde ich die Angelegenheit auch nicht weiter verfolgen, falls Sie sich alle bereit erklären, sofort zu bezahlen. Warten Sie – Dick, Sie schulden mir eine Kiste Zigarren –«

»Eine Zigarre, mein Lieber!«

»Eine Kiste! Eine Kiste!«

»Fangen!« rief Paula. »Laßt uns Fangen spielen! – Sie sind!«

Und dem Worte die Tat folgen lassend, schlug sie Graham auf die Schulter und sprang kopfüber ins Wasser. Ehe er ihr folgen konnte, packte Bert ihn, wirbelte ihn herum, »wurde« selbst und ließ den Schlag an Dick weitergehen, der nicht schnell genug beiseite sprang. Und während Dick seine Frau durch das Bassin verfolgte, und Bert und Graham hinterher schossen, flohen die jungen Mädchen die Leiter hinauf und standen in einer verlockenden Reihe auf dem Sprungbrett.

Als mäßiger Schwimmer war Donald Ware am Nachmittag dem Schwimmbassin ferngeblieben, nach dem Essen aber legte er zum großen Ärger Grahams auf Paula Beschlag und hielt sie am Klavier fest. Wie im Großen Haus zu erwarten, waren weitere Gäste gekommen, – ein Rechtsanwalt namens Adolph Weil, der mit Dick über eine große, irgendwelche Wasserrechte betreffende Sache zu sprechen hatte, Jeremy Braxton, der soeben aus Mexiko gekommen war, Dicks Generaldirektor der Harvest-Gruppe, einer Goldgrube, die, wie er selbst sagte, unerschöpflicher als je war, Edwin O'Hay, ein rothaariger, irischer Musik- und Theaterkritiker, und Chauncey Bishop, Chefredakteur und Besitzer des San Franciscoer Kuriers, ein Kommilitone Dicks, wie Graham hörte.

Dick hatte ein lärmendes Spiel inszeniert, bei dem zehn Cent als höchster Einsatz galten, und die Spieler waren schrecklich aufgeregt und ungeheuer kühn, obgleich der Bankhalter im besten Falle neunzig Cent gewinnen konnte, und jedes Spiel mindestens zehn Minuten dauerte. Sie saßen um einen großen Tisch an einem Ende des Raumes, und es gab ein ewiges Leihen kleiner Beträge und ununterbrochenes Rufen nach Wechselgeld.

Mehr als neun konnten sich an dem Spiel nicht beteiligen, und Graham hielt, statt mitzuspielen, ab und zu auf Ernestines Karte und warf hin und wieder einen Blick durch den langen Raum, auf den Geiger und Paula Forrest, die in Beethovenschen Symphonien und Delibesschen Balletten begraben waren. Jeremy Braxton verlangte, daß der Einsatz auf zwanzig Cent erhöht werden sollte, Dick, der am meisten, nämlich vier Dollar, sechzig Cent, verloren hatte, schlug kläglich vor, einen Pot einzurichten, aus dem Licht und Reinigung des Lokals am nächsten Morgen bezahlt werden sollten, und Graham sagte mit einem tiefen Seufzer über seinen letzten Verlust, — er mußte die zehn Cent doppelt bezahlen, — zu Ernestine, er wolle ein bißchen im Zimmer herumgehen, vielleicht habe er dann mehr Glück.

»Ich habe es Ihnen ja prophezeit«, sagte sie leise.

»Was?« fragte er.

Sie blickte mit vielsagender Miene auf Paula.

»Jetzt muß ich gerade hingehen«, antwortete er.

»Und wenn ich sage, daß Sie es nicht wagen?«

»Wenn Sie das sagen, dann wage ich es wohl nicht.«

»Gut, dann sage ich also, daß Sie es nicht wagen«, nahm sie ihn beim Wort.

Er schüttelte den Kopf. »Ich hatte schon beschlossen, hinzugehen und diesem Fiedelkünstler den Wind aus den Segeln zu nehmen. Es ist zu spät, um meinen Entschluß zu erschüttern. Außerdem wartet Herr O'Hay, daß Sie melden sollen.«

Ernestine setzte übereilt zehn Cent und wußte kaum, ob sie gewann oder verlor, so eifrig blickte sie Graham nach, obgleich sie wußte, daß ihr Blick der Aufmerksamkeit Bert Wainrights nicht entgangen war. Aber weder Bert noch sonst jemand am Tische wußte, daß auch die scharfen Augen Dicks jede Einzelheit des kleinen Zwischenspiels beobachtet hatten.

Ernestine, die nicht viel größer als Paula war, aber aussah, als könnte sie mit den Jahren etwas stärker werden, war eine gesunde, frische Blondine mit dem klaren, rosigen Teint ihrer achtzehn Jahre. In diesem Augenblick aber lag über der entzückenden und rosigen Durchsichtigkeit ein wärmerer Ton, der der Aufmerksamkeit Dicks nicht entging, als er sah, wie ihre Augen Graham durch den Raum folgten.

Auch Paula, die in einer Pause während der Musik in einen Streit mit dem Geiger geraten war, mußte unwillkürlich Graham ansehen, als er jetzt auf sie zukam. Sie bemerkte mit Vergnügen seine anmutigen Bewegungen, seine stolze, leichte Kopfhaltung, den natürlichen Fall seines Haares, die reine, sonnengebräunte Farbe seiner Wangen, die herrliche Stirn, die länglichen, grauen Augen mit den leicht gesenkten Lidern und den knabenhaft trotzigen Ausdruck, der jetzt dem Lächeln wich, mit dem er sie grüßte. Es war ein unwiderstehliches Lächeln, das die Augen lustig kameradschaftlich leuchten ließ und winzige Fältchen in den Augenwinkeln hervorrief.

Aber eine stillschweigende Vereinbarung zwischen ihr und Donald fesselte sie ans Klavier, und nach einigen leicht hingeworfenen Bemerkungen begann sie, eine Reihe ungarischer Tänze zu spielen, die Graham in seiner Fensternische, wo er mit seiner Zigarre Zuflucht gesucht hatte, wiederum mit Bewunderung erfüllten.

Anstandshalber konnte er nur wenige Minuten bleiben, dann kehrte er wieder zu den Spielenden zurück.

Als das Spiel dann beendet war, verdarben Bert und Lute das Andante aus Beethovens Pathétique, indem sie einen komischen Unsinn dazu sangen, bis Paula in Lachen ausbrach und nicht weiterspielen konnte.

Jetzt bildeten sich neue Gruppen. Weil, Rita, Bishop und Dick setzten sich zum Bridge. Donald Ware, der bisher Paula mit Beschlag belegt hatte, mußte den jungen Leuten unter Anführung von Jeremy Braxton Platz machen, während Graham und O'Hay sich in eine Fensternische setzten, wo letzterer zu fachsimpeln begann.

Nachdem die um das Klavier Versammelten hawaische Hulas im Chor gesungen hatten, sang Paula allein und begleitete sich selbst dazu; und Evan Graham freute sich beinahe, daß er endlich eine Schwäche bei ihr entdeckte. Sie mochte eine glänzende Pianistin, Reiterin und Schwimmerin sein, eine glänzende Sängerin war sie nicht. Dieses Urteil mußte er jedoch bald revidieren. Sie war Sängerin, eine ausgezeichnete Sängerin. Alles in allem war ihre Schwäche nur relativ. Ihre Stimme war nicht groß, aber schön und klangvoll und hatte denselben warmen, zitternden Klang wie ihr Lachen; nur Fülle, eine Vorbedingung für eine große Stimme, besaß sie nicht.

»Es freut mich, daß Sie noch am Leben sind«, riß Paulas Stimme ihn kurz darauf aus den Träumereien, in die er versunken war.

Sie war im Begriff, sich mit Lute in ihre Gemächer zurückzuziehen. Eine neue Bridgepartie hatte sich gebildet: Ernestine, Bert, Jeremy Braxton und Graham, während O'Hay und Bishop schon mitten in einem Pinocle zu zweien waren.

In diesem Augenblick trat Ernestine zu ihnen und bemächtigte sich Grahams mit den Worten:

»Wir warten alle auf Sie. Wir haben gezogen, und Sie sind mein Partner. Außerdem scheint Paula müde zu sein. Sagen Sie ihr gute Nacht und lassen Sie sie gehen.«

Paula war um zehn Uhr zu Bett gegangen, und erst um eins waren sie mit ihrem Bridge fertig. Dick, den Arm brüderlich um Ernestine gelegt, sagte Graham am Fuße der Treppe, die zum Turmzimmer führte, gute Nacht und begleitete seine Schwägerin dann zu ihrem Zimmer.

»Ich möchte dir gern etwas sagen, Ernestine«, meinte er, als sie sich trennten, und sah ihr offen und freundlich in die

Augen, obwohl seine Stimme so ernst klang, daß sie sofort zur Abwehr bereit war.

»Was habe ich nun schon wieder getan?« fragte sie lachend.

»Nichts ... bis jetzt. Aber fang gar nicht erst an, du würdest nur Kummer davon haben. Du bist ja noch ein Kind, erst achtzehn Jahre alt, und ein verflucht süßes Mädelchen. Es gibt wenige Männer, die sich nicht den Hals nach dir ausrecken würden, wenn du ihnen in den Weg liefest. Aber Evan Graham ist nicht so wie andere Männer ...«

»Oh, ich kann schon selber auf mich aufpassen«, warf sie ein wenig gekränkt ein.

»Aber deshalb sollst du doch hören, was ich sage. Es kommt ein Zeitpunkt im Leben eines jungen Mädchens, da die Liebesbiene sehr in seinem hübschen Köpfchen zu summen beginnt, und dann irrt es sich unweigerlich und verliebt sich in den Falschen. Du bist noch nicht in Evan Graham verliebt und brauchst nur dafür zu sorgen, daß du es nicht wirst. Er ist weder für dich noch sonst für ein junges Mädchen der rechte Mann. Er ist ein alter Knacker. Und wenn er je wieder heiratet —«

»Wieder!« fiel Ernestine ihm ins Wort.

»Ja, mein Kind, er ist seit über fünfzehn Jahren Witwer.«

»Und was schadet das?« fragte sie.

»Weiter nichts«, fuhr Dick ruhig fort. »Er hat seinen Jugendroman erlebt, einen wunderbaren Roman, und wenn er sich in diesen ganzen fünfzehn Jahren nicht wieder verheiratet hat, so bedeutet das eben —«

»Daß er seinen Verlust noch nicht überwunden hat?« unterbrach Ernestine ihn. »Aber das beweist doch nicht —«

»So bedeutet das eben, daß er seine Lehrjahre in junger, toller Romantik hinter sich hat«, sprach Dick ungestört weiter. »Du brauchst ihn ja nur anzusehen, um dir klar darüber zu sein, daß es ihm nicht an Gelegenheiten gefehlt hat, und daß schöne Frauen, kluge Frauen, reife Frauen ihre Netze nach ihm ausgeworfen und seine Standhaftigkeit auf eine schwere Probe gestellt haben. Aber bis heute ist es keiner geglückt, ihn zu fangen. Wenn du aufpaßt und dein Herz nicht zu warm für ihn schlagen läßt, so wird dir das später viel Kummer ersparen.«

Er nahm eine ihrer Hände zwischen die seinen und zog sie, den Arm beruhigend um ihre Schulter geschlungen, an sich.

»Du weißt, wir alten, abgebrühten Burschen« – fuhr er fort, halb sich entschuldigend, halb scherzhaft.

Aber sie machte eine hastige Bewegung des Unwillens und rief:

»– sind die einzigen, die etwas wissen! Die Jungen sind Kinder, das ist es eben. Sie sind voller Leben, Tollheiten, Tanz und Gesang. Aber sie sind nicht ernst zu nehmen. Sie sind nicht groß. Sie sind nicht – ach, sie geben einem Mädchen nicht das Gefühl von Klugheit, erprobter Kraft, von, von – nun, von Männlichkeit.«

»Ich verstehe«, murmelte Dick. »Aber vergiß, bitte, nicht die andere Seite der Sache. Ihr strahlend jungen Geschöpfe müßt auf ältere Männer genau die gleiche Wirkung ausüben. Ihr seid für sie möglicherweise ein entzückendes Spielzeug, reizende Geschöpfe, denen sie einige sehr nette Dummheiten beibringen können, aber nicht ihresgleichen, mit denen sie Freud und Leid teilen.«

»Erzähl' mir etwas von dieser tollen, jungen Romantik,« bat sie plötzlich, »von diesem Geschöpf, das jung war, als er jung war, vor fünfzehn Jahren.«

»Fünfzehn?« erwiderte Dick schnell. »Achtzehn! Sie waren drei Jahre verheiratet, als sie starb. Ja, denn sie waren verheiratet, – von einem englischen Geistlichen getraut, ein richtiges Ehepaar, als du mit deinem ersten Schrei deinen Eintritt in diese Welt verkündetest.«

»Ja, ja – nur weiter!« sagte sie nervös. »Wie war sie?«

»Sie war ein prachtvolles, goldbraunes Halbblut, eine polynesische Königin, deren Mutter vor ihr Königin gewesen und deren Vater ein englischer Gelehrter war. Sie hieß Nomare und war Königin von Huahoa. Ihrer Ehe lagen keinerlei niedrige Motive zugrunde. Er war kein armer Abenteurer. Sie brachte ihm als Mitgift ihr Inselreich und ihre vierzigtausend Untertanen, er ihr als Morgengabe sein Vermögen, – und das war nicht klein. Er baute einen Palast, wie keine Südseeinsel ihn je besessen hat oder besitzen wird. Es war ein richtiger Südseepalast, aus Balken erbaut, die mit der Hand zugehauen und mit Kokosfasern aneinander geknüpft waren. Er wurzelte in der Insel, wuchs aus der Insel hervor, gehörte dorthin, obwohl Graham sich Hopkins aus New-York kommen ließ, um die Entwürfe zu machen.

Sie hatten ihre eigene Königsjacht, ihr Bergschloß, ihr Kanuhaus, – letzteres ein ganzer Palast für sich. Ich weiß es, denn ich habe große Feste darin mitgemacht, wenn auch erst nach ihrer Zeit: Nomare war tot; niemand wußte, wo Graham steckte, und ein König aus einer Seitenlinie regierte.

Ich sage dir, Graham war barbarischer als seine Frau! Sie aßen von goldenen Tellern, – was soll ich dir mehr erzählen? Er war ein Knabe, sie halb Engländerin, halb Polynesierin und eine wirkliche Königin. Sie waren Blüten ihrer Rassen, ein Paar wundervolle Kinder. Ihr Leben war ein Märchen. Und ... nun ja, Ernestine, die Jahre sind vergangen, und Graham gehört nicht mehr der Welt der Jungen an. Es muß schon eine ganz besondere Frau sein, die jetzt noch Eindruck auf ihn machen soll. Dazu ist er arm, wenn er sein Geld auch nicht durchgebracht hat: Unglück und noch etwas dazu hat er gehabt.«

»Paula wäre mehr etwas für ihn«, sagte Ernestine nachdenklich.

»Das ist richtig«, räumte Dick ein. »Paula oder eine andere Frau von ihrem Format würde ihn tausendmal mehr anziehen als alle jungen Mädchen, selbst wenn sie so lieb und reizend wären wie du. Wir alten Burschen haben eben unseren eigenen Maßstab.«

»Und da muß ich mich mit den ganz Jungen begnügen«, seufzte Ernestine.

»Vorläufig ja«, lachte er. »Aber vergiß nicht, daß du dich mit der Zeit auch zu einer reifen Frau mit den Qualitäten entwickeln kannst, die einen Mann wie Evan im Wettlauf der Liebe schlagen können.«

»Aber bis dahin bin ich längst verheiratet«, schmollte sie.

»Glücklicherweise, mein Kind! Aber jetzt: Gute Nacht. Und du bist mir nicht böse, nicht wahr?«

Sie lächelte wehmütig und schüttelte den Kopf. Dann hob sie ihm ihr Antlitz zum Kuß entgegen und sagte ihm gute Nacht.

Dick Forrest begab sich in die Bibliothek, wo er ein Dutzend technischer und physikalischer Handbücher von den Regalen nahm. Dabei lächelte er, als sei er mit sich und dem, was zwischen ihm und seiner Schwägerin vorgefallen war, zufrieden. Er war sicher, im rechten Augenblick und keine Minute zu früh gesprochen zu haben. Als er aber halbwegs die Wendeltreppe zu seinem Arbeitszimmer hinaufgestiegen war, kam ihm plötzlich eine Bemerkung Ernestines in den Sinn, die in ihm weitergeklungen war und jetzt so unvermittelt auftauchte, daß er stehenblieb und die Schulter gegen die Wand lehnte.

»Paula wäre eher etwas für ihn.«

»Dummkopf!« lachte er laut und ging weiter. »Wo ich ein Dutzend Jahre verheiratet bin!«

Er dachte auch nicht mehr daran, bis er in seinem Bett lag, auf seine Barometer und Thermometer schaute und dann versuchen wollte, die Frage der elektrischen Anlage zu lösen, die ihm im Kopfe spukte. Da warf er einen Blick über den offenen Hof nach dem dunklen Flügel seiner Frau, um zu sehen, ob sie noch wach läge, und plötzlich fiel ihm die Bemerkung Ernestines wieder ein. Mit einem verächtlichen »Dummkopf!« schob er sie beiseite, steckte sich eine Zigarette an und ließ seinen geübten Blick über die Inhaltsangaben der Bücher schweifen, wobei er die gesuchten Stellen durch hineingelegte Streichhölzer bezeichnete.

*

Paula kannte die Zeiteinteilung ihres Mannes. Auf der Rückseite des Notizbuches, das immer auf ihrem Nachttisch lag, hatte sie in Geheimschrift verzeichnet, daß er um halb sieben Kaffee trank, bis dreiviertel neun mit Korrektur oder Büchern im Bett zu finden war, wenn er nicht ausritt, daß er von neun bis zehn nicht zu sprechen war, weil er dann Blake seine Korrespondenz diktierte, und vor zehn und elf nicht, weil er Besprechungen mit seinen Verwaltern und Betriebsleitern hatte, wobei Bonbright, der zweite Sekretär, die kurzen Blitzinterviews mitstenographierte.

Um elf konnte sie, wenn nicht unerwartete Telegramme oder Geschäfte dazwischen kamen, Dick für ein Weilchen allein antreffen, wenn er auch unweigerlich beschäftigt war. Als sie durch das Arbeitszimmer des Sekretärs kam, konnte sie aus dem Klappern einer Schreibmaschine schließen, daß jedenfalls ein Hindernis beseitigt war. In der Bibliothek sah sie Bonbright ein Buch für Manson, den Leiter der Viehzucht, heraussuchen und wußte somit, daß Dick seine Besprechungen mit den Verwaltern beendet hatte.

Sie drückte auf den Knopf, so daß eines der vollen Bücherregale sich drehte und die winzige, eiserne Wendeltreppe, die zu Dicks Arbeitszimmer führte, sichtbar wurde. Oben angekommen, drückte sie wieder auf einen Knopf, wodurch sich ein ähnliches Bücherregal drehte, und schlüpfte geräuschlos in das Zimmer. Ein ärgerlicher Ausdruck glitt über ihr Gesicht, als sie die Stimme Jeremy Braxtons hörte. Sie blieb stehen, ohne recht zu wissen, was sie tun sollte, und ohne zu sehen oder gesehen zu werden.

»Wenn wir die Mine unter Wasser setzen,« sagte der Minendirektor, »kostet es ein Vermögen, sie wieder auszupumpen. Und es wäre ein Jammer und eine Schande, die alte Harvest-Gruppe auf die Weise zu ersäufen.«

»Aber die Bücher vom vorigen Jahre zeigen, daß wir positiv mit Verlust gearbeitet haben«, hörte sie Dick antworten. »Jeder Bandit aus Huerta bis zum geringsten Lumpen und Pferdedieb herab hat uns geprellt. Das wird mir jetzt ein bißchen zu bunt – Extrasteuern an Banditen, Revolutionäre und Föderierte. Es ginge ja noch an, wenn man nur ein Ende absehen könnte, aber wir haben keine Garantie dafür, daß diese Belästigungen nicht zehn oder zwanzig Jahre dauern.«

»Aber dennoch, die alte Harvest-Gruppe – der Gedanke, sie zu ersäufen!« protestierte der Direktor.

»Denken Sie an Villa«, antwortete Dick mit einem Lachen, dessen bitterer Beiklang Paula nicht entging. »Wenn er siegt, sagt er, will er das ganze Land unter den Eingeborenen aufteilen. Das Erste wären logischerweise unsere Minen. Wieviel, glauben Sie, haben wir der Verfassungspartei letztes Jahr zahlen müssen?«

»Über hundertzwanzigtausend«, antwortete Braxton ohne Zögern. Ungerechnet die fünfzigtausend in reinem Gold, die Torenas bekam, ehe er sich zurückzog. Er ließ sein Heer in Guymas sitzen und brannte mit dem Geld nach Europa durch, – das schrieb ich Ihnen ja alles.«

»Wenn wir den Betrieb aufrechterhalten, Jeremy, so prellen die Kerle uns bis in alle Ewigkeit, Amen! Ich glaube, es ist am besten, wir ersäufen die Geschichte. Sind wir tüchtiger als die Bande, wenn es gilt, Reichtümer zu schaffen, so wollen wir ihnen auch zeigen, daß wir den Reichtum auch ebenso leicht vernichten können.«

»Das hab' ich ihnen schon gesagt. Und sie lächeln und wiederholen, daß ein solches freiwilliges Opfer den revolutionären Führern, – womit sie sich selber meinen, – sehr willkommen sein würde. Lieber Gott! Ich habe ihnen gezeigt, was wir geleistet haben. Feste Arbeit für fünftausend Eingeborene. Der Lohn ist von zehn Centavos auf hundertzehn täglich gestiegen. Und immer dasselbe Lächeln, dasselbe Jucken in den Fingern und dasselbe Geschwätz, wie lieb ihnen ein freiwilliges Opfer für die heilige Sache der Revolution sein würde. Weiß Gott, der alte Diaz war ein Räuber, aber doch ein anständiger. Ich sagte zu Arranzo: ›Wenn wir die Arbeit niederlegen, werden fünftausend Mexikaner brotlos, – was sollen wir mit ihnen anfangen?‹ Und Arranzo lächelte und antwortete sofort: ›Mit ihnen anfangen? Ei, geben Sie ihnen Gewehre und lassen Sie sie Mexico-City erobern.‹«

Paula konnte im Geiste Dicks ärgerliches Achselzucken sehen, als er antwortete:

»Das Dumme ist, daß das Gold da ist und wir die einzigen sind, die es herausbuddeln können. Die Mexikaner können es nicht. Die sind zu dumm dazu; aber sie beuteln uns gründlich aus. Da ist nur eines zu machen, Jeremy: Wir kümmern uns ein paar Jahre nicht darum, ob wir etwas verdienen oder nicht, entlassen die Leute und halten nur Maschinen und Pumpwerk in Gang.«

»Das gab ich Arranzo auch zu verstehen«, antwortete Jeremy Braxton. »Und was antwortete er? Wenn wir die Eingeborenen entließen, so würde er dafür sorgen, daß die Maschinisten auch die Arbeit niederlegten, so daß die Mine ersöffe,
und dann könnten wir zum Teufel gehen. Nein, das letzte
sagte er nicht. Er lächelte nur, aber das meinte er mit seinem
Lächeln. Ich hätte die größte Lust gehabt, ihm den Hals um-
zudrehen, dem gelben Biest, aber dann wäre nur ein anderer
Patriot am nächsten Tage im Kontor erschienen, um uns
noch kräftiger zur Ader zu lassen. So kriegte Arranzo denn
seinen ›Bissen‹, und außerdem ließ er, – ehe er sich mit der
Hauptmacht bei Juarez vereinigte, – seine Leute dreihundert
von unseren Mauleseln im Wert von dreißigtausend Dollar
nehmen, und das, obwohl ich ihn gespickt hatte. Der gelbe
Schurke.«

»Wer ist augenblicklich der Anführer der Revolutionäre in
unserm Minendistrikt?« hörte Paula ihren Mann mit einem
der plötzlichen Übergänge fragen, die, wie sie längst wußte,
bedeuteten, daß er im Begriff stand, die vielen Fäden einer
Situation zusammenzufassen und zur Tat überzugehen.

»Raoul Bena.«

»Welchen Rang hat er?«

»Oberst, – er hat etwa siebzig Banditen.«

»Was hat er früher gemacht?«

»Schafe gehütet.«

»Schön.« Dick sprach schnell und scharf. »Wir sind gezwungen, Komödie zu spielen. Werden Sie Patriot! Fahren Sie
so schnell wie irgend möglich wieder hin! Bestechen Sie diesen Raoul Bena! Er wird die Komödie durchschauen, oder er
wäre kein Mexikaner. Bestechen Sie ihn und sagen Sie ihm,
daß Sie ihn zum General – zu einem neuen Villa machen
wollen.«

»Herrgott, aber wie?« fragte Jeremy Braxton.

»Indem Sie ihn an die Spitze eines Heeres von fünftausend Mann stellen. Lassen Sie die Leute laufen. Er mag Freiwillige aus ihnen machen. Uns kann nichts geschehen, denn
Huerta ist zum Tode verurteilt. Erzählen Sie ihm, daß Sie ein
echter Patriot sind. Geben Sie jedem Mann ein Gewehr. Er-

zählen Sie den Leuten, daß sie sämtlich ihre Stellungen wieder kriegen, wenn der Krieg vorbei ist. Lassen Sie sie und Raoul Bena mit Ihrem Segen abziehen. Halten Sie nur die Pumpenmannschaft zurück. Und wenn es nötig werden sollte, können wir die alte Harvest-Gruppe immer noch ersäufen.«

Paula lächelte, als sie hörte, wie Dick die Frage löste, und schlüpfte leise über die Wendeltreppe wieder ins Musikzimmer. Sie war etwas verstimmt, aber nicht über die Situation der Harvest-Gruppe. Solange sie verheiratet war, hatte es immer Unruhen mit den mexikanischen Minen gegeben, die Dick geerbt hatte. Ihre Verstimmung rührte daher, daß sie ihm nicht hatte guten Morgen sagen können, schwand jedoch schnell, als sie Graham traf, der mit Ware beim Klavier stehen geblieben war, aber, als er sie kommen sah, Miene machte, zu gehen.

»Laufen Sie nicht weg«, bat sie, »Wenn Sie bleiben, werden Sie einen Fleiß erleben, der Sie anspornen wird, mit dem Buch anzufangen, von dem Dick mir erzählt hat.«

Beim Lunch verriet Dicks Gesicht nichts von den Sorgen, die die Harvest-Gruppe ihm machte, und ebensowenig hätte man erraten können, daß der Besuch Jeremy Braxtons etwas anderes und weniger Angenehmes zu bedeuten hatte, als Bericht über ständigen Gewinn abzulegen. Obwohl Adolph Weil mit dem Morgenzuge abgereist war, woraus zu schließen war, daß seine Geschäfte mit Dick zu unerhört früher Stunde erledigt worden waren, – sah Graham doch gleich, daß mehr Gäste als je am Tische saßen. Außer einer Frau Tully, einer starken, älteren und bebrillten Dame, die ihrem Aussehen nach der guten Gesellschaft angehörte, und aus der Graham nicht recht klug werden konnte, waren drei Herren neu hinzugekommen, über die er gleich einiges erfuhr: ein Herr Gulhuss, staatlicher Tierarzt, ein Porträtmaler namens Deacon, der offenbar einen guten Namen in Kalifornien hatte, und ein gewisser Kapitän Lester, der zurzeit ein Pazifik-Postschiff führte, aber vor fast zwanzig Jahren als Schiffer für Dick gefahren und sein Lehrmeister gewesen war.

Die Tafel war aufgehoben, und Braxton sah auf die Uhr, als Dick sagte:

»Jeremy, ich möchte Ihnen gern etwas zeigen, das ich vorhabe. Wir wollen gleich hingehen. Sie haben Zeit genug dazu auf dem Wege zum Bahnhof.«

»Wir wollen alle mitgehen«, schlug Paula vor. »Ich möchte es schrecklich gern sehen, Dick hat solch ein Geheimnis daraus gemacht.«

Dick nickte zustimmend, und im nächsten Augenblick gab sie schon Bescheid wegen der Automobile und Reitpferde.

»Was ist es denn?« fragte Graham, als sie fertig war.

»Ach, einer von Dicks Einfällen. Es handelt sich um eine Erfindung. Er behauptet, sie würde die Landwirtschaft reformieren, das heißt, die Kleinwirtschaft. Ich weiß ungefähr, was es ist, habe es aber noch nicht angewandt gesehen.«

»Es ist Milliarden wert ... wenn es geht«, lächelte Dick. »Milliarden für alle Bauern der Welt und vielleicht ein paar Prozente für mich ... wenn es geht.«

»Aber was ist es denn?« fragte O'Hay. »Musik im Kuhstall, damit die Kühe sich bereitwilliger melken lassen?«

»Jeder Bauer sein eigener Pflüger, während er auf seiner Veranda sitzt«, sagte Dick lustig. »Aber warten Sie, bis Sie es sehen. Gulhuss, es ist ein Versuch, mir selbst das Geschäft zu verderben, denn wenn es geht, bedeutet es, daß jeder Bauer mit einer Wirtschaft von zehn Morgen von jetzt an sein Pferd sparen kann.«

In Autos und zu Pferde legten sie mehr als eine Meile zurück, bis sie die Meierei hinter sich hatten. Vor sich sahen sie ein eingezäuntes, quadratisches Feld, das nach Dicks Aussage genau zehn Morgen groß war.

»Sehen Sie«, sagte er, »die Arbeit von einem Mann und einem Pferd, und der Bauer sitzt auf der Veranda. Bitte, denken Sie, Sie säßen auf der Veranda.«

Mitten auf dem Felde stand ein starker, mindestens sechs Meter hoher Stahlmast, der ganz unten mit Pardunen befestigt war. Von einer an der Mastspitze befestigten Trommel lief ein dünnes Stahlseil bis zur Steuerung eines kleinen Benzintraktors am Rande des Feldes. Neben dem Traktor standen zwei Mechaniker, die jetzt auf einen Befehl von Dick den Motor anließen.

»Hier ist die Veranda«, sagte Dick. »Jetzt brauchen Sie sich nur vorzustellen, daß wir als Bauern der Zukunft hier im Schatten sitzen und unsere Zeitung lesen, während das Pflügen ohne Mannschaft und ohne Pferde erfolgt.«

Während die Trommel an der Mastspitze das Stahlseil aufrollte, erzeugte der Traktor eine einzelne Pflugfurche, die einen Kreis oder vielmehr eine Spirale um das Feld herum beschrieb.

»Kein Pferd, kein Kutscher, kein Pflüger, nichts, als daß der Bauer den Traktor in Gang zu setzen braucht«, sagte Dick triumphierend, während der seltsame Apparat weiter die braune Ackerkrume aufwarf und seine Spirale der Mitte des Feldes zu zog. »Pflügen, eggen, trommeln, säen, düngen und ernten: alles von der Veranda aus. Und wo der Bauer Strom von einer Kraftstation beziehen kann, braucht er oder seine Frau nur auf den Knopf zu drücken, und dann kann er sich wieder an seine Zeitung und sie sich in ihre Küche begeben.«

»Damit es ganz vollkommen ist, fehlt jetzt nur noch, daß man den Kreis zum Quadrat macht«, sagte Graham begeistert.

»Ja,« sagte Gulhuss, »ein Kreis auf einem quadratischen Feld bedeutet natürlich, daß eine gewisse Anzahl Morgen vergeudet wird.«

»Gewiß!« gab Dick zu. »Aber irgendwo auf seinen zehn Morgen muß der Bauer ja auch seine Veranda haben. Und Veranda, das heißt wieder Haus, Scheuer, Hühnerhof und die sonstigen Wirtschaftsgebäude. Ausgezeichnet! Laßt ihn nur mit der Tradition brechen und das alles statt mitten auf seine zehn Morgen auf die drei bauen, die dabei abfallen. Am Rande kann er seine Obst- und Schattenbäume pflanzen.«

»Was kostet die Geschichte denn?« fragte Jeremy Braxton.

»Augenblicklich können wir es mit einem angemessenen Verdienst für fünfhundert liefern und installieren. Wird es allgemein eingeführt, so kann der Preis bei modernen Herstellungsmethoden auf dreihundert heruntergebracht werden. Aber sagen wir: fünfhundert. Und wenn man fünfzehn Prozent für Zinsen und Abschreibung rechnet, so kostet es die Bauern fünfundsiebzig Dollar jährlich. Aber welcher Landwirt kann sich für fünfundsiebzig Dollar ein Pferd halten? Und außerdem erspart es ihm an Arbeitskraft – eigener oder fremder – bei allerniedrigster Berechnung zweihundert Dollar jährlich.«

»Aber wie wird der Apparat gelenkt?« fragte Rita.

»Durch die Trommel am Mast. Die Trommel ist nach dem vollen Radius abgepaßt, – es war ein Kunststück, das zu berechnen, – und das Kabel, das sich auf die Trommel wickelt und immer kürzer dadurch wird, zieht den Traktor nach der Mitte.«

Grahams Interesse war zwischen dem Traktor und dem Anblick geteilt, den Paula auf ihrem Pferde bot. Es war das erstemal, daß sie Rehkalb ritt, die Palomina-Stute, die Hennessy für sie eingeritten hatte. Graham lächelte froh, als er sie sah; ob Paula ihr Reitkleid nach dem Pferde hatte anfertigen lassen oder so gewählt hatte, daß es besonders gut zu ihm stand, – jedenfalls war das Ergebnis prachtvoll.

Da der Nachmittag warm war, trug sie statt eines Reitrocks eine rehfarbene Leinenbluse mit weißem Klappkragen. Ein kurzer, wie der untere Teil eines Reitrocks geschnittener Rock reichte ihr bis zu den Knien, und von den Knien bis zu den entzückenden, kleinen, champagnerfarbenen Reitstiefeln mit Sporen sah man die festanliegenden Reithosen. Rock und Beinkleid waren aus rehfarbenem Seidenkord verfertigt. Weiche, weiße Stulpenhandschuhe, die zu dem Kragen paßten, hoben die zarte Farbe des Anzugs noch mehr hervor. Sie trug keinen Hut, und das Haar war glatt zurückgekämmt.

Die Stute tänzelte, und ein leichter Wind wehte einen Zipfel des Rockes beiseite, so daß die Konturen des einen Knies deutlich unter der enganliegenden Hose zu sehen waren. Wieder sah Graham im Geiste das weiße, runde Knie, das sich gegen die runden Muskeln Bergkönigs preßte, als er im Bassin schwamm. Er bemerkte, wie fest ihr Knie sich gegen den englischen Schweinsledersattel preßte, der ganz neu und von derselben Farbe wie Pferd und Reitkleid war.

Als kurz darauf der Magnet des Traktors streikte und die Mechaniker mitten auf dem halbgepflügten Felde den Schaden untersuchten, löste die Gesellschaft sich auf und zog unter Paulas Führung auf die Pilgerfahrt nach den verschiedenen Abteilungen des Gutsbetriebes, die auf dem Wege zum Schwimmbassin lagen, während Dick bei seiner Erfindung blieb. Herr Crellin, der Leiter der Schweinezucht, zeigte ihnen selbst Lady Isleton, die mit ihren elf ungeheuer fetten, neugeborenen Ferkeln mehr oder weniger naives Lob erntete, während Herr Crellin mindestens zehnmal mit großer Wärme erklärte: »Und nicht eine Mißgeburt, nicht eine einzige Mißgeburt in der ganzen Schar.«

Andere herrliche Zuchtsäue von der Berkshire-, Duroc-Jersey- und O.I.C.-Rasse sahen sie, sowie neugeborene Zicklein und Lämmer und trächtige Ziegen und Schafe. Auf jeder Abteilung meldete Paula die Gesellschaft bei der nächsten telephonisch an, so daß Herr Manson selbst zugegen war, um ihnen den großen König Polo mit seinem breitrückigen, kurzhornigen Harem und andere Stiere, ebenfalls mit ihrem Harem, zu zeigen, die an Ansehen und Pracht nicht weit hinter König Polo zurückstanden; Herr Parkman, der das Jersey-Vieh unter sich hatte, war ebenfalls anwesend, und er und seine mit Stöcken bewaffneten Gehilfen zeigten all die prämiierten Stiere, die Stammväter edler, ihres Talges wegen berühmter Geschlechter waren, sowie reich prämiierte edle Jersey-Kühe; und Herr Mendenhall zeigte stolz eine lange Reihe mächtiger, von dem riesigen Bergkönig angeführter Hengste und eine noch längere Reihe von der silbern wiehernden Fotherington-Prinzessin angeführter Stuten. Selbst nach der alten Alden Bessie, der Mutter der Prinzessin, die jetzt pensioniert war und nur noch den halben Tag arbeitete, schickte er, um ihr die Ehre zu erweisen, die man einer so berühmten Mutter schuldete.

Um vier Uhr fuhr Donald Ware, der kein großer Schwimmer war, mit einem der Automobile nach dem Großen Hause zurück, und Herr Gullhuss blieb bei Herrn Mendenhall, um mit ihm über die Shire-Pferde zu reden. Dick war schon beim Bassin, als die Gesellschaft eintraf, und die jungen

Mädchen zogen sich mit Paula an der Spitze in die Ankleidekabinen zurück.

Graham sah Paula auf dem Zwölfmeter-Sprungbrett wippen und mit einem herrlichen Schwunge ins Bassin springen, hörte Berts bewunderndes: »Die reine Annette Kellermann!«, und seine Gedanken schweiften zu der wunderbaren, kleinen Herrin vom Großen Hause und ihrer wunderbaren Existenz. Als er unter Wasser, die offenen Augen auf den Grund gerichtet, mit gleichmäßigen Zügen durch das Bassin schwamm, fiel ihm ein, daß er ja im Grunde gar nichts von ihr wußte. Sie war die Gattin Dicks. Das war alles, was er wußte. Wo sie herkam, wie sie gelebt hatte, und wie ihre Vergangenheit gewesen, von alledem wußte er nichts.

Ernestine hatte ihm erzählt, daß sie und Lute Halbschwestern Paulas waren. Das hatte sein Wissen wenigstens etwas vermehrt. Das Wasser wurde jetzt heller, woraus er schloß, daß er das Ende des Bassins erreicht hatte; als er aber die Beine Dicks und Berts ineinander verflochten sah, – sie mußten wohl miteinander ringen, – machte er, immer noch unter Wasser, kehrt und schwamm an sechs Meter zurück. Hier stand die von Paula mit Tante Martha angeredete Frau Tully. War sie wirklich ihre Tante? Oder nannte sie sie nur so, weil sie die Schwester von Lutes und Ernestines Mutter war?

Er tauchte auf, und die anderen riefen ihm zu, daß er herauskommen und mit ihnen »Katze und Maus« spielen sollte. Während des anstrengenden Spiels in der nächsten halben Stunde mußte er immer wieder die Schlauheit, Gewandtheit und Durchtriebenheit bewundern, mit der Paula den Kreis zu durchbrechen versuchte. Schließlich waren sie müde, schwammen um die Wette durch das Bassin und kletterten dann heraus, um sich in einem Kreis um Frau Tully im Sonnenschein zu lagern.

Bald begannen sie wieder mit ihren Possen, und Paula brachte alle möglichen Behauptungen über Frau Tully vor.

»Weißt du, Tante Martha, wenn du auch nie schwimmen gelernt hast, so ist das doch noch kein Grund, dich so anzustellen. Ich kann schwimmen, und ich sage dir, daß ich tauchen und zehn Minuten unter Wasser bleiben kann.«

»Rede keinen Unsinn, Kind!« lachte Frau Tully. »Als dein Vater jung war – viel jünger, als du jetzt bist, mein Kind, – konnte er länger als jeder andere tauchen, und ich weiß, daß sein Rekord drei Minuten und vierzig Sekunden war. Ich weiß das ganz bestimmt, denn ich hielt selbst die Uhr, als er mit Harry Selby wettete und die Wette gewann.«

»Oh, ich weiß, mein Vater war ein großer Mann,« sagte Paula rasch, »aber die Zeiten haben sich geändert. Hätte ich die liebe alte Seele in all ihrer jugendlichen Herrlichkeit hier, er würde umkommen, wenn er ebenso lange unter Wasser bleiben wollte wie ich. Zehn Minuten! Das ist eine Kleinigkeit für mich. Das will ich dir zeigen. Halt du die Uhr, Tante Martha, und nimm die Zeit für mich. Es ist so leicht wie –«

»Einen Fisch in einem Eimer zu schießen«, vollendete Dick den Satz für sie.

Paula erklomm das Sprungbrett.

»Nimm die Zeit, wenn ich in der Luft bin«, sagte sie.

»Mach' deinen anderthalb Saltomortale«, rief Dick.

Sie nickte, lächelte und tat, als füllte sie sich mit einer gewaltigen Anstrengung die Lunge bis zum Platzen. Graham beobachtete sie bezaubert. Selbst ein guter Schwimmer, hatte er diesen Sprung selten von Frauen ausführen sehen, und auch dann nur von Professionals. Ihr nasser Badeanzug aus hellblauer und grüner Seide umschloß eng ihre Gestalt und hob die schönen Linien. Scheinbar mit einem letzten, verzweifelten Versuch, den letzten Kubikzentimeter Luft zu schlucken, den ihre Lungen fassen konnten, sprang sie, den Körper senkrecht und steif, Beine und Füße geschlossen, vom äußersten Ende des Sprungbretts ab. In der Luft rollte sie ihren Körper zu einer Kugel zusammen, machte eine ganze Drehung, streckte sich wieder und stürzte sich, fast ohne daß das Wasser sich kräuselte, kopfüber hinein.

»Eine Toledoklinge hätte mehr geplätschert«, lautete Grahams Urteil.

»Könnte ich nur so springen!« flüsterte Ernestine bewundernd. »Aber ich werde es nie erreichen. Dick sagt, es kommt darauf an, genau die Zeit zu berechnen, und das ist eben Paulas Kniff. Sie hat den Zeitsinn –«

»Und lockert sich völlig«, fügte Graham hinzu.

»Und zwar absichtlich«, meinte Dick.

»Sie entspannt sich«, stimmte Graham zu. »Ich habe nie einen Professional so vollendet springen sehen.«

»Und ich bin stolzer darauf als sie selber«, erklärte Dick. »Ich hab' es sie selbst gelehrt, wißt ihr, wenn ich auch zugeben muß, daß es keine große Mühe war. Es macht ihr fast keine Anstrengung, ihre Bewegungen zu beherrschen. Und dazu ihr Wille und ihr Zeitsinn, – ihr allererster Versuch war schon mehr als anständig.«

»Paula ist eine ganz besondere Frau«, sagte Frau Tully stolz und sah immer wieder vom Sekundenzeiger ihrer Uhr auf die glatte Wasserfläche. »Keine Frau schwimmt so gut wie ein Mann. Aber sie tut es doch. – – Drei Minuten vierzig Sekunden! Sie hat den Rekord ihres Vaters geschlagen.«

Als vier Minuten vergangen waren, begann Frau Tully aufgeregt zu werden und besorgte Blicke von einem zum anderen zu werfen. Kapitän Lester, der nicht in das Geheimnis eingeweiht war, sprang mit einem Fluch auf und stürzte sich in das Bassin.

»Es muß ihr etwas zugestoßen sein«, sagte Frau Tully mit erkämpfter Ruhe. »Sie muß sich beim Springen geschlagen haben. Springt ihr nach, ihr Männer!«

Aber Graham, Bert und Dick trafen sich unter Wasser, lachten vergnügt und drückten sich die Hände. Dick machte ihnen Zeichen, ihm zu folgen, und führte sie durch das tief schattige Wasser in die Grotte, wo sie Paula wassertretend vorfanden, und sie flüsterten und lachten leise miteinander.

»Wir sollen nur nachsehen, ob nichts geschehen ist«, erklärte Dick. »Und jetzt müssen wir wieder fort. Du zuerst, Bert, dann Evan, und ich komme zuletzt.«

Und einer nach dem anderen tauchten sie in das dunkle Wasser und erschienen wieder an der Oberfläche. Frau Tully stand jetzt am Rande des Bassins.

»Wenn ich dächte, daß es eine deiner üblichen Dummheiten wäre, Dick Forrest ...« begann sie. Aber Dick tat, als hörte er nichts, spiegelte eine unnatürliche Ruhe vor und gab nach links und rechts Anweisungen, laut genug, daß sie es hören mußte.

»Wir müssen systematisch zu Werke gehen, Jungens. Du, Bert, und Sie, Evan, ihr müßt mir helfen. Wir fangen an diesem Ende an, mit anderthalb Meter Zwischenraum, und untersuchen den Grund von einer Seite bis zur anderen. Und dann ebenso wieder zurück.«

»Geben Sie sich keine Mühe, meine Herren«, rief Frau Tully und brach gleichzeitig in Lachen aus. »Und du, Dick, kommst gefälligst gleich heraus. Ich will dir ein paar hinter die Ohren geben.«

»Nehmt euch ihrer an, Kinder,« rief Dick, »Sie hat einen hysterischen Anfall.«

»Noch nicht, aber bald«, lachte sie.

»Aber, verdammt nochmal, gnädige Frau, hier gibt es doch wirklich nichts zu lachen«, sagte Kapitän Lester atemlos und schickte sich an, wieder hineinzuspringen.

»Weißt du Bescheid, Tante Martha, wirklich und wahrhaftig?« fragte Dick, als der tapfere Seemann getaucht war.

Frau Tully nickte. »Aber mach nur weiter, Dick, einen habt ihr ja jedenfalls reingelegt. Elsie Coghlans Mutter hat es mir voriges Jahr in Honolulu erzählt.«

Erst als elf Minuten vergangen waren, tauchte Paulas lächelndes Gesicht aus dem Wasser auf. Sie tat, als sei sie furchtbar erschöpft, kroch langsam aus dem Bassin heraus und sank, nach Luft schnappend, neben ihrer Tante nieder. Kapitän Lester, den seine anstrengenden Rettungsversuche wirklich mitgenommen hatten, sah Paula scharf an, marschierte dann zum nächsten Pfeiler und schlug die Stirn dreimal dagegen.

»Ich fürchte, daß ich keine zehn Minuten unten blieb«, sagte Paula. »Aber viel weniger war es nicht, wie, Tante Tully?«

»Du warst überhaupt nicht lange unten«, antwortete Frau Tully, »wenn du mich schon fragst. Es wundert mich, daß du überhaupt naß bist ... So, so, atme nur ganz natürlich, Kind, – die Komödie ist ganz unnötig. Ich erinnere mich, als Kind einmal in Indien eine Schar Fakire gesehen zu haben, die in einen Brunnen sprangen und viel länger unten blieben als du, mein Kind, viel länger.«

»Du wußtest Bescheid!« Paula versuchte jetzt, den Spieß umzukehren.

»Aber du wußtest nicht, daß ich Bescheid wußte. Und deshalb war dein Benehmen direkt verbrecherisch. Eine Frau in meinem Alter, mit meinem Herzen —«

»Und deinem gesegneten Köpfchen«, rief Paula.

»Ja, ich hätte wirklich Lust, dir eine tüchtige Ohrfeige zu geben.«

»Und ich, dir einen tüchtigen Kuß zu versetzen, so naß ich bin«, lachte Paula. »Aber jedenfalls haben wir doch Kapitän Lester angeführt ... Nicht wahr, Kapitän?«

»Sprechen Sie nicht mit mir«, murmelte der brave Seemann düster. »Ich denke gerade nach, welche Form meine Rache annehmen soll ... Was Sie betrifft, Herr Dick Forrest, so weiß ich noch nicht, ob ich Ihre Meierei in die Luft sprengen oder Ihrem Bergkönig die Flechsen durchschneiden soll. Vielleicht tue ich beides. Zunächst aber werde ich dem Klepper, den Sie reiten, einen Tritt versetzen.«

Dick und Paula ritten nebeneinander nach dem Großen Hause.

»Wie gefällt dir Graham?« fragte er.

»Glänzend«, antwortete sie. »Er ist ganz dein Typ, Dick. Er ist universell wie du und wie du von der großen Welt, den sieben Meeren und alledem geprägt. Dazu ist er Künstler und ein netter Kerl durch und durch. Und er versteht Spaß. Hast du sein Lächeln bemerkt? Es ist unwiderstehlich. Wenn man ihn lächeln sieht, muß man direkt mitlächeln.«

»Aber er hat auch seine Schrammen abgekriegt«, nickte Dick zustimmend.

»Ja, wenn er lächelt, kann man sie in seinen Augenwinkeln hervorkommen sehen. Es ist weniger Müdigkeit als die alte, ewige Frage: Warum? Wozu? Was ist es wert? Was für einen Sinn hat es?«

Ernestine und Graham, die die Kavalkade beschlossen, waren auch in ein Gespräch vertieft.

»Aus Dick ist nicht leicht klug zu werden«, sagte sie. »Sie kennen ihn noch nicht richtig. Er ist schrecklich verzwickt. Ich kenne ihn ein bißchen; Paula kennt ihn ganz gut, aber sonst gibt es nur sehr wenige, die unter die Oberfläche bei ihm dringen. Er ist ein wahrer Philosoph, hat eine Selbstbeherrschung wie ein Stoiker oder ein Engländer und kann sich verstellen, daß er die ganze Welt hinters Licht führt.«

Eine Woche der Unruhe und Ratlosigkeit kam für Graham. Der Zwiespalt zwischen dem Gefühl; daß es seine Pflicht sei, das Große Haus mit dem ersten Zuge zu verlassen, und dem Wunsch, Paula immer häufiger zu sehen und immer mehr mit ihr zusammen zu sein, zerriß ihn, aber er konnte sie weder verlassen noch soviel Zeit wie in den ersten Tagen in ihrer Gesellschaft verbringen.

In den fünf Tagen, die der junge Geiger blieb, nahm er Paula fast jede Minute des Tages für sich in Anspruch, wenigstens, soweit sie sich sehen ließ. Graham suchte immer wieder das Musikzimmer auf und saß, ohne daß die beiden seine Anwesenheit auch nur im geringsten beachteten, halbe Stunden lang finster brütend da, hörte zu, wie sie übten, und ließ sich von der Musik mitreißen, oder er sah, wie sie sich in den Pausen die roten, warmen Stirnen wischten und kameradschaftlich plauderten und lachten. Daß der junge Musiker sie mit einer Leidenschaft liebte, die zu sehen fast peinigend war, hatte Graham bald erkannt, was ihn aber besonders quälte, war die grenzenlose Bewunderung, mit der Paula Ware zuweilen ansah, wenn er besonders schön gespielt hatte. Vergebens sagte sich Graham, daß es ihrerseits nur eine rein geistige Freude an den künstlerischen Leistungen des anderen sei, da er aber Mann war, schmerzte es doch, und der Schmerz hielt an, bis er unerträglich wurde.

Als Ware abgereist war, zog Paula Forrest sich fast ganz in ihre Gemächer hinter der verschlossenen Tür zurück, und aus den Bemerkungen der andern Bewohner des Hauses erkannte er, daß das nichts Ungewöhnliches war.

»Paula ist eine Frau, die sich außerordentlich wohl in ihrer eigenen Gesellschaft befindet«, erklärte Ernestine, »und es gibt oft lange Perioden, in denen sie sich ganz in sich selber zurückzieht und kein Mensch außer Dick sie zu sehen bekommt.«

»Was nicht sehr schmeichelhaft für die anderen ist«, lächelte Graham.

»Was sie eben zu einer so glänzenden Gesellschafterin für die anderen macht«, gab Ernestine zurück.

Der immer wechselnde Strom von Gästen im Großen Hause verebbte. Zwar kamen immer noch einzelne geschäftliche und persönliche Freunde, aber mehr reisten ab. Unter Oh Freud und seinem chinesischen Stab ging das Leben im Großen Hause reibungslos seinen gleichmäßigen Gang, so daß die Gäste dem Wirte selbst nur wenig Pflichten auferlegten. Die Gäste unterhielten sich meistens allein und miteinander. Dick zeigte sich selten beim Frühstück, und Paula führte ihr Einsiedlerprogramm durch und kam nie vor dem Lunch zum Vorschein.

»Jetzt wird es bald Zeit,« sagte Forrest eines Tages, »daß Sie sich an Ihr Buch machen. Ich bin nur einer von den vielen, die es gern lesen möchten, und ich bin sehr gespannt darauf. Ich habe gestern einen Brief von Haveley erhalten, der auch fragte, wie weit Sie seien.«

Die Folge war, daß Graham von jetzt an einen Teil des Tages in seinem Turmzimmer verbrachte, seine Aufzeichnungen und Photographien ordnete und mit den ersten Kapiteln begann. So sehr vertiefte er sich in sein Buch, daß sein keimendes Interesse für Paula sich vielleicht wieder verzogen hätte, würde er sie nicht täglich beim Essen gesehen haben. Solange Lute und Ernestine da waren, wurde auch geschwommen, und man machte Ausflüge zu Pferde und Auto nach den Weiden in den Miramarbergen und den Anselmohöhen. Sie unternahmen auch andere Ausflüge, an denen zuweilen auch Dick teilnahm, wie zum Beispiel nach dem Sacramento-Becken, wo seine großen Bagger arbeiteten, oder nach den Deichen, die er am Kleinen Coyoten und am Los Cuatos errichtete.

Einmal traf Graham Paula unerwartet beim Bindebaum, wo sie gerade vom Pferde stieg.

»Fürchten Sie nicht, Ihr neues Pferd zu verderben, wenn Sie es in Begleitung anderer reiten?« neckte er sie.

Paula schüttelte lachend den Kopf.

»Nun ja,« versicherte er kühn, »ich sehne mich jedenfalls danach, einmal mit Ihnen auszureiten.«

»Sie haben doch Lute, Ernestine, Bert und alle anderen.«

»Aber wir könnten uns so viel sagen, – hätten uns – so viel zu sagen.«

»Das begreife ich«, antwortete sie ruhig, und wieder begleitete der freie, offene Blick ihre Worte.

Das begriff sie, – dieser Gedanke brannte in ihm wie Feuer, aber er fand nicht schnell genug eine Antwort, um ihrem kühlen, aufreizenden Lachen zu entgehen, mit dem sie sich nach dem Hause wandte.

Die Schar der Gäste im Großen Hause lichtete sich immer mehr. Nach wenigen Tagen reiste Paulas Tante, Frau Tully, ab, zur großen Enttäuschung Grahams, der gehofft hatte, durch sie allerlei über Paula zu erfahren. Es war die Rede davon, daß sie zu einem längeren Besuch wiederkäme, da sie aber gerade von einer Europareise zurückgekehrt war, erklärte sie, zuerst eine Menge Pflichtbesuche erledigen zu müssen, ehe sie an Vergnügungsbesuche denken könnte.

Als Lute und Ernestine nach Santa Barbara reisten, dachten auch Bert und seine Schwester an ihr so lange vernachlässigtes Heim in Sacramento. Am selben Tage erschienen zwei Maler, Schützlinge Paulas, aber sie zeigten sich nicht viel, verbrachten die Tage meistens in den Bergen und saßen nur abends mit ihren langen Pfeifen im Rauchzimmer.

Das freie, ungebundene Leben im Großen Hause ging seinen gewohnten Gang, gleichmäßig, ohne die geringste Reibung. Dick arbeitete, Paula führte ihr Einsiedlerleben. Die Weisen aus dem Madroñohain stellten sich oft mittags und abends ein und führten das große Wort, wenn Paula ihnen nicht vorspielte. Aus Sacramento, Wickenberg und den andern Städten im Tale tauchten hin und wieder unerwartet Gesellschaften auf, ohne jedoch Oh Freud und die Hausboys aus der Fassung bringen zu können, und einmal sah Graham, wie zwei Dutzend Gästen zwanzig Minuten nach ihrer unerwarteten Ankunft ein ausgezeichnetes Dinner vorgesetzt wurde. Und es gab Abende – seltene Abende –, da niemand am Tische saß als Dick, Graham und Paula, und die beiden Männer eine Stunde plauderten, ehe sie zu Bett gingen, während Paula sanfte Melodien spielte oder sich zeitig in ihre Gemächer zurückzog.

An einem Mondscheinabend aber, als die Familien Watson, Mason und Wombold vollzählig erschienen waren und Bridge gespielt wurde, war Graham zufällig bei Besetzung der Tische übrig geblieben. Paula saß am Klavier. Als er sich ihr näherte, sah er den frohen Schimmer, der bei seinem Anblick in ihren Augen aufgeleuchtet war, ebenso schnell wieder verschwinden. Sie machte eine Bewegung, als wollte sie sich erheben, was seiner Aufmerksamkeit ebensowenig entging wie die ruhige, beherrschte Art, auf die sie diese Eingebung bezwang und sitzen blieb.

Er versuchte bald das eine, bald das andere Lied mit ihr und paßte seinen hohen Bariton ihrem hellen Sopran an, was ihm so gut gelang, daß die Bridgespieler immer mehr verlangten.

»Ja, ich sehne mich schrecklich danach, wieder einmal mit Dick in die Welt hinauszukommen«, sagte sie in einer Pause. »Ich möchte, wir könnten morgen reisen! Aber Dick kann noch nicht abkommen. Er ist zu sehr von seinen verschiedenen Experimenten in Anspruch genommen.«

Sie seufzte und ließ die Finger über die Tasten gleiten.

»Ach – wenn wir doch nur weg könnten, – nach Timbuktu, Mokpo oder Jericho, einerlei wohin.«

»Sie wollen mir doch nicht erzählen, daß Sie in Mokpo gewesen sind?« lachte Graham.

Sie nickte.

»So wahr ich lebe und zu sterben hoffe, wenn die Zeit gekommen ist! Ich war mit Dick auf der All Away dort, und es ist schon sehr lange her. Man kann fast sagen, daß wir unsere Flitterwochen in Mokpo verbrachten.«

Und während Graham und sie über ihre Erinnerungen an Mokpo sprachen, zerbrach er sich den Kopf, ob sie im Gespräch den Namen ihres Mannes absichtlich immer wieder erwähnte oder nicht.

»Ich dachte, hier müßte doch ein wahres Paradies für Sie sein«, sagte er.

»Das ist es auch, das ist es auch!« versicherte sie ihm mit, wie ihm schien, unnötiger Heftigkeit.

»Aber ich weiß nicht, was in der letzten Zeit mit mir ist. Ich habe ein Gefühl, als müßte ich durchaus fort und etwas unternehmen. Die Frühlingsnervosität, denke ich, die roten Götter und ihre Medizin. Wenn Dick sich hier nur nicht so aufreiben und von allen seinen Projekten fesseln lassen wollte! Denken Sie – die ganzen Jahre, die wir verheiratet sind, habe ich nur einen einzigen ernsthaften Rivalen gehabt: das Gut. Er ist treu, und das Gut ist seine erste Liebe. Er hatte alles schon geplant und angefangen, ehe er mich je traf oder von meiner Existenz wußte.«

»Sagen Sie, wollen wir nicht das Lied zusammen versuchen«, sagte Graham plötzlich und stellte ein Notenheft auf das Pult vor ihr.

»Aber das ist ja ›Der Zigeunerzug‹, wandte sie ein. »Der verschlechtert meine Laune nur noch.«

Sie blickte einen Augenblick fast ängstlich durch den langen Raum zu den Kartenspielern hinüber, nahm sich dann zusammen und sagte heftig:

»Der Himmel weiß, daß ich eine Menge Zigeunerblut in den Adern habe, mehr als genug, ja, und trotz seinen landwirtschaftlichen Interessen ist auch Dick der geborene Zigeuner. Und nach allem, was er mir von Ihnen erzählt hat, sind Sie ein hoffnungsloser Zigeuner.«

»Alles in allem ist der weiße Mann der einzige richtige Zigeuner, der König aller Zigeuner«, sagte Graham. »Er ist weiter gewandert und mit geringerer Ausrüstung als jeder Zigeuner. Der Zigeuner ist nur seinen Spuren gefolgt. Nun, lassen Sie uns versuchen.«

Und während sie die sorglosen Worte zu dem heiteren, ausgelassenen Rhythmus sangen, sah er auf sie hinab und wunderte sich über sie – und über sich selbst. Er hatte nichts neben dieser Frau, unter dem Dache ihres Mannes zu suchen.

Er hätte vor vielen Tagen abreisen sollen und war doch noch hier. Nach so vielen Jahren lernte er jetzt eine neue Seite seines eigenen Wesens kennen. Es war Wahnsinn. Er wollte sich losreißen.

Aber er konnte nicht. Er stand hier neben ihr und sah auf ihre braune Haarpracht mit diesem Schimmer von Gold und Bronze, während er mit ihr zusammen ein Lied sang, das Feuer für ihn war – Feuer für sie sein mußte, denn sie fühlte, was sie schon andeutungsweise, halb gegen ihren Willen, ausgesprochen hatte.

»Sie ist eine Hexe, und nicht am wenigsten ist es ihre Stimme, die einen verhext«, dachte er, als diese reiche Frauenstimme, die im Gegensatz zu allen andern Frauenstimmen so ausgesprochen ihre Stimme war, ihm zitternd ins Ohr tönte. Und er wußte ohne den Schatten eines Zweifels, daß auch sie etwas von dem Wahnsinn fühlte, der ihn gepackt hatte: Daß sie, ganz wie er, sich bewußt war, daß hier Mann und Weib sich gegenüberstanden.

Sie wurden beim Singen von Bewegung durchbebt, und diese Gewißheit vermehrte nur seinen eigenen Wahnsinn, bis er unbewußt größere Wärme in die letzten kühnen Zeilen legte, während ihre Stimmen sich in tiefer Bewegung vereinigten.

Er wartete, daß sie zu ihm aufsehen sollte, als die letzten Töne verklungen waren, aber sie saß ganz still da, den Blick auf die Tasten geheftet. Und als sie doch einen Augenblick später aufsah, war sie die Herrin vom Großen Hause mit ihrem neckischen Lächeln um den Mund und ihren schelmischen Augen.

»Lassen Sie uns hineingehen und Dick ein bißchen necken, – er verliert«, sagte sie. Ich habe noch nie gesehen, daß er sich über schlechte Karten ärgert, aber er ist so komisch ratlos, wenn er lange hintereinander verliert.«

»Und er liebt das Spiel«, fuhr sie fort, während sie ihm voranschritt. »Es ist für ihn eine Erholung, und die tut ihm gut. Ein paarmal im Jahr kann er, wenn es ein gutes Poker ist, die ganze Nacht aufsitzen und bis in die Wolken spielen.«

Wenige Tage später gab Paula ihr Einsiedlerleben auf, und es wurde Graham sehr schwer, im Turmzimmer bei seiner Arbeit zu bleiben, wenn er den ganzen Vormittag Bruchstücke von Liedern aus ihren Gemächern oder Lachen und Schelten mit den Hunden auf dem großen Hofe oder mehrere Stunden lang die gedämpften Klänge des Klaviers aus dem fernen Musikzimmer hören konnte. Aber Graham hatte beschlossen, Dicks Beispiel zu folgen und am Morgen zu arbeiten, so daß er Paula selten vor dem Lunch sah.

Sie erzählte, daß ihre Schlaflosigkeitsperiode vorbei, und daß sie zu allen Lustbarkeiten und Ausflügen bereit wäre, die Dick ihr zu bieten hätte. Ferner drohte sie, falls Dick ihr diese persönlichen Zerstreuungen nicht verschaffte, das Haus mit Gästen zu füllen und ihn zu lehren, was Leben hieße. Zu dieser Zeit kam ihre Tante Martha – Frau Tully – zurück, und Paula kutschierte wieder mit dem hohen Jagdwagen mit Duddy und Fuddy davor herum, aber Frau Tully war trotz ihrem Alter und ihrer körperlichen Schwerfälligkeit nicht im geringsten ängstlich, wenn Paula die Zügel hielt.

Wie sie zu Graham sagte: »Sie versteht sich auf Pferde. Als Kind war sie ganz wild nach ihnen. Es wundert mich, daß sie nicht Zirkusreiterin geworden ist.«

Mehr, weit mehr erfuhr Graham über Paula in den verschiedenen Unterhaltungen mit ihrer Tante. Frau Tully konnte nie müde werden, von Philip Desten, dem Vater Paulas, zu erzählen. Er war ihr ältester Bruder, viele Jahre älter als sie gewesen. Er war der Held ihrer Kindheit. Er hatte eine gewisse Größe gehabt, die auf einfache Menschen fast wie eine Art Wahnsinn wirkte. Er konnte immer die verrücktesten Dinge und die ritterlichsten tun. Dieser Anstrich von Tollheit war es gewesen, der ihn befähigt hatte, in den vierziger Jahren, als das große Goldabenteuer seinen Höhepunkt erreicht hatte, mehrere Vermögen zu verdienen und sie mit derselben Leichtigkeit durchzubringen. Er stammte selbst aus einer alten neuenglischen Familie, aber sein Urgroßvater war Franzose, – war als Kind von einem untergegangenen Schiffe an Land getrieben und unter der Seemanns- und Bauernbevölkerung an der Küste von Maine aufgewachsen.

»Und einmal – nur ein einziges Mal – in jeder Generation lebt der französische Desten wieder auf«, sagte Frau Tully zu Graham. »Philip war der Franzose seiner Generation, und wer sonst als Paula hat, und zwar im reichsten Maße, in ihrer Generation das Erbe gehoben. Lute und Ernestine sind ihre Halbschwestern, aber man sollte nicht glauben, daß sie auch nur einen Tropfen desselben Blutes in ihren Adern hätten. Das ist der Grund, daß Paula, statt zum Zirkus zu gehen, unbedingt nach Frankreich mußte. Der alte Desten, der Stammvater des Geschlechts, zog sie hinüber.«

Auch über die abenteuerliche Fahrt nach Frankreich hörte Graham allerlei. Philip Desten hatte das Glück gehabt, zu sterben, als das Rad seines Schicksals sich rückwärts zu drehen begann. Ernestine und Lute, damals noch kleine Kinder, hatten den Schwestern Destens nicht viel Schwierigkeit gemacht, Paula aber, die zu Frau Tully gekommen war, wurde das große Problem – »alles wegen des Franzosen«.

»Sie ist durchaus Neuengländerin,« sagte Frau Tully, »was ihre Ehrlichkeit, Aufrichtigkeit und Treue betrifft. Als junges Mädchen konnte sie einfach nicht lügen, außer wenn es galt, einen andern zu retten. In solchem Falle ergriffen alle ihre neuenglischen Ahnen die Flucht, und sie konnte genau so prachtvoll lügen wie ihr Vater. Der hatte dasselbe gewinnende Wesen, dieselbe Kühnheit, dasselbe herzliche Lachen, dieselbe Lebhaftigkeit besessen. Er gewann die Herzen aller Menschen, und wenn nicht, wurden sie seine erbittertsten Feinde. Keiner kam mit ihm in Berührung, ohne Stellung zu ihm nehmen zu müssen, – sie mußten ihn lieben oder hassen. In dieser Beziehung ist Paula anders als er, wohl weil sie Weib ist und nicht das ewige Männerprivilegium genossen hat, mit Windmühlen zu kämpfen. Ich glaube nicht, daß sie einen einzigen Feind in der Welt hat.«

Während Graham ihr zuhörte, erklang Paulas Singen durch ein offenes Fenster weiter abwärts an der langen Pergola zu ihnen herüber, und ihre Stimme hatte einen zitternden Klang, der ihm folgte, und den er nie wieder vergaß. Dann begann Paula zu lachen, und Frau Tully lächelte ihm zu und nickte.

»Jetzt lacht Philip Desten«, murmelte sie. »Haben Sie ge-
merkt, daß Paulas Lachen die Leute immer aufsehen und
lächeln läßt? Wenn Philip lachte, war es ebenso.«

Paula hatte es stets leidenschaftlich geliebt, zu musizieren,
zu malen und zu zeichnen. Als ganz kleines Mädchen schon
wußte man, wo sie im Hause oder im Garten gewesen war,
denn überall hinterließ sie Bilder und Figuren aus irgendeinem
Material, das sie zufällig in die Hände bekommen hatte, –
Bilder, die auf kleine Papierfetzen gezeichnet oder in Holzstü-
cke geritzt, und Figuren, die aus Lehm und Sand modelliert
waren.

»Sie liebte alles, und alles liebte sie«, sagte Frau Tully. »Sie
fürchtete sich nicht vor Tieren und hatte doch immer große
Ehrfurcht vor ihnen, aber das kam daher, weil sie mit einer
Ehrfurcht vor allem Schönen geboren war. Ja, sie war eine
unverbesserliche Heldenverehrerin, und zwar mußte der
Betreffende entweder schön sein oder etwas geleistet haben.
Und diese Ehrfurcht vor allem Schönen, sei es nun ein Flügel,
ein herrliches Gemälde, ein schönes Pferd oder eine Land-
schaft, wird sie nie verlieren.«

Und Paula hatte selbst den Willen gehabt, etwas zu leisten,
Schönheit zu schaffen. Aber sie konnte sich nicht klar darüber
werden, ob sie sich der Musik oder der Malerei widmen sollte.
Als sie mit voller Hingabe bei den besten Lehrern in Boston
Musik studierte, konnte sie es doch nicht lassen, hin und
wieder einmal zu ihrem Zeichnen zurückzukehren, und davon
lockte sie wieder das Modellierholz fort.

»Und so kam es, daß sie sich auch bei all ihrer Liebe zum
Besten und ihrer von Schönheit erfüllten Seele nicht einig
werden konnte, ob sie überhaupt eine Begabung besaß. Das
Unglück war, daß sie zu viele Talente hatte –«

»Zu verschiedenartige Talente!« warf Graham ein.

»Ja, das ist richtig«, nickte Frau Tully. »Sicher ist, daß sie
auf keinem Gebiet etwas Großes erreicht hat.«

»Aber sie ist sich selber treu geblieben«, fügte Graham
hinzu.

»Was auch die Hauptsache ist«, räumte Frau Tully mit
frohem Lächeln ein. »Sie ist eine ungewöhnliche Frau, unver-

dorben und natürlich. Und letzten Endes – was bedeutet es denn, ob man etwas erreicht? Ich lege mehr Wert auf einen von Paulas tollen Streichen, – ach, ich habe die ganze Geschichte von dem großen Hengst im Schwimmbassin gehört, – als auf alle ihre Gemälde, und wenn jedes einzige davon ein Meisterwerk wäre. Anfangs aber wurde es mir sehr schwer, sie zu verstehen. Dick sagt oft, sie sei ein kleines Mädchen, das nie ganz erwachsen würde. Aber großer Gott – sie kann erwachsen genug sein, wenn sie will. Dick war ihr größtes Glück, das sie je getroffen hat. Erst als sie ihn kennen lernte, fand sie sich gleichsam selber. Das ging so zu –«

Frau Tully schilderte kurz das Jahr, das sie zusammen in Europa gereist waren, wie Paula in Paris wieder angefangen hatte zu malen, und wie sie zu der Erkenntnis gelangt war, daß sie nur durch Kampf siegen könne, und daß das Geld ihrer Tante ein Hindernis sei.

»Und sie bekam ihren Willen«, seufzte Frau Tully. »Sie – ja, sie gab mir den Laufpaß, schickte mich heim. Sie wollte nicht mehr als den allerdringendsten Zuschuß annehmen und zog ins Quartier Latin, wo sie mit zwei anderen jungen Amerikanerinnen zusammen lebte. Und da traf sie Dick. Dick war ein merkwürdiger Mensch. Es ist unmöglich zu sagen, was er damals tat. Er hatte eine Art Kabarett – ein richtiges Studentenkabarett. Sie waren eine Schar von Verrückten. Wissen Sie, er war gerade von seinen wilden Fahrten bis ans Ende der Welt zurückgekehrt und wollte, wie er erklärte, für eine Weile das Leben nicht mehr leben, sondern statt dessen davon reden.

Paula nahm mich einmal mit. Sie hatten sich verlobt – gerade an dem Tage zuvor. Ich hatte Glücks-Forrest gekannt und war über seinen Sohn sehr gut unterrichtet. In materieller Beziehung hätte Paula keine bessere Partie machen können. Es war ein ganzer Roman. Paula hatte ihn als Führer der Fußballmannschaft der Kalifornia-Universität bei ihrem Siege über Stanford gesehen, und das nächstemal sah sie ihn in dem Atelier, das sie gemeinsam mit den beiden jungen Mädchen hatte. Sie wußte nicht, ob Dick Millionär war oder das Kabarett betrieb, weil er kein Geld hatte, aber daraus machte sie sich auch nichts. Sie war stets ihrem Herzen gefolgt. Sie müssen sich auf den ersten Blick geliebt haben, denn in weniger als einer Woche war alles in Ordnung gebracht, und Dick hatte mir seinen Besuch gemacht, – als ob meine Zustimmung ihnen das geringste bedeutete.

Um aber wieder auf Dicks Kabarett zu kommen! Es war ein Philosophen-Kabarett – ein kleiner, geschlossener Raum, in einem Keller mitten im Viertel. Ein einziger Tisch darin! Denken Sie, in einem Kabarett! Und welch ein Tisch! Ein großer, runder Tisch aus ungestrichenen Brettern, ohne auch nur ein Stück Wachstuch und mit zahllosen Flecken von Getränken, die die Philosophen vergossen hatten, wenn sie zu eifrig wurden. Dreißig Menschen konnten an dem Tisch sitzen. Frauen hatten sonst keinen Zutritt, aber mit Paula und mir wurde eine Ausnahme gemacht.

Und hier trafen sie sich nun, all die wilden jungen Denker, hämmerten auf den Tisch und schwatzten in allen möglichen europäischen Sprachen über Philosophie. Dick hatte immer eine Schwäche für Philosophen gehabt.

Aber Paula machte einen Strich durch das kleine Abenteuer. Kaum waren sie verheiratet, als Dick auch schon seinen Schoner »All Away« ausrüstete, und fort zogen sie auf ihre Hochzeitsreise, die lieben Kinder! – Von Bordeaux direkt nach Hongkong.«

*

Wenn Graham nun auch mit Paulas vielseitigen Interessen und Talenten gut Bescheid wußte, so wunderte er sich doch, sie eines Tages allein in einer Fensternische zu sehen, vollständig von einer feinen Stickerei in Anspruch genommen.

Ein andermal, als Graham die Bibliothek betrat, sah er Paula anmutig über einen Bogen Papier gebeugt, der auf einem großen Tisch ausgespannt und von schweren Büchern über Architektur flankiert war; sie war eifrig damit beschäftigt, Pläne für ein Blockhaus für die Weisen in Madroño-Hain zu entwerfen.

»Das ist wirklich ein Problem«, seufzte sie. »Dick sagt, wenn, dann muß ich es für sieben bauen; wir haben augenblicklich vier Weise, aber er träumt davon, sieben zu bekommen. Er sagt, um Duschen und dergleichen soll ich mich nicht kümmern, denn kein Philosoph badet je.«

»War es nicht Voltaire, der sich mit einem König über Lichtstümpfe stritt«, fragte Graham, während sich sein Auge an ihrer nachlässig anmutigen Haltung freute. Achtunddreißig! Es war unmöglich. Sie sah fast aus wie ein Schulmädchen, das rot und warm vor Eifer an seiner Arbeit saß.

Er wußte nicht, was er glauben sollte. War das dieselbe Frau, die unter den Eichen mit zwei kurzen Sätzen den Kern einer schwebenden Situation herausgeschält hatte? »Ja, das begreife ich schon!« hatte sie gesagt. Hatte sie die Worte gebraucht, ohne etwas Besonderes in sie hineinzulegen? Aber hatte er anderseits nicht gesehen, wie Donald Wares Spiel sie erwärmt und berückt hatte? Hier konnte er seine Gedanken nicht länger im Zaume halten, denn er sagte sich, daß es mit Donald Ware etwas anderes wäre. Und er lächelte bei dem Gedanken still über sich.

»Worüber amüsieren Sie sich?« fragte Paula. »Der Himmel weiß, daß ich keine Architektin bin. Aber ich möchte sehen, wie Sie unter den lächerlichen Bedingungen, die Dick stellt, ein Haus für sieben Weise bauen wollen.«

Als Graham wieder in seinem Turmzimmer saß, gab er sich für eine Weile Betrachtungen hin. Diese Frau war keine Frau. Sie war ein wahres Kind. Oder, – er stockte bei dem Gedanken, – war es übertriebene Natürlichkeit? Meinte sie es wirklich so? Es war so. Es konnte nicht anders sein. Sie war eine Weltdame. Sie kannte die Welt. Sie war sehr klug. Er erinnerte sich, nicht ein einziges Mal in ihre grauen Augen gesehen zu haben, ohne daß sie ihm ein Gefühl von Gleichgewicht, von Kraft geschenkt hatte. Das war es: Stärke! Er erinnerte sich ihrer an dem ersten Abend, als sie ihn in gewissen Augenblicken an schimmernden, scharfgeschliffenen, juwelenartigen Stahl hatte denken lassen.

Vergebens blätterte er in den Büchern, um die Angaben zu finden, die er suchte. Er wollte das Kapitel ohne diese Angaben fortsetzen, aber kein Wort floß ihm aus der Feder. Eine wahnsinnige Unentschlossenheit war über ihn gekommen. Er nahm einen Fahrplan und sah nach, wann die Züge

gingen, telephonierte dann aber nach dem Stall und bat, Altadena zu satteln.

Es war ein wunderbarer Morgen, wie man ihn im Früh-
sommer in Kalifornien hat. Nicht ein Hauch regte sich auf
den schläfrigen Feldern, aber über ihnen ertönte das Rufen
der Wachteln und das Singen der Wiesenlerchen. Die Luft
war schwer von Syringenduft, und wie er hier zwischen den
Hecken dahinritt, konnte er in der Ferne das Rufen Bergkönigs und das silberklare Antwortwiehern von Fotherington-
Prinzessin hören.

Warum ritt er auf Dick Forrests Pferd? fragte er sich. Warum befand er sich nicht in diesem Augenblick auf dem Wege
nach dem Bahnhof, – um den ersten Zug zu erreichen, den er
auf dem Fahrplan gefunden hatte? Dieser Mangel an Ent-
schlossenheit und Tatkraft war ihm neu, wie er sich bitter
sagte. Aber, – und der Gedanke brannte wie Feuer in seinen
Adern, – er hatte nur dies eine Leben, und es gab nur dies
eine Weib auf der Welt.

Er hielt sein Pferd an, um eine Herde Angoraziegen vor-
beiziehen zu lassen. Es waren mehrere Hundert, und sie wurden von baskischen Hirten getrieben, aber langsam und mit
häufigen Ruhepausen, denn jede Ziege war von einem jungen
Zicklein begleitet. In der Hürde waren viele Stuten mit neugeborenen Fohlen, und einmal konnte Graham gerade noch
rechtzeitig auf einen Seitenweg gelangen, um einem Rudel
einjähriger Hengste auszuweichen, die von einer Hürde in die
andere getrieben wurden. Es waren im ganzen dreißig, und
die Luft war mit gellendem Wiehern erfüllt, während Bergkönig, ganz außer sich beim Anblick und Geräusch so vieler
Rivalen, wie rasend in seinem Pferch auf und nieder lief und
immer wieder wie mit Trompetenstößen seine herausfordern-
de Überzeugung verkündete, daß er das gewaltigste Pferd war,
das je die Erde betreten hatte.

Dick Forrest kam auf Graham zugeritten, und sein Gesicht strahlte vor Freude beim Anblick des Sturmes, der unter
den zahlreichen Geschöpfen tobte, die sein waren.

»Die jungen Tiere haben Bergkönig zu Taten erweckt!«
lachte er. »Lauschen Sie, wie er singt:

›Hört mich! Ich bin Eros. Ich stampfe durch die Berge. Ich fülle die breiten Täler. Die Stuten hören mich auf den stillen Weiden und heben die Köpfe, denn sie kennen mich. Das Gras wird üppiger und üppiger. Das Land erfüllt sich mit Fruchtbarkeit, und der Saft steigt in den Bäumen. Es ist Frühling, und der Frühling ist mein. Ich bin König in meinem Reich, im Reich des Frühlings. Die Stuten erkennen meine Stimme. Sie kennen mich, kennen mich durch ihre Mütter. Hört mich! Ich bin Eros! Ich stampfe durch die Berge, die breiten Täler sind meine Herolde, sie rufen mein Kommen aus!‹«

Nach Frau Tullys Abreise machte Paula ihre Drohung wahr und füllte das Haus mit Gästen. Es war, als erinnerte sie sich plötzlich aller, die eine Einladung erwartet hatten, und wenn das große Automobil nach dem acht Meilen entfernten Bahnhof fuhr, kam es selten leer zurück. Mehrere Sänger, Musiker und Maler sowie ganze Scharen von jungen Mädchen mit ihrem unvermeidlichen Gefolge von Anbetern kamen, und das Große Haus wimmelte von Müttern, Tanten und Duennas, die auf Ausflügen mehrere Automobile füllten.

Graham dachte oft, ob Paula nicht eine bestimmte Absicht hatte, wenn sie sich mit all diesen Menschen umgab. Er selbst hatte jeden Versuch aufgegeben, an seinem Buch zu arbeiten, er schwamm morgens mit den abgehärteteren von den jungen Leuten, beteiligte sich an Ausritten in der näheren Umgebung, kurz, machte alle Vergnügungen in und außer dem Hause mit.

Die Leute blieben die halben Nächte und oft bis in den Morgen hinein auf, und eines Nachts spielte Dick, der im übrigen nicht von seiner Gewohnheit abwich, sich erst gegen Mittag seinen Gästen zu zeigen, bis in den hellen Morgen hinein im Rauchzimmer Poker. Graham hielt mit ihm aus und fühlte sich reichlich belohnt, als die Spieler bei Tagesanbruch unerwartet den Besuch Paulas erhielten, – die, wie sie sagte, eine ihrer weißen Nächte gehabt hatte, obwohl ihrer frischen Farbe nicht das geringste anzusehen war. Graham mußte sich beherrschen, um sie nicht zu oft anzusehen, wie sie dastand und für die müden, übernächtigen Spieler Champagner-Cocktails bereitete. Hinterher schickte sie sie zu einem kalten Schwimmbad vor dem Frühstück und der Arbeit und den Vergnügungen des Tages.

An einem warmen Morgen hatten sich vier oder fünf Menschen – unter ihnen Paula – zufällig in der kühlen Pergola, die den großen Hof umgab, um Graham versammelt, und er las ihnen vor. Nach einer Weile machte er sich wieder an seine Zeitschrift und war bald so in sie vertieft, daß er alles um sich her vergaß, bis plötzlich ein Gefühl von Stille in sein Bewußtsein drang. Er blickte auf. Die ganze Gruppe war bis auf Paula verschwunden. Er konnte ihr Lachen von der anderen Seite des Hofes hören. Aber Paula! Unversehens sah er den Ausdruck in ihrem Gesicht, in ihren Augen. Ihr Blick war ihm zugekehrt – ein fast angstvoller Blick, und doch hatte er in dem flüchtigen Augenblick Zeit zu bemerken, daß es ein tief forschender Blick war – fast, mußte er denken, als sähe jemand in das aufgeschlagene Buch des Schicksals. Ein unsicherer Ausdruck trat in ihre Augen, sie sah nieder, und eine unverkennbare Röte färbte ihre Wangen. Zweimal bewegte sie die Lippen, um etwas zu sagen, und doch fühlte sie sich dermaßen auf frischer Tat ertappt, daß sie kein Wort finden konnte, um einen auftauchenden Gedanken auszudrücken. Schließlich half Graham ihr selbst über die peinliche Situation hinweg, indem er leicht hinwarf:

»Wissen Sie, – ich habe eben De Vries' Lobrede über die Arbeit Luther Burbanks gelesen, und mir kommt vor, daß Dick für die Welt der Haustiere dasselbe ist, was Burbank für die Welt des Gemüses ist. Beide schaffen sie Leben – und schaffen den Stoff zu neuen Nutz- und Schönheitsformen.«

Paula, die ihre Selbstbeherrschung wiedergefunden hatte, kassierte lächelnd das Kompliment ein.

»Wenn ich Sie ansehe,« fuhr Graham ruhig und ernst fort, »und wenn ich sehe, was Sie erreicht haben, so fürchte ich, daß ich selbst nur auf ein vergeudetes Leben zurückblicken kann. Warum habe ich nichts geschaffen? Ich bin unendlich neidisch auf Sie beide.«

»Ja, wir sind natürlich dafür verantwortlich, daß ein schrecklicher Haufen Geschöpfe in die Welt gesetzt worden ist,« sagte sie. »Es wird einem ganz schwindelig, wenn man an die Verantwortung denkt.«

»Ja, das Gut ist wirklich ein fruchtbares Stück Erde,« lächelte Graham. »Noch nie hat mir das Blühen und Reifen des Lebens so imponiert. Alles wächst und gedeiht hier —«

»Ach!« unterbrach Paula ihn, als wäre ihr plötzlich etwas eingefallen. »Ich muß Ihnen doch einmal meine Goldfische zeigen. Ich züchte auch Goldfische, ja – und verkaufe sie. Ich versorge die Händler in San Francisco mit den seltensten Sorten und schicke sie sogar nach New York. Und das beste dabei ist, – ich verdiene wirklich Geld damit. Dicks Bücher zeigen das, und er ist ein schrecklich genauer Buchhalter. Es gibt nicht einen Hammer hier, der nicht verzeichnet ist, nicht einen Nagel in einem Hufeisen, über den nicht Rechenschaft abgelegt wird. Deshalb hat er einen solchen Stab von Buchhaltern. Ja, wollen Sie glauben: der kleinste Posten ist aufnotiert – einschließlich der Zeit, die durchschnittlich auf Kolik und Lahmheit zu rechnen ist, und auf Grund dieser wahnsinnigen, endlosen Zahlenreihe hat er bis zur kleinsten Dezimalstelle ausgerechnet, was jede Arbeitsstunde eines Arbeitspferdes kostet.«

»Aber Ihre Goldfische,« warf Graham ein, gereizt, weil sie immer wieder den Namen ihres Mannes in die Unterhaltung zog.

»Nun ja, Dick läßt über meine Goldfische genau so Buch führen. Ich muß für jede Stunde, die die Leute auf die Fische verwenden, bezahlen und ebenso für Briefmarken und Papier. Ich muß auch für das Wasser bezahlen, als wäre ich ein Hausbesitzer, der es von der Gemeinde bezöge. Und doch verdiene ich 10 Prozent netto und habe es sogar schon auf 30 Prozent gebracht. Aber Dick lacht und sagt, wenn ich die Zeit berechne, die ich selbst für die Beaufsichtigung brauche, müßte ich mich entweder mit einer sehr geringen Bezahlung begnügen, oder ich arbeitete mit Verlust und könnte jedenfalls für meinen Nettoverdienst keinen so tüchtigen Aufseher engagieren!

Aber einerlei, daher kommt es, daß Dick mit allem, was er unternimmt, Erfolg hat. Handelt es sich nicht um ein reines Experiment, so unternimmt er nie etwas, ohne bis auf die geringste Einzelheit zu wissen, was es kosten und einbringen wird.«

»Er ist sehr sicher«, bemerkte Graham.

»Ich habe nie einen Mann gekannt, der seiner selbst so sicher war,« antwortete Paula eifrig, »und nie einen Mann, der auch nur halb so viel Ursache dazu gehabt hätte. Ich kenne ihn. Er ist ein Genie – aber nur im paradoxen Sinne des Wortes. Er ist ein Genie, weil er so fein ausbalanciert und so normal ist, daß nicht die geringste Andeutung von Genie an ihm ist. Solche Menschen sind seltener und größer als Genies. Ich denke immer, daß Abraham Lincoln von demselben Schlage gewesen sein muß.«

»Offen gestanden, ich verstehe nicht ganz, was Sie meinen«, sagte Graham.

»Ach, ich will selbstverständlich nicht behaupten, daß Dick im Verhältnis zur ganzen Weltordnung so viel bedeutet wie Lincoln«, fuhr sie schnell fort. »Es ist ihr ungeheures Gleichgewicht, ihr normales Wesen, ihre Ruhe, in der sie sich gleichen. Sehen Sie, ich bin ein Genie, denn ich tue dies oder jenes, ohne zu wissen, warum ich es eben tue! Auf die Weise erreiche ich meine Wirkungen in der Musik und ebenso, wenn ich schwimme. Und wenn es mein Leben kosten sollte, so könnte ich nicht sagen, warum ich gerade diese oder jene Tollheit begehe.

Dick hingegen kann nichts tun, ohne im voraus ganz genau zu wissen, wie er es tun will. In allem, was er tut, ist er überlegt und vorausschauend. Er ist ein Wunder auf allen möglichen Gebieten, ohne je ein Wunder auf einem einzigen, bestimmten Gebiet gewesen zu sein. Oh, ich kenne ihn. Er hat nie zu denen gehört, die Rekorde schufen, aber er ist auch nie mittelmäßig gewesen. Und so geht es ihm mit allem, sowohl in seelischer wie in geistiger Beziehung. Er ist eine gleichmäßig geschmiedete Kette, in der es weder besonders schwere, noch besonders schwache Glieder gibt.«

»Ich fürchte, daß ich eher wie Sie bin,« sagte Graham, »nämlich das alltäglichere und weniger wertvolle Geschöpf: ein Genie. Denn auch ich kann gelegentlich aufflammen und die unberechenbarsten Dinge tun. Und auch ich bin nicht darüber erhaben, vor dem Geheimnisvollen niederzuknien.«

»Und Dick haßt alles, was geheimnisvoll ist: es genügt ihm nicht zu wissen, wie, – er sucht immer nach dem Warum, das hinter dem Wie liegt. Alles Mystische reizt ihn, wirkt auf ihn wie das rote Tuch auf den Stier. Und gleich muß er die Schale des Mysteriums entfernen und zu dem Kern dringen, um zu wissen, wie und warum, – und dann ist es kein Mysterium mehr, sondern eine Verallgemeinerung und eine Tatsache, die wissenschaftlich bewiesen werden kann.«

Vieles der sich zuspitzenden Situation blieb den drei Hauptpersonen verschleiert. Graham wußte nichts von Paulas verzweifelten Anstrengungen, sich an ihren Mann zu klammern, der – von seinen Tausenden von Plänen und Projekten in Anspruch genommen – immer weniger von den Menschen sah, die sich in seinem Hause befanden. Er zeigte sich stets beim Lunch, konnte sich aber nur selten am Nachmittag seiner Gäste annehmen. Aus den zahllosen, langen Chiffretelegrammen aus Mexiko schloß Paula, daß es mit der Harvest-Gruppe sehr schlecht stand. Sie sah auch die Abgesandten der Leute, die das fremde Kapital in Mexiko repräsentierten, wenn sie im Großen Hause erschienen, um sich mit Dick zu besprechen.

»Ach, wie gern wollte ich, daß du nicht soviel zu tun hättest!« seufzte sie, als sie eines Vormittags um elf das Glück gehabt hatte, ihn allein anzutreffen, und jetzt auf seinen Knien saß.

Allerdings hatte sie ihn unterbrochen, als er gerade im Begriff gewesen war, einen Brief in das Diktaphon zu sprechen, und der Seufzer war durch ein diskretes Husten Bonbrights hervorgerufen, den sie mit mehreren Telegrammen in der Hand kommen sah.

»Kann ich dich nicht mit Duddy und Fuddy ein bißchen ausfahren, – wir beide, ganz allein«, bat sie.

Er schüttelte lächelnd den Kopf.

»Beim Lunch wirst du eine merkwürdige Konstellation vorfinden«, erklärte er. »Keiner braucht etwas davon zu wissen, aber dir will ich es erzählen.« Er dämpfte die Stimme, während Bonbright sich in passender Entfernung mit der Kartothek beschäftigte. »Es sind die Leute von der Tampico-Petroleum-Gesellschaft. Samuels, der Präsident von der Nacisco, in eigener Person, und Wishaar, der große Vertreter der Pearson-Brooks-Gruppe, der den Kauf der Ostküsten- und Tiuana-Zentralbahn in Ordnung brachte, und Matthewson – der große Führer der Palmerstonschen Interessen – und noch einige mehr. Es ist ein Beweis dafür, daß in Mexiko alles auf sehr schwachen Füßen steht, wenn alle diese Leute sich nicht mehr streiten und gemeinsam auftreten.

Weißt du, sie interessieren sich für Petroleum, aber ich bin auf meinem Gebiete ein großer Mann dort unten, und sie wollen, daß ich gemeinsame Sache mit ihnen mache. Ja, es sind große Dinge im Gange, und wir müssen schon zusammenhalten oder aus Mexiko weggehen. Und ich gestehe, daß ich, als sie mich nach dem Spektakel vor drei Jahren im Stich ließen, in meinem Zelt gesessen und den zornigen Achilles gespielt habe, bis sie jetzt zu mir gekommen sind.«

Er streichelte sie und nannte sie seine liebe kleine Frau, aber sie sah, daß seine Augen gleichzeitig ungeduldig das Diktaphon mit dem angefangenen Brief suchten.

»Und deshalb,« schloß er und preßte sie fester an sich, aber auf eine Art, die anzudeuten schien, daß ihre Zeit jetzt vorbei sei, und daß sie lieber gehen sollte, »und deshalb bin ich heute nachmittag besetzt. Keiner von ihnen übernachtet hier. Vor dem Mittagessen fahren sie wieder ab.«

Sie riß sich mit ungewöhnlicher Heftigkeit von ihm los und stand vor ihm mit blitzenden Augen, blassen Wangen und einem Ausdruck, als hätte sie einen großen Entschluß gefaßt und wollte ihm etwas sehr Wichtiges sagen. Aber in diesem Augenblick begann eine Glocke zu läuten, und er streckte die Hand nach dem Tischtelephon aus. Paula beugte mit einem kaum hörbaren Seufzer den Kopf, – und während Bonbright sich eifrig mit dem Telegramm näherte, konnte sie im Hinausgehen noch den Anfang des Telephongespräches ihres Mannes hören:

»Nein. Unmöglich. Er muß durchkommen, sonst kriegt er die Bestellung nicht. Der Kontrakt des Herrn war ganz wertlos ... Ja, ja, das würde vor jedem Gericht den Ausschlag geben. Ich werde dafür sorgen, daß Sie die Korrespondenz heute nachmittag um fünf in Ihrem Bureau haben.«

Weder Graham noch Paula konnten sich denken, daß Dick schon fühlte, was noch nicht geschehen war, aber geschehen konnte. Er hatte nicht die wenigen, aber bedeutungsvollen Worte Paulas unter den Eichen gehört, hatte auch nicht wie Graham ihren forschenden Blick in der Pergola gesehen. Dick hatte nichts gehört und nicht viel gesehen. Aber er fühlte doch allerlei, und zwar noch ehe Paula selbst ein sicheres Gefühl dessen hatte, was ihr später klar geworden war.

Das Handgreiflichste, worauf er sich stützen konnte, war der Abend, als er – obgleich in sein Bridge vertieft – doch bemerkt hatte, wie plötzlich sie nach dem »Zigeunerzug« den Flügel verlassen hatten; als sie dann zu ihm kamen, um ihn wegen seines Verlustes zu necken, und er sie mit einem unbesorgten Lächeln begrüßte, konnte er doch ein Gefühl nicht unterdrücken, daß in Paulas schelmischem Gesicht etwas Ungewöhnliches lag, und im selben Augenblick hatten seine lachenden Augen Graham, der neben ihr stand, gesucht und auch dort das Ungewöhnliche erblickt. Der Mann war aus dem Gleichgewicht, das hatte Dick sich damals gesagt. Aber warum? Bestand eine Verbindung zwischen dieser Tatsache und der, daß Paula so plötzlich vom Flügel aufgestanden war? Und während diese Gedanken ihm durch den Kopf flogen, hatte er über ihre heiteren Angriffe gelacht, hatte Karten gemischt und sein Sans Atout gewonnen.

Dennoch versuchte er sich immer wieder die Sinnlosigkeit und Undenkbarkeit klar zu machen, daß sein unklares Gefühl je Wirklichkeit werden sollte. Es war ein reines Raten, ein wahnsinniger Gedanke, durch die gleichgültigsten Umstände hervorgerufen, und zwar teilweise wohl deshalb, weil seine Frau und sein Freund beide so anziehend waren. Aber hin und wieder konnte er trotz Aufbieten seines ganzen Willens den Gedanken nicht von sich weisen: Warum hatten sie an jenem Abend nicht weiter gesungen? Warum hatte er das Gefühl gehabt, daß etwas geschehen war? Warum war Graham aus dem Gleichgewicht gewesen?

Auch Bonbright wußte, als ihm eines Vormittags eben vor dem Lunch ein Telegramm diktiert wurde, nicht, daß es Dick, der immer weiter diktierte, nach dem Fenster trieb, weil er leisen Hufschlag in der Einfahrt hörte. Es war nicht das erstemal, daß Dick in der letzten Zeit derart ans Fenster getreten war, um scheinbar gleichgültig nach den Reitern zu sehen, die sich nach ihrem Morgenritt schnell dem Bindebaum näherten. An diesem Morgen aber wußte er, ehe die ersten Gestalten zum Vorschein kamen, wer sie waren.

»Braxton ist in Sicherheit«, diktierte er in unverändertem Tonfall weiter, während sein Blick den Weg entlangschweifte, wo die Reiter auftauchen mußten. »Wenn es losgeht, kann er über die Berge nach Arizona kommen. Setzen Sie sich gleich mit Connors in Verbindung. Connors ist von Braxton instruiert und kommt morgen nach Washington. Teilen Sie mir alle Einzelheiten mit – Unterschrift.«

Durch die Einfahrt kamen Rehkalb und Altadena hufklappernd Seite an Seite. Dicks Erwartung bezüglich der Gestalten, die er sehen sollte, wurde nicht enttäuscht. Dahinter ertönten Rufe und Lachen und viele Hufschläge, aus denen er schließen konnte, daß die übrige Gesellschaft nicht fern war.

»Und das nächste Telegramm, Herr Bonbright, bitte nach dem Harvest-Code«, fuhr Dick ruhig fort, während er sich sagte, daß Graham kein besonderer Reiter sei, und daß er ihm ein schwereres Pferd als Altadena geben müsse.

»An Jeremy Braxton. Schicken Sie es auf beiden Wegen. Eines kommt vielleicht durch.«

Wieder verebbte die Flut von Gästen im Großen Hause, und es geschah mehrmals, daß die beiden Männer und Paula allein bei Tisch saßen. Und an solchen Abenden, wenn Graham und Dick eine Stunde lang, ehe sie zu Bett gingen, von ihren Erlebnissen erzählten, spielte Paula nicht mehr sanfte Melodien auf dem Klavier, sondern saß bei ihnen, stickte und lauschte ihren Worten.

»Ach ja,« lachte sie oft, »ich verstehe euch gut. Ihr seid beide gut geraten – physisch gut geraten, meine ich. Ihr seid widerstandsfähig, ausdauernd. Ihr könnt fertig werden, wo Männer mit weniger Widerstandsfähigkeit untergehen würden. Ihr könnt Fieber in Afrika bekommen, kommt aber durch und begrabt die anderen. Ein anderer kriegt Lungenentzündung in Cripple Creek und streckt die Nase in die Luft, ehe ihr ihn wieder nach dem Süden geschafft habt. Warum habt ihr nicht Lungenentzündung gekriegt? Weil ihr würdiger wart als er? Weil ihr tugendhafter gelebt habt? Weil ihr vorsichtiger wart, wenn es galt, die Gefahr zu meiden und bessere Maßregeln traft?«

Sie schüttelte den Kopf.

»Nein, weil ihr glücklicher wart, – ich meine durch Geburt, Konstitution und Widerstandsfähigkeit. Dick begrub seine drei Steuermänner und drei Maschinisten bei Guayaquil. Gelbes Fieber. Warum hat der Gelbfieberbazillus nicht Dick totgeschlagen? Und dasselbe gilt Ihnen, mein breitschulteriger, weitbrüstiger Herr Graham. Warum starben Sie nicht auf Ihrer letzten Reise in den Sümpfen wie Ihr Photograph? Gestehen Sie, wieviel wog er, wie breit waren seine Schultern? Wie weit sein Brustumfang? Wie gering seine Widerstandskraft?«

»Er wog 120 Pfund«, gab Graham bedauernd zu. »Aber er sah anfangs stark und gesund aus. Daß er ein kleiner, zarter Mann war, tat es nicht. Die Kleinen sind oft die Zähesten, wenn alles andere sich sonst ausgleicht. Aber Sie haben doch auf die eigentliche Ursache hingewiesen. Er hatte keine Widerstandskraft; du weißt, was ich meine, Dick.«

»Ihr wißt ja gut, wo ich hinaus will!« fuhr Paula fort. »Nehmen wir euch beide. Keiner von euch ist noch diesseits der Vierzig. Ihr seid keinem Abenteuer aus dem Wege gegangen. Ihr habt Strapazen und Mühen erlebt, denen andere früher oder später erlegen wären. Ihr habt eure Freuden gehabt und eure Dummheiten gemacht. Ihr habt die Erde von einem Ende bis zum anderen kennengelernt. Ihr habt euch tüchtig in der Welt umgesehen —«

»Und es toll getrieben«, fiel Graham lachend ein.

»Und tief in den Becher geguckt«, fügte Paula hinzu. »Und nicht einmal der Alkohol hat euch ausgebrannt. Ihr wart zu zäh. Ihr trankt die andern unter den Tisch oder ins Krankenhaus oder ins Grab und gingt selbst euern strahlenden Gang, ein Lied auf den Lippen und mit unverdorbenem Zellengewebe, ja, sogar ohne Katzenjammer. Denn ihr seid eben gut geraten. Eure Muskeln sind Vollblutmuskeln, eure Lebensorgane Vollblutorgane. Und all dem entspringt eure Vollblutphilosophie. Deshalb seid ihr so nüchtern, predigt und übt Realismus und schiebt geringere und weniger glückliche Geschöpfe beiseite.«

»Und deshalb predigt ihr das Evangelium der Starken«, fuhr Paula fort. »Wäret ihr Schwächlinge, so würdet ihr das Privilegium der Schwachen gepredigt und die andere Wange hingereicht haben. Aber ihr, ihr zwei muskelstarken Kämpen, – wenn jemand euch schlägt so reicht ihr ihm nicht die andere Wange hin.«

»Nein«, unterbrach Dick sie ruhig. »Wir brüllen sofort: Hau' ihm den Kopf ab! Und dann tun wir es.«

Und während das Gespräch sie an alle möglichen Stellen der Erde führte, stickte Paula weiter und betrachtete die beiden starken Männer, bewundernd und grübelnd, ohne die Sicherheit, die sie beide besaßen, aber mit dem Gefühl, daß Ansichten, an denen sie selbst viele Jahre festgehalten, und die einen Teil ihres Selbst ausgemacht hatten, ihr entgleiten wollten.

Später am Abend verlieh sie ihrem Ärger Ausdruck.

»Das Merkwürdigste dabei ist,« sagte sie, eine zufällige Bemerkung Dicks aufgreifend, »daß zuviel Philosophieren über das Leben einen nur noch mehr verwirrt. Eine philosophische Atmosphäre ist verwirrend – jedenfalls für eine Frau. Man hört so viel für und wider, daß man schließlich gar nicht mehr weiß, woran man ist. Mendenhalls Frau zum Beispiel ist lutherisch. Sie zweifelt an nichts auf der Welt. Alles steht für sie bestimmt und unerschütterlich fest. Von Sternenstaub und

Eiszeiten weiß sie nichts, und täte sie es, so würde das nicht im geringsten die Regeln verändern, nach denen Mann und Frau ihr Leben in dieser Welt und im Verhältnis zur anderen ordnen sollten.

Aber hier, bei uns, sitzt ihr beide und hämmert auf eure eigene Lebensanschauung los. Die Folge ist, daß keine menschliche Erkenntnis einem etwas Wirkliches gibt. Nichts ist richtig, nichts ist falsch. Man treibt ohne Kompaß, Ruder und Seekarte auf einem Meer von Vorstellungen. Soll ich da mitmachen? Soll ich mich fernhalten? Frau Mendenhall hat gleich die Antwort für alle derartigen Fragen zur Hand. Aber die Philosophen?«

Paula schüttelte den Kopf.

»Nein, die haben nichts als Ideen. Sie fangen gleich an, davon zu reden, und sie reden und reden, ohne, trotz all ihrer Spitzfindigkeit, zu einem Ergebnis zu gelangen. Und ich – ich bin ebenso töricht. Ich lausche und lausche und rede und rede, wie jetzt zum Beispiel, ohne je überzeugt zu werden. Wir haben kein Beweismittel –«

»Doch,« antwortete Dick, »das alte, ewige Beweismittel der Wahrheit – wirkt es?«

»Ja, jetzt kommst du wieder mit deinem Realismus«, lächelte Paula. »Und Dar Hyal wird mit ein paar großen Gesten und schönen Worten beweisen, daß aller Realismus Illusion ist; und Terrence wird nachweisen, daß der Realismus etwas Schmutziges ist, das die Sache gar nichts angeht, bestenfalls in keiner Verbindung mit ihrem eigentlichen Kern steht; Hancock, daß der Bergsonsche Himmel der vollkommene Realismus, nur viel feiner als der deine ist, und Leo, daß es nur eines auf der Welt gibt, das wirklich ist: Schönheit, und daß die im Grunde gar nicht Realismus, sondern der Schmuck des Lebens ist.«

»Wie steht es, Rote Wolke, willst du heute nachmittag mit mir ausreiten?« fragte Paula ihren Mann. »Feg' dir die Spinnweben aus dem Kopf und laß Rechtsanwälte, Minen und alles andere schießen.«

»Ich möchte wirklich gern, Paula«, antwortete er. »Aber ich kann nicht. Ich muß mit dem Auto nach Buckeye. Gerade eben vor dem Lunch bekam ich den Bescheid. Es ist etwas mit dem Deich in Unordnung. Der Grund muß an einer Stelle schlecht gewesen sein, was durch eine tüchtige Sprengung herausgekommen ist. Was hilft es, daß man einen guten Deich baut, wenn das Wasser darunter wegläuft.«

Als Dick drei Stunden später aus Buckeye zurückkam, bemerkte er, daß Paula und Graham zum erstenmal allein ausgeritten waren.

Wainwrights und Coghlans machten eine Autofahrt nach dem Russian River und stiegen unterwegs einen Tag im Großen Hause ab, was Paula veranlaßte, die ganze Gesellschaft mit dem vierspännigen Jagdwagen in die Los Banos-Berge zu fahren. Da sie schon morgens fuhren, konnte Dick nicht mitkommen, wenn er auch Blake mitten in der Arbeit stehen ließ, um sie abfahren zu sehen. Er vergewisserte sich, daß Geschirr und Leinen in bester Ordnung waren, und ließ die Gesellschaft die Plätze tauschen, weil er wollte, daß Graham neben Paula auf dem Bock säße.

»Es muß ein starker Mann neben Paula sitzen, um ihr zu helfen, wenn es Schwierigkeiten geben sollte«, erklärte Dick. »Ich habe schon mal erlebt, daß eine Bremse versagte, wenn es bergab ging, und das war nicht angenehm für die Fahrgäste. Ein Paar von ihnen brachen sich das Genick.«

Paula bedeutete durch ein Kopfnicken den Stallknechten, daß sie die Köpfe der Pferde loslassen sollten, fühlte, wie die Zügel ihr in der Hand lagen, und straffte und lockerte sie, damit die vier Pferde gleichmäßig anzogen.

In der babylonischen Verwirrung der lustigen Abschiedsgrüße, die auf Dick herabregneten, dachte keiner der Gäste an etwas anderes, als daß es ein strahlender Morgen war, daß sie einen frohen Tag vor sich hatten, und daß er ein liebenswürdiger Wirt war, der ihnen viel Vergnügen wünschte. Aber obgleich es für Paula ein großes Erlebnis hätte sein sollen, mit vier solchen Pferden zu fahren, wurde sie doch von einer unklaren Traurigkeit bedrückt, die ihren Grund teilweise darin hatte, daß Dick zu Hause blieb. Bei dem Anblick von Dicks heiterem Gesicht hatte sich in Graham das Gewissen geregt, und er sagte sich, daß er, statt hier neben dieser einen Frau zu sitzen, eiligst mit Eisenbahn und Dampfer nach der anderen Seite des Erdballs fliehen sollte.

Aber im selben Augenblick, als Dick sich umwandte und ins Haus schritt, verschwand die Heiterkeit von seinem Gesicht. Es war wenige Minuten vor zehn, als er seine Briefe diktiert hatte und Blake aufstand, um zu gehen. Blake zögerte einen Augenblick und sagte verlegen:

»Ich sollte Sie an die Korrektur Ihres Buches über das Kurzhornvieh erinnern. Gestern wurde wieder telephoniert, daß es eilig sei.«

»Ich habe keine Zeit, sie selbst zu lesen«, antwortete Dick. »Wollen Sie so gut sein, für das Typographische zu sorgen und die Korrektur dann Manson zu geben, daß er sie noch einmal durcharbeitet.«

Bis elf Uhr empfing Dick dann verschiedene Verwalter und Betriebsleiter, aber erst viertel nach elf wurde er mit Pitts fertig, der gekommen war, um einen Entwurf für den Katalog der großen Viehauktion mit ihm zu besprechen, die auf dem Gute abgehalten werden sollte. Dann erschien Bonbright mit seinen Telegrammen, und ehe sie damit fertig waren, war es Zeit zum Lunch.

Dick, der jetzt zum erstenmal allein war, seitdem die Gesellschaft abgefahren war, begab sich in seine Schlafveranda. Er trat zu den Barometern und Thermometern an der Wand, obwohl nicht sie es waren, die er um Rat fragen wollte, sondern das junge Frauenantlitz, das ihn aus dem runden Holzrahmen anlachte.

»Paula, Paula«, sagte er laut. »Willst du nach allen diesen Jahren dir und mir eine Überraschung bereiten? Verlierst du den Kopf, jetzt, da wir schon ein achtbares, älteres Ehepaar werden wollen?«

Er legte Gamaschen und Sporen an, um gleich nach dem Lunch auszureiten, und faßte die Gedanken, die ihn beschäftigt hatten, als er die Riemen zuschnallte, in folgende Worte zusammen, die er an das Bild an der Wand richtete.

»Ehrliches Spiel«, murmelte er. Und dann, sich zum Gehen anschickend, fügte er hinzu: »Freie Bahn und keine Begünstigung ... keine Begünstigung.«

»Ich muß jetzt wirklich bald abreisen, sonst kann ich mich gleich von Ihnen als Philosoph im Madroño-Hain anstellen lassen«, sagte Graham lächelnd zu Dick.

Es war die Zeit, da die Leute sich zum Cocktail versammelten, aber außer Paula war Graham der einzige von der Gesellschaft, der schon erschienen war.

»Als ob die Philosophen zusammen auch nur ein einziges Buch zustande bekämen!« wandte Dick ein. »Lieber Gott, Mensch, Sie müssen Ihr Buch hier fertig schreiben. Ich habe Sie dazu veranlaßt und muß nun auch dafür sorgen, daß Sie es schaffen.«

Paulas Aufforderung an Graham, zu bleiben, – diese in konventionellen Wendungen gehaltene Aufforderung – ertönte wie Musik in Dicks Ohren. Sein Herz klopfte heftig. Hatte er sich vielleicht trotz allem geirrt? Für zwei so kluge, nicht mehr junge Menschen wie Paula und Graham war eine derartige Dummheit völlig sinnlos und undenkbar.

»Laßt uns auf das Buch trinken«, sagte er. Dann wandte er sich anerkennend zu Paula: »Das ist ein guter Cocktail! Paul, du übertriffst dich selber. Oh Freud kann es dir nicht abgucken. Seine Cocktails sind nicht mit den deinen zu vergleichen. Ja, bitte, noch einen.«

Graham ritt allein durch die mit Riesentannen bewachsenen Cañons in die Berge, die das Gut umgaben. Er saß auf Selim, dem rabenschwarzen Wallach, den Dick ihm statt der leichteren Altadena gegeben hatte. Wie er den Waldweg hinabritt, wurde er immer vertrauter mit dem Tier, seiner Gutmütigkeit, Schelmerei und Zuverlässigkeit, und er trällerte den »Zigeunerzug« und ließ die Worte seine Gedanken führen, wohin sie wollten. Eine Stunde später entschloß er sich zur Umkehr bei einer Biegung des Cañons, von wo aus der Weg, wie er wußte, steil und mühsam über die Wasserscheide ging.

Selim wieherte. Ganz in der Nähe antwortete ein anderes Wiehern. Der Weg war breit und gut, so daß Graham sein Pferd zum Trab anspornte, einen weiten Bogen beschrieb und Paula, die auf Rehkalb saß, traf.

»Hallo!« rief er. »Hallo! Hallo!«

Sie hielt ihr Pferd an, bis er neben ihr war.

»Ich wollte gerade umkehren«, sagte sie.

Und Graham, der ihr Profil, die goldbraune Haarkrone und den herrlichen Hals sah, fühlte den alten, brennenden Schmerz und die alte Sehnsucht. Ihre Nähe wirkte fast berauschend auf ihn. Wie sie in ihrem rehfarbenen Reitkleid neben ihm saß, tauchten die Bilder ihrer Gestalt in all den verschiedenen Situationen vor ihm auf, in denen er sie gesehen hatte, – wie sie auf Bergkönig im Bassin geschwommen war, wie sie ihren Sprung aus zwölf Meter Höhe gemacht hatte, wie sie in dem mattblauen, wie ein mittelalterliches Gewand wirkenden Kleid durch den langen Raum geschritten war.

»Woran denken Sie?« brach sie plötzlich in seine Träumerei ein.

Er antwortete ohne das geringste Zögern.

»Ich danke Gott für eines: Sie haben Dick nicht ein einziges Mal erwähnt.«

»Haben Sie ihn denn nicht gern?«

»Seien Sie aufrichtig,« sagte er, fast streng. »Eben, weil ich ihn gern habe, – sonst ...«

»Was sonst?« fragte sie.

Ihre Stimme klang mutig, aber sie sah vor sich nieder auf die gespitzten Ohren Rehkalbs.

»Sonst begreife ich nicht, warum ich bleibe. Ich hätte längst abreisen müssen.«

»Warum?« fragte sie, immer noch den Blick auf die Ohren des Pferdes geheftet.

»Seien Sie aufrichtig, seien Sie aufrichtig« sagte er eindringlich. »Zwischen Ihnen und mir bedarf es keiner Worte, damit wir uns verstehen.«

Sie sah ihm frei ins Gesicht, ohne ein Wort zu sagen. Aber ihre Wange wurde von einer warmen Röte überzogen. Die Hand, die die Peitsche hielt, hob sich, als wollte sie sie gegen ihr Herz drücken, aber sie ließ sie wieder sinken. Er sah in ihren Augen einen Ausdruck, der ängstlich und glücklich zugleich war. Ein Irrtum war nicht möglich, – es war Angst, aber auch Freude. Und er, der wußte, was zu wissen nur wenigen Männern gegeben ist, nahm den Zügel in die andere Hand, lenkte sein Pferd dicht neben das ihre, schlang den Arm um sie und zog sie an sich, während die Pferde unter ihnen schaukelten, und Knie an Knie, Mund an Mund begegnete ihr Sehnen sich in einem langen Kuß.

Aber im nächsten Augenblick hatte sie sich losgerissen. Ihr Gesicht war leichenblaß, und ihre Augen flammten. Sie hob die Reitpeitsche, um ihn zu schlagen, traf aber statt dessen ihr erschrockenes Pferd. Gleichzeitig jagte sie dem Tier beide Sporen mit einer Heftigkeit in die Seite, daß es stöhnend davongaloppierte.

Er lauschte dem gedämpften Hufschlag auf dem Waldboden, ihm schwindelte im Sattel, so heftig pochte das Blut in seinen Adern. Als der letzte Hufschlag verklungen war, ließ er sich vom Pferde gleiten und setzte sich auf einen bemoosten Stein. Er war schwer betroffen, schwerer, als er je für möglich gehalten, bis zu dem Augenblick, da er sie in seinen Armen gehalten. Nun wohl, die Würfel waren gefallen.

Er richtete sich so plötzlich auf, daß Selim ängstlich wurde und schnaufend so weit zurücksprang, wie der Zügel es zuließ.

Was geschehen, war völlig unvorbereitet gekommen. Es war etwas Unvermeidliches, das kommen mußte. Er hatte es selbst nicht gewollt, obgleich er jetzt wußte, daß er seine Abreise aufgeschoben und sich vom Strom hatte treiben lassen, damit es geschähe. Und wenn er jetzt abreiste, änderte er nichts mehr daran. Deutlicher als mit Worten, mit ihrem Mund an dem seinen, der noch von der Erinnerung an ihren Kuß zitterte, hatte sie es ihm erzählt.

Er legte zärtlich seine Hand auf das Knie, das das ihre berührt hatte, dankbar und demütig, wie der wahre Liebende immer ist: wunderbar war es, daß ein so wunderbares Weib ihn wirklich liebte.

Er stand auf, machte Miene, Selim zu besteigen, der sich das Maul an seiner Schulter rieb, hielt aber inne, um wieder zu grübeln.

Jetzt konnte er nicht mehr abreisen, – das war ein für allemal entschieden. Er hatte Pflichten gegen Dick, gewiß. Er hatte aber auch Pflichten gegen Paula, – und durfte er nach dem Vorgefallenen noch abreisen – wenn nicht ... wenn nicht mit ihr? Wahrlich, solange das Gesetz der Liebe bestimmte, daß zwei Männer ein und dieselbe Frau lieben konnten, und daß es folglich unter drei Menschen sofort zum Verrat kommen mußte, – wahrlich, so lange war der Verrat gegen den Mann das kleinere Übel als der gegen das Weib.

Einer von ihnen mußte leiden. Aber das Leben war Leiden. Glück im Leben zu haben hieß, das Leiden auf das geringste Maß zu reduzieren. Das war auch Dicks Auffassung – Gott sei Dank! Alle drei hatten sie dieselbe Lebensanschauung, und die Situation war keineswegs neu.

In zahllosen Fällen, in zahllosen Generationen, war immer, wenn drei Menschen in die gleiche Lage geraten waren, irgendeine Lösung gefunden worden. Auch diese Schwierigkeit würde gelöst werden. Im Verhältnis der Menschen zueinander gab es immer eine Lösung.

Erst beim Dinner sah Graham Paula wieder, und da war sie ganz wie sonst. Sie war ganz und gar die Herrin vom Großen Hause, und selbst als ihre Augen zufällig den seinen begegneten, waren sie ruhig, unbesorgt, ohne das Geheimnis, das zwischen ihnen bestand, auch nur im geringsten zu berühren. Was die Situation erleichterte, war der Umstand, daß neue Gäste, Freunde und Freundinnen von ihr und Dick, gekommen waren und einige Tage bleiben wollten.

Am nächsten Morgen traf er diese Gäste und Paula am Flügel im Musikzimmer.

»Singen Sie nicht, Herr Graham?« fragte ein Fräulein Hoffmann.

Sie war Redakteurin einer San Franciscoer Frauenzeitung, wie Graham gehört hatte.

»Ach, göttlich«, versicherte er ihr. »Finden Sie nicht, gnädige Frau?« wandte er sich an Frau Forrest.

»Aber gewiß«, lächelte Paula, »wenn nicht aus einem anderen Grunde, so, weil Sie die Freundlichkeit haben, mich zu übertönen.«

»Und jetzt brauchen wir nur noch die Richtigkeit unserer Behauptung zu beweisen«, sagte er. »Wir sangen neulich abend ein Duett,« – er blickte Paula an, als wartete er auf ein Zeichen von ihr – »es lag besonders gut für meine Stimme.«

Wieder warf er ihr einen hastigen Blick zu, aber sie ging nicht auf seinen Wunsch ein. »Die Noten sind im Wohnzimmer. Ich werde sie holen.«

»Es ist der ›Zigeunerzug‹, ein wundervolles Lied«, hörte er sie zu den anderen sagen, als er hinausging.

Und während er sang, dachte er, – und er wußte, daß auch Paula es tat, – an das andere Duett, das in ihren Herzen ertönte, ohne daß eine von den Damen, die am Schluß des Liedes laut ihren Beifall kundgaben, das geringste davon ahnte.

»Sie haben es sicher noch nie so gut gesungen«, sagte er zu Paula. Denn er hatte einen neuen Klang in ihrer Stimme gehört. Sie war voller, runder gewesen, diese singende Kehle hatte alles hergegeben.

*

Die Weisen vom Madroñohain waren zum Essen gekommen, und das Gespräch drehte sich um Frauen und Liebe.

»Leo, wie ist es möglich, daß eine Frau den Mann liebt, der sie prügelt?« fragte Dar Hyal.

»Und den Mann nicht liebt, der sie nicht prügelt?« parierte Leo.

»Eben.«

»Nun ja, Dar. Ein Mann, der die Frau, die er liebt, prügelt, ist ein Mann von tiefstehendem Typ. Eine Frau, die den Mann liebt, der sie prügelt, ist ein Weib von tiefstehendem Typ. Kein Mann von hochstehendem Typ prügelt die Frau, die er liebt. Kein Weib von hochstehendem Typ« – und unbewußt suchte sein Blick wieder Paula – »könnte einen Mann lieben, der sie prügelt.«

»Nein, Leo«, sagte Dick. »Ich versichere Ihnen, daß ich Paula nie geprügelt habe.«

»Dar, siehst du, daß du unrecht hast,«fuhr Leo mit flammenden Augen fort. »Paula liebt Dick, ohne daß er sie prügelt.«

Dick wandte sich zu Paula, scheinbar mit einem vergnügten, wohlwollenden Lächeln, als wollte er ihre Zustimmung zu den Worten des jungen Mannes hören; was er aber in Wirklichkeit erspähen wollte, war die Wirkung, die die Worte auf sie ausübten. In Paulas Augen sah er einen seltsamen Schimmer. Grahams Gesicht sagte nicht das geringste, wenigstens war keine Veränderung des gespannten Ausdrucks zu bemerken, der die ganze Zeit darin gewesen war.

»Die Frau hat heute abend wirklich ihren St. Georg hier gefunden,« sagte Graham anerkennend. »Leo, Sie beschämen mich. Ich sitze ruhig dabei, während Sie mit drei Drachen kämpfen.«

»Laßt den Drachen erst brüllen,« warf Hancock dazwischen. »Leo, bei allem Schönen und Liebenswerten frage ich dich: Warum töten verliebte Männer so oft aus Eifersucht die Frau, die sie lieben?«

»Weil sie leiden, weil sie von Sinnen sind,« lautete die Antwort, »und weil sie das Unglück haben, eine Frau zu lieben, die so tief steht, daß sie sie eifersüchtig machen konnte.«

»Aber Leo, Liebe gerät zuweilen auf Abwege,« warf Dick ein. »Ihre Antwort ist nicht ausreichend.«

»Dick hat recht«, sagte Terrence. »Und ich will dir helfen, so gut ich kann. Die Liebe gerät zuweilen auf Abwege, selbst bei Leuten vom höchsten Typ, und wenn sie es tut, so kommt gleich das grünäugige Ungeheuer anmarschiert. Gesetzt, die vollkommenste Frau, die du dir denken kannst, liebte einen Mann nicht mehr, der sie nicht prügelte, und verliebte sich in einen anderen Mann, der sie liebte und nicht prügeln würde. Was dann? Alle drei sind sie vom höchsten Typ. Beachte das wohl. Nun zieh' dein Schwert und geh' auf die Drachen los.«

»Der erste Mann wird sie weder töten, noch ihr sonstwie etwas antun«, beharrte Leo eigensinnig. »Denn wenn er es täte, wäre er nicht der Mann, den du beschreibst.«

»Sie meinen, er würde sich zurückziehen?« fragte Dick und tat gleichzeitig, als wäre er sehr von seiner Zigarette in Anspruch genommen, so daß er keinen anzusehen brauchte.

Leo nickte ernsthaft.

»Er würde sich zurückziehen, ihr die Wege ebnen und sehr schonend mit ihr verfahren.«

»Laßt uns einen bestimmten, naheliegenden Fall nehmen,« sagte Hancock. »Gesetzt, du wärest in Frau Forrest verliebt und Frau Forrest in dich, und ihr gingt zusammen in dem großen Auto durch —«

»Aber das würde ich nie tun«, rief der junge Mann heftig mit brennenden Wangen.

»Sie sind nicht gerade höflich, Leo«, ermutigte Paula ihn.

»Es ist ja nur hypothetisch«, meinte Hancock.

Es war ihr peinlich, die Verlegenheit des jungen Mannes zu sehen. Seine Stimme zitterte, aber er wandte sich tapfer zu Dick und sagte:

»Das ist eine Frage, die Dick beantworten muß.«

»Und ich will sie beantworten«, sagte Dick. »Ich würde Paula nicht erschlagen, ich würde auch Sie nicht erschlagen, Leo. Das wäre kein ehrliches Spiel. Was ich auch in meinem Herzen fühlte, so würde ich sagen: ›Gott segne euch, Kinder.‹ Aber deshalb —« er hielt inne, und die Lachfältchen in seinen Augenwinkeln zeigten, daß es jetzt mit dem Ernst vorbei war, »aber deshalb würde ich mir doch vielleicht sagen: Es war sehr dumm von Leo. Denn seht ihr, er kennt Paula nicht.«

Dar Hyal und Hancock stürzten sich auf Dick.

»Was meinen Sie mit ehrlichem Spiel?« fragte Dar Hyal.

»Was ich sagte, und was Leo sagte«, antwortete Dick, und er wußte, daß alle Zerstreutheit und Nervosität Paulas verschwunden war, und daß sie gespannt auf die Antwort wartete. »Meiner Denkart und meinem ganzen Temperament nach wäre das furchtbarste seelische Leid, das ich mir denken könnte, eine Frau zu küssen, die sich meine Küsse nur gefallen ließe.«

»Aber gesetzt, sie narrt Sie, — sagen wir, aus alter Liebe, oder weil sie Sie nicht kränken will oder Sie ihr leid tun«, warf Hancock ein.

»Das wäre für mich eine Sünde, für die es keine Verzeihung gibt«, lautete die Antwort Dicks. »Das hieße kein ehrliches Spiel spielen, – soweit es sie betrifft. Ich kann mir nicht denken, daß es richtig wäre oder Befriedigung brächte, die Frau, die man liebt, auch nur einen einzigen Augenblick länger zu halten, als sie es wünscht. Leo hat vollkommen recht. Der betrunkene Arbeiter kann mit seinen Fäusten bei seiner schlaffen Ehehälfte Liebe erwecken und Liebe erhalten. Aber die höherstehenden, männlichen Geschöpfe, die auch nur einen Schatten von Vernunft und einen Schimmer von Geist haben, könnten nicht Hand an die Liebe legen.«

»Aber was wird dann aus der monogamen Eheeinrichtung, auf die die westliche Zivilisation so stolz ist?« fragte Dar Hyal.

Und Hancock: »Sie verteidigen also die freie Liebe?«

»Ich kann nur mit einer alten, abgedroschenen Wahrheit antworten«, sagte Dick. »Es gibt keine Liebe, die nicht frei ist. Vergessen Sie nicht, daß wir nur von höherstehenden Typen reden. Und darin liegt Ihre Antwort, Dar. Die große Mehrheit muß an die Gesetze und die Arbeit gebunden werden durch die monogame oder eine strenge Eheeinrichtung anderer Art. Sie kann die Freiheit in der Ehe oder die Freiheit in der Liebe nicht vertragen. Freiheit in der Liebe wäre für sie einfach völlige Zügellosigkeit.«

»Dann glauben Sie also, soweit es Sie betrifft, nicht an die Ehegesetze«, fragte Dar Hyal, »sondern nur für andere Menschen?«

»Ich glaube für alle Menschen an sie. Kinder, Familie, Karriere, Gesellschaft, Staat – alle diese Dinge machen die Ehe, die gesetzmäßige Ehe absolut notwendig. Und aus demselben Grunde glaube ich an die Scheidung. Männer, alle Männer und Frauen, alle Frauen können mehr als einmal lieben, die alte Liebe kann sterben, eine neue geboren werden. Der Staat kann ebensowenig über die Liebe bestimmen, wie Männer und Frauen es können. Wenn man sich verliebt, so verliebt man sich eben, das ist alles, was darüber zu sagen ist. Da ist sie dann – die pochende, seufzende, singende, zitternde

Liebe. Aber der Staat kann darüber wachen, daß sie nicht schamlos wird.«

»Aber es gibt Männer, die so heiß lieben, daß sie stürben, wenn sie die Geliebte verlören«, rief Leo mit einer Kühnheit, die die ganze Gesellschaft überraschte. »Sie würden sterben, wenn sie stürbe, sie würden sterben, ach, noch schneller, wenn sie lebte und einen anderen liebte.«

»Nun ja, dann müssen sie eben sterben«, antwortete Dick hart. »Und keiner trägt die Verantwortung an ihrem Tod. Wir sind so beschaffen, daß unsere Herzen zuweilen fehlgehen.«

»Mein Herz würde nie fehlgehen«, erklärte Leo stolz, ohne zu ahnen, daß alle am Tisch sein Geheimnis kannten. »Ich könnte nie zweimal lieben, das weiß ich.«

»Du hast recht, mein Junge«, stimmte Terrence ihm zu. »Alle wahren Liebenden sprechen durch dich. Das ist das Absolute der Liebe, daß sie solche Freuden schafft, – wie sagt Shelley doch? Oder ist es Keats? – ›Ein Wunder und wildes Entzücken.‹ Wahrlich, ein elender Stümper von Liebenden wäre es, der sich irgendein anderes Geschöpf in Frauengestalt auch nur ein Tausendstel so süß, so entzückend und bezaubernd, so herrlich und wunderbar denken könnte wie die Geliebte, daß er je eine andere lieben könnte.«

Als sie das Speisezimmer verließen, befand sich Dick mitten in einem eifrigen Disput mit Dar Hyal, konnte aber den Gedanken nicht verscheuchen, ob Paula ihm einen Gutenachtkuß geben oder heimlich vom Flügel entschlüpfen würde. Und Paula, die mit Leo über sein letztes Sonett sprach, das er ihr geschickt hatte, dachte darüber nach, ob sie Dick küssen könnte, und hatte plötzlich den heftigen Wunsch, ihn zu küssen, sie wußte nicht weshalb.

Paula saß am Flügel und sang, und Terrence war mitten in einer Vergötterung der Liebe, als er plötzlich verblüfft und verwirrt abbrach, um dem Neuen zu lauschen, das er in ihrer Stimme hörte. Lautlos schlich er sich durch das Zimmer und legte sich der Länge nach neben Leo auf das Bärenfell. Dar Hyal und Hancock hielten ebenfalls mitten in ihrem Disput inne und verschanzten sich jeder in einem großen Sessel.

Graham, der scheinbar am wenigsten darauf achtete, las in einer neuen Zeitschrift, aber Dick bemerkte, daß er nicht mehr blätterte. Auch Dick hatte das Neue in Paulas Stimme gehört und versuchte, dahinter zu kommen, was es bedeutete.

Als das Lied zu Ende war, riefen die drei Weisen alle durcheinander, daß sie sich diesmal vergessen und aus tiefster Seele gesungen hätte. Sie hätten stets gesagt, daß sie das könnte. Nur Leo lag regungslos und wortlos da, das Kinn in die Hand gestützt, mit einem verklärten Ausdruck.

Dick winkte Graham mit seinem leeren Glas zu sich, mischte für jeden von ihnen einen Whisky und schlug, als Graham ausgetrunken hatte, Paula vor, daß sie mit Graham zusammen den »Zigeunerzug« singen sollte.

Sie schüttelte den Kopf und sang »Das Kraut Vergessenheit«.

»Sie war kein wahrhaftes Weib, – sie war furchtbar«, entrang der Schluß des Liedes Leo. »Und er war ein wahrer Liebender. Sie brach ihm das Herz, aber er liebte sie doch. Er kann nicht zum zweitenmal lieben, weil er seine Liebe zu ihr nicht vergessen kann.«

»Und nun, Rote Wolke, sing du dein Lied«, sagte Paula und lächelte ihren Mann an.

Dick erhob sich träge vom Diwan, warf trotzig den Kopf zurück, als schüttelte er eine Mähne, und begann wie Bergkönig den Boden zu stampfen. »Leo soll wissen, daß er nicht der einzige Dichter und Ritter der Liebe unter uns ist. Hört das Lied des Bergkönigs. Der Bergkönig träumt nicht von der Geliebten, der Bergkönig träumt überhaupt nicht, er ist die Verkörperung der Liebe. Hört ihn!«

Dick erfüllte den Raum mit wildem, frohen Wiehern, warf die Mähne zurück, stampfte mit den Füßen und sang:

»Hört mich! Ich bin Eros. Ich stampfe durch die Berge. Ich fülle die breiten Täler. Die Stuten hören mich auf den stillen Weiden und heben die Köpfe, denn sie kennen mich. Das Gras wird üppiger und üppiger. Das Land erfüllt sich mit Fruchtbarkeit, und der Saft steigt in den Bäumen. Es ist Frühling, und der Frühling ist mein. Ich bin König in meinem Reich, im Reich des Frühlings. Die Stuten erkennen meine

Stimme. Sie kennen mich, kennen mich durch ihre Mütter. Hört mich! Ich bin Eros! Ich stampfe durch die Berge, die breiten Täler sind meine Herolde, sie rufen mein Kommen aus!«

Es war das erstemal, daß die Weisen vom Madroño-Hain Dicks Gesang hörten, und sie spendeten ihm lauten Beifall.

Bald darauf erschien Oh Freud, trat geräuschlos zu Graham und überreichte ihm ein Telegramm.

Dick sah den Störenfried zornig an.

»Sehr wichtig – ich glaube«, erklärte der Chinese ihm.

»Wer hat es angenommen?« fragte Dick.

»Mich – ich nahm es an«, lautete die Antwort. »Nachttelegraphist in Eldorado rufen an. Er sagen, es wichtig. Ich nehmen an.«

»Das ist es auch, recht wichtig«, sagte Graham, als er das Telegramm gelesen hatte. »Fährt heute abend noch ein Zug nach San Francisco, Dick?«

»Einen Augenblick, Oh Freud!« rief Dick und sah auf die Uhr. »Welcher von den Franciscoer Zügen hält in Eldorado?«

»Elf, zehn«, kam die Antwort sofort. »Gut Zeit. Nicht zu viel. Ich rufen Chauffeur?«

Dick nickte. »Müssen Sie wirklich heute abend noch fort?« fragte er Graham.

»Tatsächlich. Es ist sehr wichtig. Habe ich Zeit zum Packen?«

Dick nickte Oh Freud bestätigend zu und sagte dann zu Graham:

»Eben Zeit, das Nötige in einen Koffer zu werfen.« Dann wandte er sich zu Oh Freud. »Oh Jeh auf?«

»Jawohl.«

»Schick' ihn in Herrn Grahams Zimmer, um ihm beim Packen zu helfen. Und sag' mir Bescheid, sobald das Auto da ist. Sag' Saunders, daß er den Rennwagen nehmen soll.«

»Ein Prachtmensch!« bemerkte Terrence, als Graham den Raum verlassen hatte.

Sie hatten sich um Dick gesammelt. Nur Paula war am Flügel sitzen geblieben.

»Einer von den wenigen, die ich gern auf einer wahnsinnig hoffnungslosen Expedition mitnähme«, sagte Dick. »Er war auf der »Nethermere«, als sie 97 bei Pango in den Orkan geriet. Pango ist ein kleiner Landstreifen, zwölf Fuß über der Hochwasserlinie, eine Menge Kokospalmen, im übrigen unbewohnt. Unter den Passagieren waren vierzig Frauen, englische Offiziersdamen und dergleichen. Graham hatte einen schlimmen Arm, dick wie ein Bein, Schlangenbiß.

Die Wellen gingen haushoch; die Boote konnten sich nicht halten. Zwei von ihnen wurden zerschmettert, und beide Bootsmannschaften ertranken. Da erboten sich vier Seeleute, einer nach dem andern, freiwillig, mit einer Leine an Land zu schwimmen, und alle wurden sie tot mit der Leine wieder an Bord gezogen. Als sie den letzten losbanden, warf Graham, trotz seinem schlimmen Arm, sein Zeug ab und sprang ins Wasser. Und er kam wirklich durch, obwohl er so hart auf den Strand geschleudert wurde, daß er den schlimmen Arm und drei Rippen brach. Aber ehe er an sich dachte, machte er die Leine fest. Um die Trosse an Land zu ziehen, kletterten sechs weitere Freiwillige an Evans Leine hinüber, und vieren gelang es auch. Und nur eine von den vierzig Frauen kam ums Leben, – sie bekam vor Schreck einen Herzschlag.«

Oh Freud und Graham betraten jeder von einer Seite den Raum. Dick sah, daß Grahams erster, suchender Blick Paula galt.

»Alles in Ordnung«, meldete Oh Freud.

Dick erhob sich, um seinen Gast zum Auto zu begleiten, während Paula deutlich zeigte, daß sie drinnen bleiben wollte, weshalb Graham denn auch zu ihr hinschritt, um ihr in aller Eile sein Bedauern auszudrücken und sich zu verabschieden.

Und Paula, die immer noch an das dachte, was Dick soeben von ihm erzählt hatte, freute sich über sein stolzes Auftreten, ließ den Blick auf seiner aufrechten, freien Haltung, seinem hellen, von der Sonne gebleichten Haar, seiner kräftigen und doch so leichten und eleganten Gestalt ruhen. Und als er dicht zu ihr trat, konzentrierte sie ihre Aufmerksamkeit auf die länglichen, grauen Augen mit den leicht gesenkten Lidern, die ihnen einen so knabenhaft verdrossenen Ausdruck verleihen konnten. Sie wartete darauf, daß die Verdrossenheit dem strahlenden Lächeln weichen sollte, das sie jetzt so gut kannte.

Als ihre Hände sich losließen, sah sie hastig zu Dick hinüber, denn in dem Jahrzehnt, das sie mit ihm zusammen gelebt hatte, hatte sie sich ganz vertraut damit gemacht, daß er sich plötzlich irgendeiner Sache bewußt werden konnte, und sie fürchtete sich direkt vor seiner fast unheimlichen Fähigkeit, aus Nuancen Tatsachen zu erraten und sie zu Schlüssen zu verketten, die zeitweise verblüffend stimmten. Aber Dick, der ihr halb den Rücken zukehrte und sich über einen heiteren Angriff Hancocks amüsierte, wandte sich gerade in diesem Augenblick lächelnd um und erbot sich, Graham zum Wagen zu begleiten.

Nein, Dick konnte unmöglich von ihrem heimlichen Zusammenspiel etwas bemerkt haben. Es war so wenig, so flüchtig gewesen, ein Schimmern im Auge, ein Zittern der Fingermuskeln, ohne Zaudern. Wie konnte Dick das gesehen und gefühlt haben? Ihre Augen hatte Dick jedenfalls nicht sehen können, so wenig wie ihre Hände, als sie sich in dem flüchtigen Händedruck begegneten, denn Graham hatte ihm den Rücken zugekehrt.

Aber dennoch wünschte sie, Dick nicht den hastigen Seitenblick zugeworfen zu haben. Sie fühlte sich ganz schuldbeladen, und der Gedanke quälte sie, als sie die beiden hochgewachsenen, gleich kräftigen und gleich blonden Männer Seite an Seite das Zimmer verlassen sah. Was habe ich getan? fragte sie sich. Hatte sie denn etwas zu verbergen? Ja, sie war ehrlich genug, der Wahrheit ins Auge zu blicken und sich einzugestehen, daß sie wirklich etwas zu verbergen hatte. Ihre Wangen brannten bei dem Gedanken, daß sie sich immer tiefer in den Betrug verstrickte.

»Ich bleibe nur ein paar Tage fort«, sagte Graham, als er und Dick sich beim Wagen die Hände schüttelten. Dick sah sein ehrliches, offenes Gesicht und fühlte, wie fest und herzlich sein Händedruck war. Graham wollte etwas sagen, besann sich aber, und Dick wußte, daß er seinen Entschluß geändert hatte, als er sagte:

»Wenn ich wiederkomme, glaube ich, muß ich im Ernst an meine Abreise denken.«

»Aber Ihr Buch«, protestierte Dick, der sich innerlich selbst verfluchte, weil sein Herz bei den Worten Evans so laut vor Freude geklopft hatte.

»Eben deshalb«, antwortete Graham. »Ich muß sehen, es fertig zu bekommen. Ich kann offenbar nicht auf die Art arbeiten, wie Sie es tun. Das Leben hier ist zu verlockend, ich kann mich nicht richtig konzentrieren. Ich sitze bis ins Unendliche an dem Buch, aber das Singen der verfluchten Lerchen klingt mir immer im Ohr, und ich sehe die Felder und die Cañons mit ihren Riesentannen und Selim, bis ich es nach einer ganzen Stunde aufgebe und nach dem Pferd telephoniere. Und ist es nicht das, so sind es die tausend anderen, herrlichen Dinge.«

Er setzte den Fuß auf das Trittbrett des wartenden Autos und sagte: »Also, auf Wiedersehen, Alter!«

»Kommen Sie wieder, und fangen Sie ernsthaft an«, sagte Dick eindringlich. »Wenn es nötig ist, setzen wir ein bestimmtes Pensum für jeden Tag fest, und ich schließe Sie jeden Morgen in Ihrem Zimmer ein, bis Sie damit fertig sind. Und wenn Sie den ganzen Tag dazu brauchen, schließe ich Sie eben den ganzen Tag ein. Ich werde Sie schon zum Arbeiten bringen. Haben Sie Zigaretten, Streichhölzer?«

»Ja, danke.«

»Also, dann fahren Sie los, Saunders«, befahl Dick dem Chauffeur, und es war, als spränge das Auto aus der strahlend erleuchteten Einfahrt geradewegs ins Dunkel hinein.

Als Dick wieder ins Zimmer trat, spielte Paula den Weisen vom Madroñohain vor, und er verschanzte sich auf seinem Diwan und wartete. Seine Gedanken beschäftigten sich immer noch damit, ob sie ihm einen Gutenachtkuß geben würde. Nicht, daß sie das Küssen je nach einem bestimmten Programm erledigte. Oft sah er sie erst zum Lunch, und dann meistens in Anwesenheit von Gästen, und oft entschlüpfte sie unbemerkt, wenn sie früh zu Bett gehen wollte, ohne die anderen zu stören.

Nein, dachte Dick, ob sie mich heute abend küßt oder nicht, hat keine besondere Bedeutung. Sie spielte und sang immer weiter, bis er schließlich einschlief. Als er aufwachte, war er allein. Paula und die Weisen waren still hinausgegangen. Er sah auf die Uhr. Es war eins. Sie hatte ungewöhnlich lange gespielt, das wußte er, denn er war überzeugt, daß sie eben erst gegangen war. Die plötzliche Stille hatte ihn geweckt.

Und er grübelte immer noch. So oft war er eingeschlummert, wenn sie spielte, und immer hatte sie ihn, wenn sie fertig war, mit einem Kuß geweckt und ins Bett geschickt. Aber heute hatte sie es nicht getan. Vielleicht kam sie doch noch wieder? Halb im Schlaf wartete er. Als er das nächste Mal auf die Uhr sah, war es zwei, sie war nicht wiedergekommen.

Er schaltete das Licht aus und tat es auch, als er durch das Haus schritt, im Vorraum und in den Gängen, während die vielen unwesentlichen und gleichgültigen Kleinigkeiten zu einer Schrift des Zweifels und des Argwohns an der Wand wurden, von der er den Blick nicht lassen konnte.

Als er auf der Schlafveranda nach seinen Barometern und Thermometern sah, wurde sein Blick wieder von ihrem lachenden Gesicht in dem runden Rahmen an der Wand gefangen, und er blieb davor stehen und sah es lange forschend an.

»Nun ja,« murmelte er, zog die Decke über sich, stopfte sich ein paar Kissen in den Rücken und streckte die Hand nach einem Stoß Korrekturbogen aus, »wie es auch geht, ich muß den Kampf zu Ende kämpfen.«

Er sah wieder auf das Bild.

»Aber ach, mein Mädelchen, ich wünschte, du würdest es nicht tun.« Damit sagte er ihr gute Nacht.

Das Glück wollte, daß das Große Haus gerade zu diesem Zeitpunkt außer gelegentlichen Frühstücks- und Mittagsgästen leer war. Am ersten und zweiten Tag richtete Dick seine Arbeit so ein, daß er, wenn Paula ihm einen Vorschlag machen sollte, bereit war, mit ihr am Nachmittag zu schwimmen oder zu reiten, – aber vergebens.

Er bemerkte, daß sie ihm, offenbar absichtlich, nie eine Gelegenheit gab, sie zu küssen. Von ihrer Schlafveranda rief sie ihm über den breiten Hof ihr ›Gute Nacht‹ hinüber. Am Morgen bereitete er sich auf ihren üblichen Besuch vor und schickte Agar und Pitts, die anläßlich des bevorstehenden Viehmarkts gekommen waren, um Punkt elf weg, obwohl verschiedene wichtige Fragen noch zu erledigen waren. Aufgestanden war sie, das wußte er, denn er hatte sie singen hören, Er saß an seinem Schreibtisch und wartete, und dieses eine Mal arbeitete er nicht. Ein Stapel Briefe lag vor ihm, aber sie warteten vergebens auf seine Unterschrift. Er erinnerte sich, daß sie es gewesen war, die ursprünglich die kleine Pilgerfahrt am Morgen eingeführt, und daß sie immer mit einem gewissen Eigensinn an ihr festgehalten hatte.

Er erinnerte sich ferner, oft ihren Besuch abgekürzt zu haben, indem er sie, selbst wenn er sie in den Armen hielt, merken ließ, daß er zu tun hatte. Und er erinnerte sich des kleinen, nachdenklichen Schattens, der über ihr Gesicht geglitten war, wenn sie ihn verließ.

Es war viertel nach elf, und sie war noch nicht gekommen. Er nahm das Telefon, um die Meierei anzurufen, und hörte zwei Frauenstimmen. Ehe er den Hörer anhängte, hörte er Paulas Stimme:

... Sagen Sie Ihrem Mann, daß es Unsinn sei, Frau Wade. Kommen Sie mit allen Kindern her, selbst wenn es nur für ein paar Tage ist.«

Das war etwas sehr Merkwürdiges. Paula hatte sich sonst stets gefreut, wenn sie ein Weilchen keine Gäste hatte und sie mit ihm ein oder zwei Tage allein sein konnte. Und jetzt überredete sie Frau Wade, von Sacramento herzukommen. Das sah aus, als wollte sie nicht mit ihm allein sein, als versuchte sie, sich hinter ihren Gästen zu decken.

Er mußte lächeln bei dem Gedanken, daß der Morgenkuß ihm jetzt, da er ihm nicht mehr geboten wurde, als etwas so Ersehntes erschien. Einen Augenblick dachte er daran, sie auf einer ihrer verwegenen Fahrten zu entführen. Das konnte vielleicht eine Lösung des Problems bringen. Warum nicht einen Jagdausflug nach Alaska? Oder wieder dorthin, wo sie in alten Tagen mit der »All Away« gefahren waren – in die Südsee? Es gingen direkte Dampfer von San Francisco nach Tahiti. In zwölf Tagen konnte man in Papeete sein.

Er schlug mit der Faust auf den Tisch. Nein, bei Gott, er war kein Feigling, daß er aus Furcht vor einem anderen Mann mit seiner Frau davonlief. Und wäre es ihr gegenüber richtig, sie von dem fortzureißen, was vielleicht ihr Verlangen war? Er wußte allerdings nicht, wohin ihr Verlangen ging, und eben sowenig, wie weit es zwischen ihr und Graham gekommen war. War es nicht möglich, daß es für sie nur eine Art Frühlingstollheit war, die mit dem Frühling verging? Aber leider sagte er sich, hatte sie in dem Jahrzehnt ihrer Ehe nie die geringste Anlage dazu gezeigt.

»Guten Morgen, edler Herr.«

Ganz natürlich stand sie in der Tür und guckte zu ihm herein, während sie ihm mit lächelnden Augen und Lippen einen Handkuß zuwarf.

»Guten Morgen, mein schnippischer, kleiner Mond«, rief er, ebenso natürlich, zurück.

Jetzt kommt sie doch wohl herein, dachte er; und er beschloß, sie in seine Arme zu ziehen und mit dem Kuß auf die Probe zu stellen.

Er breitete ihr die Arme entgegen, aber sie kam nicht. Statt dessen schloß sie den Kimono mit der Hand über der Brust, hob mit der anderen die Schleppe, wie um schneller fortzukommen, und warf gleichzeitig einen erschrockenen Blick durch das Vorzimmer, obwohl seine scharfen Ohren kein Geräusch hörten, lächelte wieder, sandte ihm einen Handkuß und war verschwunden. Als Bonbright zehn Minuten später mit einigen Telegrammen in der Hand eintrat, fand er ihn regungslos, in derselben Stellung, in der Paula ihn verlassen hatte, an seinem Tisch sitzen.

Und doch war Paula glücklich. Dick kannte sie schon zu lange in allen ihren verschiedenen Stimmungen, um nicht zu wissen, was es bedeutete, wenn sie im Hause, in der Pergola, auf dem Hofe sang. Er verließ sein Arbeitszimmer erst zum

Lunch, ohne daß sie ihn, wie sie zuweilen tat, abholte. Als der Gong ertönte, hörte er ihr jubelndes Singen sich in der Richtung des Speisezimmers verlieren.

Am nächsten Morgen – an dem Tage, als Grahams Rückkehr erwartet wurde, – war Dick vor elf Uhr ausgeritten, um eine Wiederholung der Qual zu vermeiden, die es ihm bereitet hatte, Paulas: »Guten Morgen, edler Herr« vom andern Ende des Arbeitszimmers zu hören. Als er wieder heimkam, begegnete er Oh Ho im Korridor, den Arm voll von frischgeschnittenen Syringen.

»Wo bringst du die hin, Oh Ho?« fragte er.

»Herrn Grahams Zimmer, – er kommen heute.«

Wer hatte den Einfall mit den Blumen gehabt? grübelte Dick. Oh Ho? – Oh Freud? – oder Paula? Er erinnerte sich, daß er mehr als einmal Graham seine Bewunderung über Paulas Syringen hatte aussprechen hören.

Er bog vom Wege nach der Bibliothek ab und schlenderte in den Blumengarten beim Turmzimmer. Durch das offene Fenster erklang Paulas frohes Trällern. Dick grub die Zähne in die Unterlippe und ging weiter.

Viele große und viele bewundernswerte Männer und Frauen hatten das Zimmer bewohnt, aber noch nie hatte Paula es selbst mit Blumen geschmückt. Meistens tat Oh Freud, ein Künstler auf diesem Gebiet, es selber oder ließ seine glänzend geschulten Leute es tun.

Unter den Telegrammen, die Bonbright ihm brachte, befand sich eines von Graham. Dick las es zweimal, obwohl es an und für sich sehr einfach und bedeutungslos war und nur mitteilte, daß er seine Rückkehr aufschob.

Gegen seine Gewohnheit wartete Dick nicht, bis der Gong zum Lunch zum zweitenmal ertönte, sondern stand auf, sobald das erste Zeichen erklungen war, denn er bedurfte eines von Oh Freuds Cocktails, der ihm Mut machen sollte, Paula nach der Sache mit den Syringen zu begegnen. Aber sie war ihm zuvorgekommen, und er traf sie, die selten und nie allein trank, wie sie gerade ein geleertes Cocktailglas aufs Teebrett zurückstellte. Sie mußte sich also auch Mut machen, sagte er bei sich, indem er Oh Freud zunickte und einen Finger hoch hielt.

»Hab' ich dich erwischt!« sagte er mit heiterem Vorwurf zu Paula. »Heimlich trinken. Das schlimmste aller Symptome. Als ich mit dir vor dem Altar stand, ahnte ich nicht, daß die Frau, die ich zur Ehe nahm, einmal als Säuferin enden würde.«

Ehe sie antworten konnte, betrat ein junger Mann das Speisezimmer. Sie begrüßten ihn als einen Herrn Winters, und er mußte nun auch einen Cocktail haben. Dick versuchte sich einzureden, daß es nicht Erleichterung war, was er in Paulas Gesicht las, als sie den Gast begrüßte. Nie hatte er sie so liebenswürdig zu dem jungen Mann gesehen, obwohl sie ihn häufig getroffen hatte. Nun waren sie doch jedenfalls drei beim Lunch.

Herr Winters, der die landwirtschaftliche Hochschule besuchte und für die »Pacific Rural Press« schrieb, war ein Schützling Dicks. Er kam, um sich einige Auskünfte über kalifornische Fischteiche von ihm zu holen.

»Ich habe ein Telegramm von Evan bekommen«, sagte Dick zu Paula, während er in Gedanken das Nachmittagsprogramm für den jungen Mann machte. »Er kommt erst übermorgen mit dem Vieruhrzuge.«

»Und das nach der Mühe, die ich gehabt habe!« rief sie. »Bis dahin sind die Syringen verwelkt.«

Dick fühlte, daß er vor Freude warm wurde. Das war seine freimütige, ehrliche Paula. Wie das Spiel auch auslief, jedenfalls spielte sie es ohne Betrug zu Ende. So war sie stets gewesen, – zu leicht zu durchschauen, als daß sie jemand hätte narren können.

Indes spielte er seine eigene Rolle weiter und sah sie fragend, aber mit nur geringem Interesse an.

»Ja, in Grahams Zimmer«, erklärte sie. »Ich ließ die Leute einen ganzen Arm voll Syringen bringen und schmückte das Zimmer aus. Er liebt Syringen so, weißt du.«

Der Lunch war fast zu Ende, ohne daß ein einziges Wort über Frau Wades Kommen gefallen war, und Dick wußte bestimmt, daß sie nicht kam.

Paula warf leicht hin:

»Erwartest du jemand?«

Er schüttelte den Kopf und fragte: »Hast du für heute nachmittag etwas vor?«

»Bis jetzt noch nichts,« antwortete sie, »und auf dich kann ich wohl nicht rechnen, wenn du mit Herrn Winters über Fische sprechen willst.«

»Doch«, versicherte ihr Dick. »Ich überlasse ihn Hanley, — er weiß mit jeder Forelle Bescheid und kennt alle ehrwürdigen Barsche bei Namen. Und ich will dir etwas sagen ...« Er hielt inne und überlegte. Dann erhellte sich sein Gesicht, ihm war ein Einfall gekommen: »Es ist recht ein Nachmittag zum Nichtstun. Laß uns unsere Gewehre nehmen und Eichhörnchen schießen. Ich sah neulich, daß sie auf dem Hügel hinter der kleinen Wiese ein bißchen überhand nehmen.«

Aber unwillkürlich fing er den Schimmer von Angst auf, der ihren Blick verdunkelte und ebenso schnell wieder verschwand. Sie klatschte in die Hände.

»Aber für mich nimm kein Gewehr mit«, sagte sie.

»Wenn du lieber nicht —« sagte er freundlich.

»Ach, ich komme gern mit, aber ich bin nicht in der Stimmung, zu schießen. Ich will das neue Buch von Le Gallienne mitnehmen, — es ist gerade gekommen, — und dir unterdessen vorlesen.«

Paula und Dick ritten auf Rehkalb und Hexe so dicht nebeneinander, wie die Bosheit der Hexe es zuließ, vom Großen Hause fort. Die Unterhaltung bestand meistens aus abgerissenen Sätzen, denn Dicks Stute gönnte ihm wenig Ruhe. Mit zurückgelegten Ohren und entblößten Zähnen versuchte sie sich beständig von dem Zwange zu befreien, den Zügel und Sporen ihr auferlegten, oder schnappte nach Paulas Bein und der glatten Flanke Rehkalbs, und mit jeder Niederlage, die sie erlitt, rötete sich das Weiße in ihren Augen mehr. Ihr rastloses Kopfschleudern und ihre wütenden Versuche, zu steigen, Versuche, die aber immer vom Sprungriemen unterdrückt wurden, währten ununterbrochen, außer wenn sie tanzte oder auszubrechen und herumzuwirbeln versuchte.

»Es ist das letzte Jahr, das ich mich mit ihr abgebe«, erklärte Dick. »Sie ist nicht zu zähmen. Ich reite sie jetzt zwei Jahre, ohne daß es das geringste geholfen hat. Sie kennt mich, kennt meine Art zu reiten, weiß, daß ich ihr Herr bin, weiß, wann sie bei mir nicht durchkommt, gibt aber nie Ruhe. Ewig hofft sie, mich einmal zu fangen, und aus Furcht, die Gelegenheit zu versäumen, unterläßt sie keinen Versuch.«

»Und eines schönen Tages fängt sie dich natürlich«, sagte Paula.

»Ja, deshalb will ich nichts mehr mit ihr zu tun haben. Nicht, daß sie mich eigentlich anstrengte, aber früher oder später muß sie mich nach dem Gesetz der Wahrscheinlichkeit einmal fangen. Es ist eine Million zu eins zu wetten, aber der Himmel allein weiß, wann dies eine Mal von einer Million gerade eintrifft.«

»Du bist fabelhaft, Rote Wolke«, lächelte Paula.

»Wieso?«

»Du denkst in Statistiken und Prozenten, in Durchschnitten und Ausnahmen. Ich möchte nur wissen, unter welche Formel du mich brachtest, als wir uns das erste Mal trafen.«

»Ich will mich hängen lassen, wenn ich das weiß«, lachte er. »Das war ein Fall, in dem alle äußeren Anzeichen fehlschlugen. Ich hatte keine Statistik, die auf dich paßte, und ich sagte mir nur, hier ist das herrlichste Weib, das je auf zwei schönen Beinen gegangen ist, und ich wußte nur, daß ich mich mehr zu dir hingezogen fühlte, als zu irgendeinem Menschen auf der Welt. Ich mußte dich einfach haben.«

»Und du bekamst mich«, vollendete Paula den Satz für ihn. »Aber seither, Rote Wolke, wie ist es seither gegangen? Du hast eine Menge statistisches Material über mich gesammelt.«

»Ein wenig, ein ganz klein wenig«, gab er zu. »Aber ich hoffe, nie damit fertig zu werden ...«

Er unterbrach sich, denn er hatte Bergkönig wiehern hören. Einen Augenblick später erschien der Hengst mit einem Cowboy auf dem Rücken, und Dick sah ihn froh und bewundernd herantraben.

»Wir müssen sehen, fortzukommen«, sagte er warnend, als Bergkönig bei ihrem Anblick plötzlich in Galopp fiel.

Sie spornten ihre Pferde an, machten kehrt und flohen, während sie hinter sich die beruhigende Stimme des Cowboys und das dumpfe Geräusch der schweren Hufe auf dem Wege, sowie ein heftiges, gebieterisches Wiehern hörten. Hexe antwortete. Rehkalb folgte ihrem Beispiel, und sie wußten, daß Bergkönig jetzt stürmisch wurde.

Im Galopp setzten sie einen Seitenweg hinab, wo sie fünfzig Schritte weiter die Pferde anhielten und warteten, bis die Gefahr vorüber war.

»Bergkönig hat noch nie ein Unheil angerichtet«, sagte Paula, als sie zurückritten.

»Außer als er zufällig Cowley auf den Fuß trat. Du erinnerst dich wohl, daß er einen ganzen Monat liegen mußte«, sagte Dick, während er mit seinem widerspenstigen Pferde kämpfte und flüchtig den seltsamen Blick auffing, mit dem Paula ihn betrachtete.

Es lag eine Frage in diesem Blick, das konnte er sehen, und Liebe und Furcht – ja, beinahe Furcht oder etwas ganz Ähnliches, am ehesten aber etwas Suchendes, Forschendes und Fragendes. Ihre Bemerkung, daß er in Statistiken dachte, konnte nicht ohne eine gewisse Verbindung mit ihrer Stimmung sein.

Aber er tat, als hätte er nichts bemerkt, zog schnell sein Notizbuch heraus und schrieb etwas hinein, während er aufmerksam eine steinerne Rinne betrachtete, an der sie gerade vorbeikamen.

»Das haben sie vergessen«, sagte er. »Es hätte schon vor einem Monat instand gesetzt werden müssen.«

»Was ist aus den Mustangs aus Nevada geworden?« forschte Paula.

Es war dies ein Einfall gewesen, den Dick einmal gehabt hatte, als in Nevada Mißernte gewesen war und Mustangs für einen Spottpreis verkauft wurden, damit sie nicht verhungerten. Er hatte sich einen ganzen Eisenbahnzug voll kommen lassen und ließ sie auf den Bergmatten im Westen weiden.

»Es wird Zeit, sie zu zähmen«, antwortete er. »Ich möchte sie nächste Woche vorführen, wie man es in alter Zeit tat. Was meinst du dazu? Wir veranstalten ein richtiges Volksfest und laden die ganze Nachbarschaft ein.«

»Und dann bist du selber nicht mit dabei«, wandte Paula ein.

»Ich nehme mir einen freien Tag. Abgemacht?«

Sie ritten durch das Tal, an bebauten Feldern und bewaldeten Hügeln vorbei und kamen auf einen Weg, der voller Wagen war. Sie brachten Kies von den Zerkleinerern, die Dick und Paula in der Ferne stöhnen und knirschen hörten.

Sie ritten weiter, bis der Lärm der Kieszerkleinerer verklang, drangen durch einen Waldgürtel, setzten über eine winzige Wasserscheide, wo die Nachmittagssonne weinfarbig durch die Manzanitas und rosenfarbig durch die Madroños schien, und gelangten durch einen Hain von jungen Eukalyptusbäumen nach der kleinen Wiese. Ehe sie aber dort waren, stiegen sie ab und banden die Pferde an. Dick nahm sein Gewehr aus dem Sattelhalter und näherte sich mit Paula vorsichtig einer Gruppe von Riesentannen am Rande der Wiese. Sie legten sich in den Schatten und blickten über die Wiese nach dem steilen Hügelhang hundertfünfzig Meter von ihnen entfernt.

»Da sind sie – drei – vier«, flüsterte Paula, deren scharfe Augen die gesuchten Eichhörnchen in dem jungen Getreide entdeckt hatten. Es waren die vorsichtigsten von den Tieren, die mit größter Schlauheit das vergiftete Getreide und die von Dick gelegten stählernen Fallen gemieden hatten. Auf jedes von ihnen kamen zwei Dutzend weniger vorsichtige, die zugrunde gegangen waren, die Überlebenden aber waren sehr gut imstande, den Hügelhang neu zu bevölkern.

Dick füllte Kammer und Magazin mit winzigen Patronen, untersuchte den Schalldämpfer und warf sich der Länge nach auf den Boden, stützte sich auf den Ellenbogen und zielte. Kein Knall ertönte, als er abdrückte – nur das Schnappen des Mechanismus, als die Kugel durch den Raum flog, die Patronenhülse ausgeworfen, eine neue Patrone hineingedrückt und der Drücker wieder gespannt wurde. Ein großes, graubraunes

Eichhörnchen sprang hoch, fiel nieder und verschwand im Getreide. Dick richtete das Gewehr auf verschiedene Löcher, wo ein Kreis trockener Erde deutlich davon zeugte, daß das Getreide vernichtet war, und wartete.

Beim ersten Schnappen waren alle Eichhörnchen, außer dem getroffenen, in ihre Löcher geschlüpft, und es war nichts zu tun, als zu warten, bis ihre Neugier ihre Vorsicht besiegte. Mit dieser Pause hatte Dick gerechnet. Während er wartete, daß die neugierigen Köpfchen auf dem Hange zum Vorschein kommen sollten, grübelte er, ob Paula ihm etwas zu sagen hätte. Früher oder später war sie mit ihren Sorgen stets zu ihm gekommen. Aber sie hatte auch nie Sorgen dieser Art gehabt, sagte er sich. Anderseits konnte er auch mit ihrer unverbrüchlichen Ehrlichkeit und Offenheit rechnen. Er hatte sich in all den Jahren ihres Zusammenlebens oft darüber gewundert und gefreut. War sie jetzt anders geworden?

So grübelte er. Sie sagte nichts. Sie lag ruhig da. Er konnte keine Bewegung von ihr hören. Wenn er einen Blick auf die Seite warf, sah er sie mit geschlossenen Augen und ausgestreckten Armen auf dem Rücken liegen, als sei sie müde.

Ein Köpfchen von derselben Farbe wie der trockene Boden, in dem sie hausten, guckte aus einem Loch hervor. Dick wartete mehrere lange Minuten, bis der Besitzer des Köpfchens sich überzeugt hatte, daß keine Gefahr mehr drohte und sich aufsetzte, um zu sehen, was die Ursache des Geräusches, das sie erschreckt hatte, gewesen war. Wieder schnappte das Gewehr.

»Hast du es?« fragte Paula, immer noch mit geschlossenen Augen.

»Ja, und ein ganz dickes«, antwortete Dick. »Da habe ich eine ganze Generation von Eichhörnchen im Keim erstickt.«

Eine Stunde verging. Die Nachmittagssonne begann sich dem Horizont zu nähern, aber im Schatten war es immer noch angenehm. Ein leises Lüftchen sandte immer wieder eine träge, wogende Bewegung durch das junge Korn und strich durch die Zweige der Tanne. Dick schoß ein drittes Eichhörnchen, und Paulas Buch lag neben ihr, ohne daß sie den geringsten Versuch machte, zu lesen.

»Ist etwas mit dir?« faßte er endlich den Mut, sie zu fragen.

»Nein, – aber ich habe Kopfschmerzen, ein scheußlich quälendes Stechen über den Augen, – das ist alles.«

»Zu viel gestickt«, neckte er sie.

»Nein, diesmal nicht«, lautete ihre Antwort.

Sie war scheinbar ganz natürlich. Während Dick aber ein ungewöhnlich großes Eichhörnchen beobachtete, das aus seinem Loch heraus und fünf, sechs Schritte weiter über die bloße Erde zum Getreide schlüpfte, dachte er bei sich: »Nein, heute kann ich nicht mit ihr sprechen. Und aus einem Kuß im Grase wird heute auch nichts.«

Jetzt hatte er sein Opfer gerade vor dem Korn. Er drückte ab. Das Tier fiel um, blieb einen Augenblick liegen, lief dann aber schnell und schwerfällig nach seinem Loch. Der Mechanismus ging Schlag auf Schlag. Kleine Staubwolken stoben zu allen Seiten des fliehenden Eichhörnchens auf und zeigten, wie nahe die Kugeln trafen. Dick feuerte so rasch, wie er abdrücken konnte, so daß es war, als sandte er einen Bleistrahl aus einem Schlauch.

Er hielt inne, um das Magazin wieder zu laden, und war ungefähr damit fertig, als Paula sich endlich hören ließ.

»Mein Gott, was für ein Trommelfeuer! Hast du es?«

»Ja, den Großvater aller Eichhörnchen. Aber neun lange, rauchlose Patronen auf ein Eichhörnchen, – das lohnt sich nicht. Ich muß tüchtiger werden.«

Die Sonne sank tiefer. Das leichte Lüftchen legte sich. Dick schoß noch ein Eichhörnchen, setzte sich dann auf und sah traurig über den Hügel. Er hatte sich dies alles zurechtgelegt, in der Hoffnung, Paulas Vertrauen zu gewinnen. Die Situation war so ernst, wie er es befürchtet hatte. Sie konnte noch ernster werden, denn seine Welt wollte in Trümmer sinken. Er war verwirrt, im Innersten erschüttert. Er war so sicher gewesen. Das Jahrzehnt, das er mit ihr zusammen gelebt, hatte ihm Sicherheit geschenkt ...

»Fünf – die Sonne geht unter«, verkündete er, indem er aufstand und ihr die Hand hinstreckte, um ihr zu helfen.

»Es hat mir so gut getan – das Ausruhen,« sagte sie, als sie zu den Pferden gingen. »Mit meinen Augen geht es viel besser. Es war gut, daß ich nicht versuchte, dir vorzulesen.«

*

Am dritten Morgen nach Grahams Abreise sorgte Dick dafür, daß sein Meiereiverwalter um elf Uhr bei ihm war, als Paula auf ihrem üblichen Morgengang zu ihm kam und ihr: »Guten Morgen, edler Herr!« durch die Tür rief. Die Familie Mason, die sich mit ihrer lärmenden Jugend in mehreren Automobilen einstellte, befreite Paula für die Zeit des Lunch und den Nachmittag, und Dick bemerkte, daß sie sich auch den Abend sicherte, indem sie sie zum Bridge und einem kleinen Tanz da behielt. Am vierten Vormittag aber, dem Tage, an dem Graham zurückerwartet wurde, war Dick um elf Uhr allein in seinem Arbeitszimmer. Er saß an seinem Schreibtisch und unterschrieb Briefe, als er Paula auf den Zehenspitzen hereinkommen hörte. Er sah nicht auf, während er aber seinen Namen unter die Briefe setzte, lauschte er intensiv auf das leise Rascheln ihres seidenen Kimonos. Er wußte, daß sie sich über ihn beugte, und wagte kaum zu atmen. Als sie aber einen sanften Kuß auf sein Haar gedrückt und ihr: »Guten Morgen, edler Herr« gesagt hatte, entschlüpfte sie lächelnd seinen sehnend ausgestreckten Armen. Was ebenso stark wie die Enttäuschung auf ihn wirkte, war der glückliche Ausdruck in ihrem Antlitz. Sie, die so wenig verstand, ihre Stimmungen zu verbergen, war helläugig und glücklich wie ein Kind. Graham sollte am Nachmittag kommen, und Dick mußte unwillkürlich beides miteinander in Verbindung bringen.

Er gab sich nicht die Mühe, festzustellen, ob sie die Syringen im Turmzimmer erneuert hatte, und beim Lunch mußte er sich stehenden Fußes eine Menge Arbeit für den Nachmittag ausdenken, als Paula vorschlug, Graham in Eldorado abzuholen und selbst zu fahren.

»Fahren?« fragte Dick.

»Ja, mit Duddy und Fuddy«, erklärte sie. »Sie sind sehr unruhig, und ich habe das Gefühl, es täte ihnen gut, wenn sie ein bißchen Bewegung bekämen. Wenn du aber mitkommen willst, fahren wir selbstverständlich wohin du willst, und lassen ihn mit dem Auto abholen.«

Dick kämpfte mit sich, um sich nicht einzugestehen, daß ihr Wesen Furcht ausdrückte, wie sie jetzt darauf wartete, ob er ihre Aufforderung annehmen oder abschlagen würde.

»Duddy und Fuddy, die Ärmsten, würden in den ewigen Jagdgründen sein, wenn sie mich dort hinfahren sollten, wo ich heute nachmittag hin muß«, lachte er, indem er gleichzeitig sein Programm entwarf. »Bis Mittag muß ich hundertzwanzig Meilen hinter mir haben. Ich nehme den Rennwagen, und es wird eine staubige Ratterei, nur hin und wieder über ebenes Gelände. Ich bringe es einfach nicht übers Herz, dich mitzunehmen.«

Paula seufzte, aber sie war eine so schlechte Schauspielerin, daß er nicht umhin konnte, aus dem Seufzer, mit dem sie auf seine Gesellschaft verzichtete, eine gewisse Erleichterung über seinen Entschluß herauszuhören.

»Wohin?« fragte sie heiter, und wieder bemerkte er die warme Röte in ihren Wangen und den strahlend glücklichen Ausdruck in ihren Augen.

»Ach, ich muß schnell einen Abstecher den Fluß entlang machen, um nach den Baggern zu sehen, und dann fahre ich weiter nach Sacramento, um Wing Fo Wong zu begrüßen.«

»Und wer, um Himmels willen, ist Wing Fo Wong,« fragte sie lächelnd, »daß du ihn absolut besuchen mußt?«

»Eine sehr wichtige Persönlichkeit, mein Kind. Er ist reichlich seine zwei Millionen schwer, und die hat er sich mit Kartoffeln und Spargeln im Delta verdient. Ich habe ihm dreihundert Morgen Sumpfland bei Teal Slough verpachtet«, wandte er sich an die drei jungen Leute. »Das Land liegt dicht bei Sacramento, am westlichen Flußufer. Es ist ein gutes Beispiel für die Bodenteuerung, die sicher kommen wird. Als ich es kaufte, war es nichts als Moor, und die alten Leute lachten mich aus.

Ihr kennt doch die Moore? Sie taugen zu nichts außer für Enten und als Weide, wenn das Wasser sehr niedrig steht. Es hätte mich mehr als dreihundert Dollar den Morgen gekostet, sie zu drainieren. Und was für einen Vertrag, meint ihr, habe ich auf zehn Jahre mit dem alten Wing Fo Wong geschlossen? Zweitausend für den Morgen. Ich würde noch mehr verdienen, wollte ich selbst Handelsgärtnerei dort betreiben. Die Chinesen sind die reinen Hexenmeister im Gemüsebau und schreckliche Arbeitstiere. Sie kennen keinen Achtstundentag, nein, achtzehn Stunden! Der geringste Kuli ist Mitinhaber und hat seinen mikroskopischen Gewinnanteil. Auf diese Weise umgeht Wing Fo Wong den Achtstundentag.«

An dem langen Nachmittag wurde Dick zweimal verwarnt und einmal aufgeschrieben. Er fuhr allein und sehr schnell, aber trotzdem sicher. Unglücksfälle, für die er persönlich verantwortlich gewesen wäre, gab es bei ihm nicht.

Aber so schnell er auch fuhr, und so eifrig er sich in die Geschäfte stürzte, die er mit Carlson und Wing Fo Wong zu erledigen hatte, blieb in seinem Bewußtsein doch der Gedanke wach, daß Paula etwas höchst Ungewöhnliches tat, wenn sie Graham den langen Weg von Eldorado nach dem Großen Hause kutschierte.

»Pah!« sagte er bei sich, indem er die Geschwindigkeit ein klein wenig verringerte. »Ich möchte doch wissen, was Paulchen sagen würde, wenn ich eine solche Ausfahrt mit einem hübschen, jungen Mädchen machte!«

Er lachte laut bei dem Gedanken, denn schon früh in seiner Ehe hatte er entdeckt, daß Paula sehr gut auf eine eigene, stille Art eifersüchtig sein konnte. Sie hatte ihm weder eine Szene gemacht noch Bemerkungen oder Fragen gestellt, sondern geschwiegen, aber doch in einer Weise, über die er sich nicht täuschen konnte, ihre Kränkung gezeigt, wenn er gegen andere Frauen unnötig aufmerksam war.

Er lachte bei dem Gedanken an Frau Dehameny, die hübsche, kleine, dunkle Witwe – Paulas, nicht seine Freundin, – die vor langer Zeit ihr Gast gewesen war. Paula hatte erklärt, am Nachmittag nicht ausreiten zu wollen, und beim Lunch hatte sie gehört, wie er mit Frau Dehameny einen Ritt in die Riesentannen-Cañons, an der Wohnung der Philosophen vorbei, verabredete. Dann aber war Paula ihnen, kurz nach ihrem Aufbruch nachgeritten, so daß sie auf dem Ritt nicht zwei, sondern drei gewesen waren!

Er schob den Handschuh vom linken Handgelenk, um auf seine Armbanduhr zu sehen. In fünf Minuten würde Graham aus dem Zuge in Eldorado steigen. Dick, der sich selbst auf dem Heimwege befand, fuhr jetzt wie rasend. Erst ein gutes Stück hinter Eldorado holte er den Jagdwagen mit Duddy und Fuddy davor ein. Graham saß neben Paula, die die Zügel hielt. Dick verlangsamte die Fahrt im Vorbeifahren, rief Graham einen: »Guten Tag« zu und fügte, wieder schneller fahrend, heiter hinzu: »Es tut mir leid, daß ich so viel Staub machen muß. Lassen Sie uns vor dem Essen eine Partie Billard spielen, Evan, wenn Sie bis dahin angelangt sind.«

»So geht das nicht weiter. Wir müssen etwas tun – und zwar sofort.«

Sie waren im Musikzimmer. Paula saß am Flügel und wandte ihr Antlitz Graham zu, der, sich fast über sie beugend, dicht neben ihr stand.

»Sie müssen Ihren Entschluß fassen«, fuhr Graham fort.

Sie sahen beide nicht aus, als hätte ihnen das Große, das ihnen widerfahren war, Glück gebracht, jetzt, da sie ihre Entscheidung treffen sollten.

»Ich will nicht, daß Sie abreisen«, sagte Paula eindringlich. »Ich weiß nicht, was ich will. Sie müssen Nachsicht mit mir haben. Ich denke nicht an mich. Ich habe mich zu sehr hineinverstrickt, um an mich zu denken. Mir – mir ist eine solche Situation so ungewohnt«, schloß sie mit einem leisen, blassen Lächeln.

»Aber wir müssen einen Entschluß fassen, Liebste. Dick ist doch nicht blind.«

»Was gab es für ihn zu sehen?« fragte sie. »Nichts als den einen Kuß im Cañon, und den kann er unmöglich gesehen haben. Können Sie sich sonst etwas denken?«

»Ich wünschte, es gäbe sonst etwas«, antwortete er, in ihren leichteren Ton fallend, um gleich darauf wieder in seine frühere düstere Stimmung zurückzuschwingen. »Ich bin wahnsinnig verliebt in Sie. Weiter kann ich nicht kommen.

Ich weiß nicht, ob Sie ebenso wahnsinnig verliebt in mich sind. Ich weiß überhaupt nicht, wie es mit Ihnen steht.«

Er legte seine Hand auf die ihre, die auf den Tasten lag, aber sie zog sie sanft zurück.

»Können Sie es denn nicht verstehen?« klagte er. »Und doch wollten Sie, daß ich wiederkam.«

»Ich wollte, daß Sie wiederkamen«, sagte sie und sah ihm mit ihrem offenen Blick ins Gesicht. »Ich wollte, daß Sie wiederkamen«, wiederholte sie weicher, wie in Gedanken verloren.

»Und ich verstehe nicht ein Wort von alledem«, rief er ungeduldig. »Lieben Sie mich?«

»Ich liebe Sie, Evan, das wissen Sie ja. Aber ...« Sie hielt inne, und es war, als versuchte sie, ruhig zu denken.

»Aber was?« sagte er gebieterisch. »Weiter.«

»Aber ich liebe auch Dick. Ist das nicht lächerlich?«

Er erwiderte ihr Lächeln nicht, und es trat ein warmer Glanz in ihre Augen, als sie seinen knabenhaft verdrossenen Ausdruck sah. Eine Frage brannte ihr auf der Zunge, aber sie bezwang sich und schwieg, während er nachdachte, was sie wohl hatte fragen wollen.

»Ich tadle Sie nicht, weil Sie Dick lieben, weil ... Sie fortfahren, Dick zu lieben«, antwortete er ungeduldig. »Ich kann ja gar nicht verstehen, was Sie im Vergleich mit ihm an mir finden. Das ist meine ehrliche Meinung. Er ist in meinen Augen ein großer Mann. Das ›Große Herz‹ sollte er heißen.«

Sie belohnte ihn mit einem Lächeln.

»Aber wenn Sie Dick weiter lieben, wie ist es dann mit mir?«

»Aber Sie liebe ich auch.«

»Das ist doch unmöglich«, rief er, indem er hastig vom Flügel zurücktrat, durchs Zimmer schritt, sich vor das Bild an der gegenüberliegenden Wand stellte und es betrachtete, als hätte er es noch nie gesehen.

Sie wartete mit einem ruhigen Lächeln und freute sich über seine Unbeherrschtheit.

»Sie können doch nicht zwei Männer auf einmal lieben«, schleuderte er ihr entgegen.

»Aber ich tue es, Evan. Ich weiß nur nicht, wen von ihnen ich mehr liebe. Dick kenne ich so lange, Sie ... Sie sind eine –«

»Neue Bekanntschaft«, unterbrach er sie und schritt zornig durchs Zimmer.

»Das nicht, nein, das nicht, Evan. Ich liebe Sie ebenso sehr wie Dick. Ich liebe Sie mehr. Ich weiß es selber nicht.«

Sie sank ganz zusammen, vergrub ihr Gesicht in den Händen und erlaubte ihm, seine Hand sanft auf ihre Schulter zu legen.

»Sie müssen doch einsehen, daß es nicht so leicht für mich ist«, fuhr sie fort. »Es steht so viel auf dem Spiel, so vieles, das ich nicht verstehen kann. Sie sagen, Sie verständen nicht ein Wort von dem allen. Aber denken Sie einmal an mich. Ich verstehe noch weniger davon und weiß weder ein noch aus. Sie sind ein Mann, mit der Erfahrung, der Natur eines Mannes. Für Sie ist alles so einfach. Sie liebt mich, sie liebt mich nicht. Aber ich bin verwirrt. Ich, – und ich bin doch nicht erst gestern geboren, – ich habe keine Erfahrung in verschiedenerlei Liebe. Ich liebte nur einen Mann ... und jetzt Sie. Sie und Ihre Liebe zu mir haben eine vollkommen glückliche Ehe vernichtet, Evan.«

»Ich weiß«, sagte er.

»– Ich weiß nichts«, fuhr sie fort. »Ich muß Zeit haben, es entweder in Ordnung zu bringen oder sich selber ordnen zu lassen. Wäre Dick nicht ...« klagte sie.

Unbewußt legte Grahams Hand sich fester auf ihre Schulter.

»Nein, nein – noch nicht«, sagte sie leise, und ebenso leise schob sie seine Hand fort, ließ aber ihre eigene einen Augenblick auf der seinen ruhen, ehe sie sich losriß.

»Wenn Sie mich anrühren, kann ich nicht denken«, flehte sie. »Ich – ich kann nicht denken.«

»Dann muß ich gehen«, drohte er, ohne sich dessen bewußt zu werden. Sie machte eine abwehrende Bewegung. »Wie die Situation jetzt ist, ist sie ganz unmöglich, unerträglich. Ich komme mir vor wie ein Hund und weiß doch, daß ich kein Hund bin. Ich hasse Betrug, – ich kann Leute belügen; die selbst Lügner sind, aber einen Mann wie Dick kann ich nicht belügen. Viel lieber ginge ich gleich zu ihm und sagte: ›Dick, ich liebe Ihre Frau, sie liebt mich. Was wollen Sie dabei machen?‹«

»Ja, tun Sie das!« sagte Paula eifrig.

Graham richtete sich auf, als hätte er seinen Entschluß gefaßt.

»Dann tue ich es, und zwar sofort.«

»Nein, nein!« rief sie in plötzlichem Schrecken. »Sie müssen abreisen.« Wieder versagte ihre Stimme. »Aber ich kann Sie nicht lassen.«

Hatte Dick noch gezweifelt, so schwand sein letzter Zweifel an dem, was sich in Paulas Herzen regte, bei Grahams Rückkehr. Er brauchte Paula nur anzusehen. Sie war wie ein Mensch, der aus dem Schlaf erwacht ist, mit einem glücklicheren Klang in ihrem glücklichen Lachen und einem wärmeren Ton in ihrem Singen. Sie war früh auf und ging spät zu Bett, beseelt von einer nie ruhenden Lebenslust und einem ewigen Tätigkeitsdrang. Sie befand sich vor Erregung wie in einem Champagnerrausch. Doch Dick bemerkte bald, daß alles daher kam, daß sie sich nicht Zeit zum Denken zu lassen wagte. Er sah, daß sie abmagerte. Aber die einzige Folge war, wie er sich gestehen mußte, daß sie entzückender als je wurde, so zart und fein, daß sie trotz ihren natürlichen, lebhaften Farben und ihrer Anmut fast unirdisch wirkte.

Und im Großen Haus ging alles seinen Gang, heiter, unerbittlich, ohne die leiseste Reibung. Dick dachte zuweilen, wie lange es wohl auf diese Weise weitergehen könnte, und ihm schauderte bei dem Gedanken an eine Zukunft, in der es nicht so weiter ging. Und doch, dessen war er sicher, ahnte keiner etwas außer ihm. Aber wie lange würde es dauern? Nicht sehr lange, sagte er sich.

Er wußte, daß seine chinesischen Diener Wunder von Scharfsinn waren – und von Diskretion, mußte er hinzufügen. Aber die Frauen! Frauen waren so boshaft. Und jede beliebige Frau, die einen Tag, einen Abend im Hause war, konnte die Situation ahnen, – jedenfalls, soweit sie Paula betraf, denn Grahams Stellung war noch nicht klar zu erkennen.

Paula, in so vieler Beziehung anders als andere Frauen, war es auch in diesem Punkt. Er hatte sie nie boshaft gesehen, hatte nie erlebt, daß sie anderen Frauen auflauerte, in der Hoffnung, sie auf einem Fehltritt zu ertappen, – außer, wenn es ihm galt. Und er lachte wieder bei dem Gedanken an die Geschichte mit Frau Dehameny.

Etwas, das Dick andauernd beschäftigte, war, ob Paula jetzt daran dachte, daß er etwas wüßte.

Und Paula dachte wirklich hieran – eine Zeitlang, ohne zu einem Ergebnis zu gelangen. Sie konnte keine Veränderung in seiner Laune und seinem Wesen bemerken. Er erledigte seine ungeheure Arbeit wie gewöhnlich, spielte wie gewöhnlich, sang seine Lieder und war ein froher, gemütlicher Bursche. Sie versuchte sich einzureden, daß sein Benehmen gegen sie sanfter geworden war, aber sie quälte sich selbst mit der Furcht, daß sie sich das nur einbildete. Aber sehr lange blieb sie nicht im Zweifel. Zuweilen, wenn sie zu vielen beim Dinner, abends im Wohnzimmer oder beim Bridge saßen, konnte sie ihn unbemerkt unter gesenkten Lidern ansehen, bis sie sicher war, die Gewißheit in seinen Augen und in seinen Zügen zu lesen. Aber sie deutete das Graham gegenüber mit keinem Worte an. Daß er es wußte, half ja auch nichts. Es konnte ihn vielleicht sogar zur Abreise veranlassen, und sie gestand sich ehrlich, daß sie das am allerletzten wünschte.

Als sie jedoch zu der Erkenntnis kam, daß Dick es wußte oder erriet, wurde sie trotzig und begann gleichsam bewußt mit dem Feuer zu spielen. Wenn Dick etwas wußte, warum sagte er dann nichts? Er nahm doch sonst kein Blatt vor den Mund. Sie wünschte und fürchtete doch wieder, daß er sprechen würde, bis die Furcht der aufrichtigen Hoffnung wich, daß er es täte. War er es doch immer, der handelte und Entschlüsse faßte, – gleichgültig, was es betraf. Wenn es zu handeln galt, hatte sie sich stets auf ihn verlassen. Dick konnte sicher eine Lösung finden. Er wußte für alles eine Lösung. Warum schwieg er?

Und bei alledem lebte sie ihr sorgloses Leben weiter, eifrig und ruhelos; zuweilen wurde sie von Gewissensbissen geplagt, meistens aber wollte sie nicht zu tief denken, ließ sich in dieser großen Stunde ihres Lebens nur vom Strome mitreißen. Wie sie selbst sagte: sie lebte nur, lebte, lebte. Zuweilen wußte sie kaum, was sie dachte, fühlte nur den Stolz, daß zwei solche Männer ihr zu Füßen lagen.

Als Weib von derselben Rasse und vom gleichen Typ erfüllte es sie mit Stolz, die zwei grauäugigen, blonden Männer zusammen zu sehen. Sie war aufgeregt, fieberhaft, aber nicht nervös. Sie verglich zuweilen ganz kaltblütig die beiden Männer, wenn sie zusammen waren, und mußte, ob sie wollte oder nicht, darüber nachdenken, für welchen von beiden sie sich am liebsten schmückte und anziehend machte. Graham beherrschte sie, und sie hatte Dick beherrscht und kämpfte immer noch, um ihre Herrschaft zu bewahren.

Fast grausam war dieser Stolz, der sie bei dem Gedanken durchbebte, daß zwei solche Männer um ihretwegen und durch sie litten, denn sie konnte sich nicht verbergen, daß Dick, wenn er es erfuhr, oder vielmehr, seit er es wußte, auch leiden mußte.

In tiefster Seele war sie sich bewußt, daß ihre Handlungsweise rücksichtslos und wahnsinnig war, und daß es nur mit einer Katastrophe für einen von ihnen enden konnte. Aber sie war es zufrieden, über dem Abgrund hin und her flattern zu können, und wollte ihn nicht sehen. Lachend schlug sie alle weiteren Betrachtungen in den Wind und gab sich zufrieden mit dem flüchtigen Augenblick, glühend und bebend vor Freude, daß sie lebte, wie sie nie zu leben geträumt.

Aber es ist Mann und Weib nicht gegeben, dauernd einen festen, unveränderlichen Abstand zwischen sich zu lassen. Unmerkbar kamen Paula und Graham sich näher. Von langen Blicken und Händedrücken führte der Weg zu zärtlichen Berührungen, bis es zu einer neuen Umarmung und einem neuen, langen Kuß kam. Und diesmal zürnte Paula nicht, sondern sagte gebieterisch:

»Du darfst nicht gehen.«

»Ich darf nicht bleiben«, wiederholte Graham zum tausendsten Male. »Ach, ich habe hinter Türen geküßt und alle möglichen Dummheiten gemacht«, klagte er. »Aber hier handelt es sich um dich und um Dick.«

»Es wird schon alles werden, ich sage dir, es wird alles werden. Evan.«

»Dann komm mit mir, laß uns selbst das Schicksal in die Hand nehmen. Komm – jetzt gleich!«

Sie zog sich zurück.

»Denk an das,« drang Graham in sie, »was Dick sagte: Selbst wenn du, Paula, seine Gattin, ihn verließest, würde er sagen: Gott segne euch, Kinder.«

»Und gerade deshalb ist es so schwer, Evan. Sieh, er ist so schonungsvoll, wie er damals sagte, daß er sein würde, – schonungsvoll gegen mich, meine ich, und mehr als das. Sieh ihn doch an –«

»Er weiß es? Hat er etwas gesagt?« rief Graham.

»Er hat nichts gesagt, aber ich bin sicher, daß er es weiß oder erraten hat. Sieh ihn doch an! Er will nicht mit dir konkurrieren –«

»Konkurrieren?«

»Eben. Er will nicht mit dir konkurrieren. Denk an die Pferdeschau von gestern. Er ritt gerade Mustangs zu, aber von dem Augenblick an, als wir kamen, stieg er nicht auf ein Pferd mehr. Und dabei ist er ein fabelhafter Reiter. Du hast dein Glück versucht, und offen gestanden: du könntest dich unmöglich mit ihm messen. Aber er wollte sich nicht vor dir zeigen. Das allein beweist mir, daß er errät, wie es mit uns steht.

Wenn du aufpaßt, wirst du selber merken, daß ich recht habe. Er läßt mir meinen Willen, und ich kann soviel Dummheiten machen, wie ich will. Glaub mir, – ich kenne ihn. Er versucht nach seinen eigenen Moralgesetzen zu handeln. Er könnte die Philosophen lehren, was angewandte Philosophie ist.

Ich habe ihn sagen hören, Liebe sei etwas, das man weder fesseln, noch zwingen könne. Es ist sehr richtig: Wenn du und ich zu ihm gingen, würde er sagen: ›Gott segne euch, Kinder!‹ Selbst wenn es ihm das Herz bräche, würde er es sagen. Vergangene Liebe gibt seiner Ansicht nach keinen

Anspruch auf die Gegenwart, und jede Liebesstunde, habe ich ihn sagen hören, mache sich bezahlt. Nachforderungen gebe es nicht.«

»Darin bin ich ganz mit ihm einig«, sagte Graham. ›Du hast mir versprochen, mich ewig zu lieben‹, sagt der Verlassene und versucht, die Forderung einzutreiben, als wäre es ein Wechsel auf so und so viele Dollar. Dollar ist Dollar, aber Liebe lebt oder stirbt. Wie kann Liebe eingelöst werden, wenn sie tot ist? Wir sind uns alle drei in dieser Beziehung einig, und alles ist so einfach. Wir lieben uns. Das genügt. Warum auch nur eine Minute warten?«

Seine Hände suchten die ihren, die auf den Tasten ruhten, er beugte sich über sie und küßte ihr Haar, und dann hob er langsam ihr Gesicht und küßte ihre willigen Lippen.

»Dick liebt mich nicht so, wie du mich liebst«, sagte sie. »Er hat mich so lange besessen, daß ich ihm wohl eine Art Gewohnheit geworden bin. Und ehe ich dich kannte, habe ich oft schon darüber nachgedacht, wen er mehr liebt: mich oder das Gut.«

»Es ist doch so einfach«, drang Graham in sie. »Wir müssen nur ehrliches Spiel spielen. Laß uns fortgehen.«

Aber sie zog sich hastig von ihm zurück, setzte sich nieder und barg ihr flammendes Gesicht in den Händen.

»Du verstehst das nicht, Evan. Ich liebe Dick, – ich werde ihn immer lieben.«

»Und mich?« fragte Graham scharf.

»Welche Frage!« lächelte sie. »Du bist der einzige Mann außer Dick, der mich je geküßt hat – so geküßt, – und den ich so geküßt habe. Aber ich kann mich nicht entschließen. Ein anderer muß die Entscheidung für mich treffen, ich selber kann es nicht. Ich vergleiche euch beide, wäge euch gegeneinander ab. Ich erinnere mich Dicks und all der Jahre, die wir miteinander verlebt haben. Und dann frage ich mein Herz nach dir. Und ich weiß nichts, ich weiß nichts. Du bist ein großer Mann – mein stolzer Verehrer. Aber Dick ist größer als du. Du – du bist erdgebundener – ich weiß nicht, wie ich es ausdrücken soll – menschlicher. Und deshalb eben liebe ich dich mehr ... oder glaube es doch zu tun.

Nein, warte«, sagte sie widerstrebend und hielt seine eifrige Hand fest in der ihren. »Ich will dir noch mehr sagen. Ich denke an Dick und all die Jahre, die wir miteinander verlebten. Aber ich denke auch daran, wie es ihm heute und morgen ergehen wird. Ich kann den Gedanken nicht ertragen, daß irgendein Mann auf der Welt meinen Mann bemitleiden sollte, – daß du ihn bemitleiden solltest, und das müßtest du, wenn ich zugäbe, daß ich dich mehr liebte. Deshalb bin ich so unentschlossen und weiß nicht, was tun. Ich würde vor Scham sterben, wenn ein Mann Dick um meinetwillen bedauern würde. Er ist noch nie in seinem Leben bedauert worden. Er ist immer und überall der erste gewesen, – strahlend, hell, stark, unangreifbar. Und mehr als das: – er verdient kein Mitleid. Und wir haben die Schuld, ich ... und du, Evan.«

Sie schob hastig Evans Hand beiseite.

»Und jedesmal, wenn ich dir erlaube, mich zu berühren, macht es ihn bedauernswert. Kannst du nicht sehen, wie schwer das alles für mich ist? Und ich habe doch auch meinen Stolz. Daß du mich treulos gegen ihn sehen mußt, wie in solchen Kleinigkeiten,« – sie ergriff seine Hand wieder und streichelte sie mit ihren weichen Fingerspitzen – »das kränkt mich in meiner Liebe zu dir, verringert mich, muß mich in deinen Augen verringern.«

Sie streichelte beruhigend seine ungeduldige Hand, und dann drehte sie sie, träumerisch und geistesabwesend, fast als wäre sie sich ihres Tuns nicht bewußt, um und küßte langsam die Handfläche. Im nächsten Augenblick hatte er sie hochgerissen und an sich gepreßt.

»Da siehst du!« sagte sie vorwurfsvoll und löste sich aus seinen Armen.

Paula gab nach und widerstand doch gleichzeitig. »Ich liebe meinen Mann, vergiß das nicht«, sagte sie immer wieder zu Graham, und im nächsten Augenblick konnte sie in seinen Armen liegen.

»Heute sind wir nur zu dreien, Gott sei Dank«, rief Paula, faßte Graham und Dick an der Hand und führte sie zum

Diwan, Dicks Lieblingsplatz im großen Wohnzimmer. »Kommt, laßt uns auf dem Fußboden sitzen und uns traurige Geschichten vom Tode und von Königen erzählen.«

Sie war in strahlender Laune, und Dick sah sie mit leisem Erstaunen an, wie sie sich eine Zigarette anzündete. Er konnte die Zigaretten zählen, die sie in den Jahren ihrer Ehe geraucht hatte. Als er sich und Graham später einen Whisky einschenkte, setzte sie ihn wiederum in Erstaunen, indem sie ihn bat, ihr auch »ein kleines Glas« zu geben.

»Es ist schottischer,« – warnte er sie.

»Ach, nur ein ganz kleines, dann sitzen wir drei als gute Kameraden zusammen und lösen alle Welträtsel. Und wenn ihr das von Grund auf getan habt, dann will ich euch das Lied der Walküre vorsingen.«

Sie beteiligte sich an diesem Abend mehr als sonst an der Unterhaltung und bemühte sich, ihren Mann zum Reden zu bringen. Dick fühlte es, fügte sich aber ihrem Willen und redete darauf los.

»Sie will, daß er mit mir konkurriert«, sagte Graham bei sich. Aber hieran dachte Paula nicht. Sie freute sich nur über den Anblick der beiden herrlichen Männer, die so ganz ihr gehörten.

Sie saß mit untergeschlagenen Beinen auf dem Diwan und brauchte nur den Kopf zu drehen, um Graham bequem in dem großen Sessel hingegossen und Dick, auf die Ellenbogen gestützt, zwischen den Kissen zu sehen. Beständig ging ihr Blick von einem zum andern, und während beide, nüchtern und hart, als die unbarmherzigen Realisten, die sie waren, von Kampf und Streit sprachen, nahmen ihre eigenen Gedanken dieselbe Farbe an, bis sie ganz kaltblütig Dick sehen konnte, ohne etwas von dem Mitleid zu spüren, das seit mehreren Tagen anhaltend in ihrem Herzen nagte.

Sie war stolz auf ihn, – er war ein prächtiger Mann, der das Auge jeder Frau erfreuen konnte, aber er tat ihr nicht mehr leid. Sie hatten recht. Alles war Spiel. Die Schnellfüßigsten siegten im Wettlauf und die Stärksten im Kampfe. Sie hatten beide Wettläufe mitgemacht und hatten beide Kämpfe ausgefochten, warum sollte sie es dann nicht tun? Und immer noch den Blick auf beide gerichtet, fragte sie sich das immer wieder. Sie waren keine Mönche, diese zwei Männer. Sie mußten in jener Vergangenheit, aus der sie – wie Mysterien – zu ihr gekommen waren, ein freies Leben gelebt haben. Dick hatte, – das war über jeden Zweifel erhaben, und sie hatte davon reden hören, – andere Frauen auf seinen wilden, tollen Fahrten um den Erdball gehabt. Sie fühlte den Stachel der Eifersucht gegen diese Frauen, und ihr Herz wurde hart. Sie hatten ihre Lust genossen, wo sie sie fanden, – das war sicher!

Mitleid? Warum sollte sie ihn mehr bedauern, als andere ihn bedauern würden? Dies alles war zu groß, zu natürlich, als daß von Mitleid die Rede sein konnte. Sie spielten ein hohes Spiel und konnten nicht alle gewinnen. Dann gingen ihre Gedanken in die Zukunft. Sie hatte immer versucht, derartige Grübeleien zu vermeiden, aber der Whisky hatte ihr Mut gemacht.

Sie kam wieder zu sich, als Dick ihr die Hand über die Augen legte.

»Hast du Visionen?« neckte er sie, als sie sich umwandte und ihm ins Gesicht sah.

Seine Augen lachten, aber sie sah einen Schimmer in ihnen, daß sie halb wider ihren Willen die langen Wimpern über die Augen senkte. Er wußte es. Es war nicht der geringste Zweifel. Jetzt wußte sie, daß er es wußte. Das hatte sie in seinen Augen gelesen. Aber sie gab eine heitere Antwort, und das Gespräch mit Graham fortsetzend, streckte sie die Hand nach seinem halbvollen Glase aus und nippte an dem Whisky.

Was auch geschah, sagte sie sich, so wollte sie doch das Spiel bis zu Ende durchführen. Es war Wahnsinn, aber es war Leben, lebendiges Leben. Sie hatte noch nie gelebt wie jetzt, und das war reichlich den Preis wert, den sie notgedrungen einmal dafür bezahlen mußte. Die Liebe? – Hatte sie wirklich Dick je geliebt, wie sie jetzt fühlte, daß sie lieben konnte? Hatte sie nicht in allen diesen Jahren Zuneigung mit Liebe verwechselt? Ein warmer Ausdruck trat in ihre Augen, als sie Graham ansah, und sie gestand sich, daß er sie in einer Weise hingerissen hatte, wie Dick es nie getan.

Da sie keinen Alkohol gewohnt war, begann ihr Herz schneller zu schlagen. Dick, der ihr hin und wieder einen Blick zuwarf, war sich vollständig klar darüber, was den neuen Glanz in ihren Augen und die stärkere Röte in ihren Wangen und Lippen verursachte.

Er wurde immer wortkarger, und der Streit über den Mangel der blonden Rasse an Widerstandskraft gegen die Sonne schlief aus lauter Einigkeit über die Sache ein. Schließlich sah er auf seine Uhr, gähnte, reckte sich und erklärte:

»Bettzeit ihn kommen, Kopf gehören weißer Mann, zu sehr schläfrig. Noch einen Whisky vor dem Bett, Evan?«

Graham nickte, denn sie fühlten beide, daß sie sich noch Mut machen mußten.

»Frau Kumpanin, – noch einen Whisky vor dem Bett?« wandte Dick sich an Paula.

Aber sie schüttelte den Kopf und begann die Noten wegzulegen, während die beiden Männer ihre Gläser leerten.

Graham schloß den Flügel, während Dick an der Tür wartete, und als sie hinausgingen, war er mehrere Schritte vor ihnen. Auf seine Anweisung schaltete Graham nacheinander das Licht im Vorraum und in den Gängen aus, und Dick wartete auf sie beim Aufgang zum Turmzimmer, wo Graham sich verabschieden mußte.

Dann wurde die letzte Lampe, die immer noch brannte, ausgeschaltet.

»Nein, die nicht!« hörte Dick Paula rufen. »Die brennt die ganze Nacht.«

Dick hörte nichts, aber er hatte ein Gefühl, als ob das Dunkel ihn verbrannte. Er verfluchte sich, weil er sich früher manchen Kuß im Dunkel geraubt hatte, denn das gab ihm die Kenntnis von hastigen Küssen, ehe das Licht im nächsten Augenblick wieder brannte.

Ihm fehlte der Mut, ihnen ins Gesicht zu sehen, als sie ihm entgegenkamen. Er wünschte nicht, Paulas offenen Blick von den Wimpern verschleiert zu sehen, und er versuchte, sich eine Zigarette anzuzünden, während er sich Mühe gab, ein harmloses: »Gute Nacht!« zu sagen.

»Wie steht es mit dem Buch — welches Kapitel?« rief er Graham nach, der schon zu seinem Turmzimmer hinaufstieg. Im selben Augenblick steckte Paula ihre Hand in die seine, und so gingen sie miteinander weiter, Paula ihre Hand hin und her schwenkend, hüpfend und plaudernd wie ein kleines Mädchen, das mit einem Erwachsenen geht, während er traurig nachdachte, welche List sie sich nun wohl erdacht haben mochte, um dem Gutenachtkuß, den sie so lange vermieden hatte, zu entgehen.

Aber ihr war offenbar nichts eingefallen. Als sie zu der Stelle kamen, wo auch ihre Wege sich trennten, ließ sie ihre Hand immer noch in der seinen schwingen und begleitete ihn in sein Arbeitszimmer.

Er tat, als fiele ihm plötzlich etwas ein, trat an seinen Schreibtisch und nahm einen Brief in die Hand.

»Ich habe morgen früh mit dem ersten Auto die Antwort versprochen«, erklärte er ihr, stellte das Diktaphon ein und begann zu diktieren.

Während er die ersten Zeilen diktierte, stand sie immer noch daneben und hielt ihn an der Hand. Dann fühlte er, wie ihre Finger seinem schwachen Druck nachgaben und hörte sie ein leises: »Gute Nacht« flüstern.

»Gute Nacht, Kleine«, antwortete er mechanisch und diktierte weiter, als bemerkte er gar nicht, daß sie ging. Und er hörte erst auf, als er wußte, daß sie außer Hörweite war.

Während des Diktats am Vormittag war Dick wohl ein dutzendmal im Begriff gewesen, seinem Sekretär zu sagen, daß er den Rest der Korrespondenz selbst erledigen sollte.

»Rufen Sie Hennessy und Mendenhall an«, sagte er zu Blake, als der um Punkt zehn seine Aufzeichnungen zusammenlegte und aufstand. »Sie werden sie im Gestüt finden. Sagen Sie ihnen, daß sie nicht heute, sondern morgen früh kommen sollen.«

Dann erschien Bonbright für eine Stunde, um Dicks Konferenzen mit seinen Verwaltern aufzunehmen.

»Und — ach, Herr Blake«, rief Dick seinem Sekretär nach. »Fragen Sie Hennessy, wie es mit Alden Bessie steht. — Es ging der Stute gestern abend ziemlich schlecht«, erklärte er Bonbright.

»Hanley sagte, daß er gleich mit ihnen reden müsse, Herr Forrest«, sagte Bonbright, und als er die gereizt gerunzelte Stirn seines Chefs sah, fügte er hinzu: »Es handelt sich um die Leitungen bei Buckeye Dam. Die Pläne stimmen nicht, – es ist etwas Ernstes, sagt er.«

Dick gab es auf. Eine ganze Stunde lang konferierte er mit seinen Betriebsleitern und Verwaltern über verschiedene Fragen.

Einmal verließ er mitten in einer eifrigen Diskussion über Waschmittel für Schafe seinen Schreibtisch und trat ans Fenster. Er hatte das Geräusch von Pferden und Stimmen und das Lachen Paulas gehört.

»Also der Bericht aus Montana – ich schicke Ihnen ein Exemplar«, fuhr er fort.

In diesem Augenblick kamen vier Pferde dicht nebeneinander in sein Blickfeld. Paula ritt zwischen Martinez und Froelig, einem Maler und einem Bildhauer, alten Freunden Dicks, die mit dem Morgenzug gekommen waren. Paula unterhielt sich heiter mit beiden, und Graham ritt auf Selim ein kleines Stück hinter den andern, aber Dick sagte sich, daß es nicht lange dauern würde, bis sie je zu zweien ritten.

Kurz nach elf Uhr ging er rastlos und verdrossen auf den großen Hof hinaus, um eine Zigarette zu rauchen, und lächelte erbittert, als er an verschiedenen Anzeichen merkte, daß Paula ihre Goldfische vernachlässigte. Ihm fielen die Springbrunnenbecken in ihrem verschlossenen Hofe ein, wo sie ihre ausgesuchtesten, prachtvollsten Fischarten hatte. Dorthin lenkte er seine Schritte, durch Türen ohne Griffe und Gänge, die sonst nur Paula und das Gesinde kannten.

Dies war Dicks einziges, wirklich großes Geschenk für Paula gewesen. Es war ein Liebesgeschenk, wie nur ein König des Glücks es machen konnte. Er hatte ihr vollkommen freie Hand gelassen und darauf gesehen, daß sie sich von ihren tollsten Einfällen leiten ließ. Es bestand keine Verbindung zwischen diesem Hofe und der Architektur des übrigen Hauses, aber er war der Umwelt so gut verborgen, daß er weder in

Linien noch in Farben störte. Obwohl dieser Hof eine Sehenswürdigkeit war, hatten ihn nur sehr wenige erblickt, außer Paulas Schwestern und nächsten Freunden und hin und wieder einem Künstler, der ihn betreten und mit angehaltenem Atem betrachten durfte. Graham hatte von seiner Existenz gehört, aber nicht einmal er war aufgefordert worden, ihn zu besichtigen.

Der Hof war rund und ziemlich klein, so daß er in keiner Weise kalt oder leer wirkte. Das Große Haus war ganz in Beton erbaut, hier aber bestand alles aus feinstem Marmor, der einen schwach grünlichen Schimmer hatte, gerade hinreichend, um das Licht ein klein wenig zu dämpfen. Die blassesten rosa Rosen schlangen sich um die Pfeiler bis zu dem flachen Dach hinauf, von dem faunartige, heitere Gesichter herunterblickten. Dick schlenderte über den mit rosa Marmorsteinen belegten Boden der Pergola, und die Schönheit der Stätte übte allmählich ihren mildernden Einfluß auf sein Gemüt aus.

Das Herz dieses Feenhofes war der Springbrunnen, der aus drei niedrigen Becken in verschiedener Höhe bestand. Sie waren aus Marmor und so fein wie Muscheln, und in ihnen tummelten sich lebensgroße Putten aus rosa Marmor, jede für sich ein kleines Kunstwerk. Eine guckte weiter abwärts über den Rand des Beckens und streckte begehrlich die Arme nach den Goldfischen aus; eine lag auf dem Rücken und sah lächelnd in den Himmel, eine andere reckte sich auf gespreizten, molligen Beinchen. Andere wateten im Wasser, wieder andere lagen zwischen den weißen und rosa Rosen auf dem Boden, alle aber gehörten sie mit zum Springbrunnen und hatten irgendwelche Beziehungen zu ihm. So schön war die Farbe des Marmors, und so sicher war der Bildhauer in seiner Kunst gewesen, daß sie wirkten, als wären sie lebendig. Es waren keine Cherubs, sondern lebendige, warme, kleine Menschenkinder.

Dick sah lachend und mit Wohlbehagen auf die rosige Kinderschar, während er seine Zigarette ausrauchte und sie selbst, als sie ausgegangen war, noch in der Hand behielt. Das ist es, was ihr fehlt, sagte er sich nachdenklich. Kinder – das war ihre Leidenschaft gewesen. Hätten ihre Träume sich verwirklicht ... er seufzte, ein neuer Gedanke flog ihm durch den Kopf, und er blickte nach ihrem Lieblingsplatz, überzeugt, daß er nicht ihr gewohntes Nähzeug in malerischer Unordnung sehen würde. Jetzt stickte sie nicht.

Und er schritt weiter, die Treppe hinauf, an der herrlichen Siegesgöttin vorbei, die dort stand, wo die Treppe sich teilte, und weiter zu ihren Zimmern, die den ganzen oberen Flügel einnahmen.

Er schritt durch ihre Stuben, ohne einen festen Plan und ohne sich dessen bewußt zu sein, was er sah, aber bei allem mit Liebe weilend. Wie alles, was ihr gehörte, trugen auch die Zimmer das Gepräge und den Ausdruck ihrer Persönlichkeit. Als er aber in ihr Badezimmer mit dem eingelassenen römischen Bad sah, konnte er, – und wenn es sein Leben gekostet hätte, – es nicht lassen, eine winzige Undichtigkeit zu bemerken und sich zu sagen, daß er nach dem Gutsklempner schicken müßte.

Unwillkürlich fiel sein Blick auf ihre Staffelei, in der Erwartung, eine neue Arbeit zu sehen, aber er wurde enttäuscht, denn er stand seinem eigenen Bilde gegenüber. Er wußte, daß sie Stellung und Züge nach einer Photographie zu kopieren pflegte und das übrige nach dem Gedächtnis machte. Die Photographie, die sie in diesem Falle gebraucht hatte, war eine besonders gute Amateuraufnahme von ihm. Aber das Porträt war schon weiter gediehen als die Photographie, denn Dick konnte Züge darin sehen, denen ausschließlich ihre eigene Auffassung zugrunde lag.

Er zuckte zusammen und sah genauer hin. War der Ausdruck, den er in den Augen, in dem ganzen Gesicht fand, wirklich der seine? Er blickte auf die Photographie. Dort war er nicht. Er trat vor einen der Spiegel, ließ seine Gesichtsmuskeln erschlaffen und begann, an Paula und Graham zu denken, und seine Augen und sein Gesicht nahmen langsam denselben Ausdruck an. Er gab sich hiermit jedoch nicht zufrieden, sondern trat wieder vor die Staffelei, um zu vergleichen. Paula wußte es. Paula wußte, daß er es wußte. Sie hatte ihm sein Geheimnis in einem Augenblick, als es wider Willen in seinem Antlitz zu lesen war, abgelauscht und es nach dem Gedächtnis auf die Leinwand übertragen.

Paulas chinesische Jungfer kam aus dem Ankleidezimmer, und Dick beobachtete sie unbemerkt, als sie ihm mit niedergeschlagenen Augen und anscheinend in tiefen Gedanken versunken, entgegenkam. Dick bemerkte den traurigen Ausdruck in ihrem Gesicht.

»Man sollte fast glauben, daß alle unsere Gesichter zu sprechen anfingen«, meinte er bei sich.

»Guten Morgen, Oh Gott«, begrüßte er sie.

Als sie den Gruß erschrocken erwiderte, sah er in ihren Augen einen mitleidigen Ausdruck. Sie wußte Bescheid. Außer ihnen war sie die erste, die es wußte. Aber es war ja klar, daß sie, – eine Frau, die so viele Zeit in Paulas Gesellschaft verbrachte, wenn sie allein war, – ihr Geheimnis erraten mußte.

Oh Gotts Lippen zitterten, und sie rieb sich die zitternden Hände, um, wie er sehen konnte, Mut zu fassen, ihn anzureden.

»Herr Forrest«, begann sie zögernd, »vielleicht Sie meinen mich dumm, aber ich mögen sagen etwas. Sie sehr guter Mann. Sie sehr gut zu meiner alten Mutter. Sie sehr gut zu mir lange, lange Zeit ...« Sie hielt inne, befeuchtete sich die Lippen mit der Zunge, sah ihm tapfer ins Gesicht und fuhr fort: »Frau Forrest, sie, ich glauben ...«

Aber so düster wurde Dicks Gesicht, daß sie verwirrt und errötend abbrach.

»Sehr schönes Bild Frau Forrest machen«, half er ihr.

Sie sah ihn plötzlich forschend an, studierte sein Gesicht, wandte sich dann zur Leinwand um und zeigte mit den Augen:

»Nicht gut«, sagte sie streng, und ein scharfer, fast zorniger Klang war in ihrer Stimme. Dann verschwand sie in Paulas Schlafzimmer.

Dick richtete sich auf, als rüste er sich unbewußt, dem zu begegnen, was nun bald kommen mußte. Das war also der Anfang vom Ende. Oh Gott wußte Bescheid. Und er war fast froh, daß die qualvolle Spannung nicht mehr lange dauern sollte.

Am selben Nachmittag, als Dick mit Froelig, Martinez und Graham über alle Berge war, schlich Paula sich in seine Gemächer. Auf der Schlafveranda betrachtete sie die ganze, lange Reihe elektrischer Kontakte auf der Schalttafel, mit der er sich von seinem Bett aus mit allen Abteilungen des Gutes und mit fast ganz Kalifornien in Verbindung setzen konnte, das Diktaphon, die verschiedenen Bücher- und Zeitschriftenstapel, die darauf warteten, gelesen zu werden, Aschbecher, Zigaretten, Schreibblock und Thermosflasche.

Ihre Photographie, die einzige in der Veranda, zog ihre besondere Aufmerksamkeit auf sich. Sie hing unter seinen Barometern und Thermometern, an der Stelle, die sein Blick, wie sie wußte, am häufigsten suchte. Einer plötzlichen Eingebung folgend, drehte sie das lachende Gesicht gegen die Wand und ließ ihren Blick von der leeren Rückseite des Bildes auf das Bett und wieder zurück schweifen. Mit einer hastigen, erschrockenen Bewegung drehte sie das lachende Gesicht wieder um. Es gehört hierher, dachte sie bei sich.

Der große Revolver im Halfter an der Wand, den man leicht vom Bett aus erreichen konnte, fing ihren Blick. Sie streckte ihre Hand nach ihm aus und hob vorsichtig den Griff. Er war, wie sie erwartet hatte, locker. Ja, denn so war Dick nun einmal. Man konnte sicher sein, daß er einen Revolver nie im Halfter festfrieren ließ, so lange er auch unbenutzt dahängen mochte.

Als sie wieder im Arbeitszimmer war, durchschritt sie es feierlich und betrachtete die mächtige Kartothek, die Karte und die Schränke mit Lichtdrucken, die drehbaren Regale mit Handbüchern und die lange Reihe solide eingebundener Register des Viehbestandes. Zuletzt kam sie zu seinen eigenen Arbeiten – einer ansehnlichen Reihe von Broschüren, eingebundenen Artikeln und einem guten Dutzend anspruchsvollerer Bücher, alles über Landwirtschaft.

Sie strich zärtlich mit der Hand über die Buchrücken, preßte ihre Wange dagegen und lehnte sich mit geschlossenen

Augen an das Regal. Ach, Dick, Dick, – ein Gedanke begann Form in ihr anzunehmen, ward aber gleich wieder zu einem unklaren Gefühl von Kummer und verschwand, weil sie nicht wagte, ihn zu Ende zu denken.

Der Schreibtisch war typisch für Dick. Da gab es keine Unordnung. Keine Arbeit lag auf ihm außer dem Drahtkorb mit den fertig geschriebenen Briefen, die nur auf seine Unterschrift warteten, und einem ungewöhnlich großen Stoß der zusammengefalteten, gelben Bogen, auf die sein Sekretär die Telegramme schrieb, die nach Eldorado durchgerufen wurden. Sie sah gleichgültig auf die ersten Zeilen des obersten Bogens und erblickte zufällig etwas, das sie nicht recht verstand, das sie aber interessierte. Sie las sorgsam, mit gerunzelten Brauen, und suchte dann weiter in dem Stoß, bis sie die Bestätigung fand. Jeremy Braxton war tot, der große, gemütliche, freundliche Jeremy Braxton. Er war von einer Horde betrunkener Mexikaner ermordet worden, als er über die Berge nach Arizona zu gelangen suchte. Das Datum auf dem Telegramm zeigte, daß es zwei Tage alt war. Dick wußte es also seit zwei Tagen und hatte sie nicht damit beunruhigen wollen. Und das bedeutete mehr. Das bedeutete verlorenes Geld. Es bedeutete, daß die Lage der Harvestgruppe schlimmer als je war. Aber so war Dick nun einmal.

Und Jeremy war tot. Es schien plötzlich kalt im Zimmer zu werden. Es schauderte sie. So war das Leben, – der Tod wartete immer am andern Ende des Weges. Ihre namenlose Furcht packte sie wieder. Das Verhängnis wartete. Verhängnis für wen? Sie versuchte nicht zu raten. Es genügte, daß es ein Verhängnis war. Die Luft in dem stillen Zimmer wurde schwer, und sie schritt langsam hinaus.

Weder bei Tisch noch später am Abend konnte jemand merken, daß nicht alles war, wie es sein sollte. Es sah aus, als wolle Dick Lutes und Ernestines Rückkehr, die gerade angekommen waren, richtig feiern, denn er war voll Tollheiten. Paula ließ sich von dieser Heiterkeit anstecken und half ihm treulich bei seinen Scherzen, die er auf alle Anwesenden münzte.

Nach dem Essen erschienen unerwartet Masons und Watsons und die ganze Gesellschaft aus Wickenberg.

Aber mitten in dem Trubel der Begrüßung zwischen den beiden großen Gesellschaften hörte Dick ganz deutlich Lottie Masons: »Ach, guten Abend, Herr Graham. Ich dachte, Sie wären abgereist!«

Und immer noch den herzlichen, gemütlichen Wirt spielend, wartete er auf den scharfen, forschenden Blick, den Frauen nur gegen andere Frauen anwenden. Kurz darauf sah er, wie Lottie Paula mit einem solchen scharfen, nachdenkenden Blick betrachtete, als die Herrin zufällig Graham begegnete und ihm etwas sagte.

»Noch nicht«, sagte sich Dick. Lottie wußte noch nichts, aber sie hegte Verdacht, und er war überzeugt, daß unter den vorliegenden Verhältnissen nichts ein Frauenherz mehr freuen würde, als wenn sie eine Schwäche an der unangreifbaren Paula entdeckte.

Lottie Mason war eine fünfundzwanzigjährige, hochgewachsene, prachtvolle Brünette, unzweifelhaft schön, und, wie Dick aus Erfahrung wußte, recht dreist.

»Ach ja, er ist ein glänzender Tänzer«, hörte Dick eine halbe Stunde später Lottie Mason zu dem kleinen Fräulein Maxwell sagen. »Stimmt das nicht, Dick?« wandte sie sich an ihn mit einer unschuldig-freimütigen Miene, hinter deren Schalkhaftigkeit sie ihn, wie er wußte, scharf beobachtete.

»Wer? Ach, Sie meinen natürlich Graham«, antwortete er ruhig. »Ja, das stimmt. Was meinen Sie, wenn wir jetzt tanzen und Fräulein Maxwell Gelegenheit geben, selbst zu urteilen? Übrigens gibt es hier nur eine Frau, die gut genug tanzt, um ihm Gelegenheit zu geben, seine Kunst zu zeigen.«

»Paula natürlich«, sagte Lottie.

»Paula natürlich. Ihr junges Gemüse habt ja keine Ahnung vom Walzertanzen.« Lottie warf verächtlich ihren hübschen Kopf zurück. »Also, wollen wir versuchen, es ihnen nachzumachen. Nehmen Sie mich ins Schlepptau, und ich möchte wetten, daß wir die einzigen Paare bleiben.«

Als der Walzer halb zu Ende war, brach er plötzlich ab: »Wir wollen ihnen den Saal allein überlassen. Es lohnt sich, ihnen zuzusehen.«

Und scheinbar von wärmster Bewunderung erfüllt, beobachtete er den Tanz seiner Frau mit Graham und wußte, daß Lottie, die neben ihm stand und ihn heimlich im Auge behielt, allmählich in ihrem Verdacht erschüttert wurde.

Dann begannen die andern auch zu tanzen, und da es ein warmer Abend war, wurden die Flügeltüren zum Hofe weit geöffnet. Bald tanzte ein Paar, bald ein anderes durch die lange, vom Mond beschienene Pergola, bis es geradezu mit zum Tanz gehörte.

»Was für ein Junge er doch ist!« sagte Paula zu Graham, während sie zuhörten, wie er von seiner neuen Kamera schwärmte. »Nie ist ihm etwas Schlimmes zugestoßen. Er ist nie in die Knie gezwungen. Er weiß es, ja, er weiß es, und doch ist er seiner und meiner so sicher.«

Als Graham von Fräulein Maxwell zum Tanz entführt wurde, blieb Paula stehen, und ihre Gedanken beschäftigten sich weiter mit dem Problem. Schließlich litt Dick gar nicht so sehr, aber das hätte sie sich im voraus sagen können. Er war immer der kaltblütige Philosoph. Verlor er sie, so würde er das mit demselben Gleichmut hinnehmen, wie wenn er Bergkönig verlor, wie er den Tod Jeremy Braxtons und die Vernichtung der Harvest-Minen hingenommen hatte. Es war schwer für sie, – und sie lächelte bei sich, – in Graham verliebt und dabei mit einem Philosophen verheiratet zu sein, der nicht einen Finger hob, um sie zu halten. Und wieder erkannte sie, daß es unter anderm Grahams Menschlichkeit und Verliebtheit waren, die ihn so anziehend für sie machten. Sie trafen sich auf gemeinsamem Boden. Nie – selbst in der ersten Zeit ihrer Bekanntschaft nicht – hatte Dick sie so entflammt. Und doch war er herrlich gewesen als Liebender, mit seiner Fähigkeit, seiner Liebe in schönen Worten Ausdruck zu verleihen, und mit seinen Liebesliedern, die ihr so viel Freude bereitet hatten. Wie dem nun aber auch sein mochte, so war das Gefühl, das Graham und sie füreinander hegten, doch ein ganz anderes. Dazu kam, daß sie völlig unerfahren in allem, was Liebe und Verehrer betraf, gewesen war, als vor so langer Zeit Dick plötzlich in ihr Leben getreten war.

Und während sie so grübelte, verhärtete sich ihr Herz gegen Dick und ließ ihrer Leidenschaft für Graham die Zügel schießen. Die vielen Menschen, die steigende Lustigkeit, die enge, zärtliche Berührung im Tanz, der warme Sommerabend, das Mondlicht, das in die Pergola strömte, und der nächtliche Duft der Blumen, – alles gab ihrem Gefühl Nahrung, und sie sehnte sich von ganzer Seele nach dem einen Tanz, den sie jedenfalls noch mit Graham wagen durfte.

Oh Jeh meldete Dick, daß mehrere wichtige Telegramme gekommen waren. Er begab sich in sein Arbeitszimmer. Es handelte sich um die mexikanische Situation, und Dick brauchte geraume Zeit, um die Antworten zu diktieren.

Aber schließlich kehrte er auf einem kürzeren Wege durch das Haus und über den Hof zurück. Die Tänzer wollten gerade in den großen Saal zurückkehren, und er lehnte sich gegen einen Pfeiler und sah sie vorbeigehen. Als letztes Paar verließen Evan und Paula die Pergola, und sie kamen so dicht an ihm vorbei, daß er die Hand hätte ausstrecken und sie berühren können. Aber sie sahen ihn nicht, denn sie hatten nur Augen für einander.

Das letzte Paar vor ihnen hatte schon den Saal betreten, als die Musik verstummte. Paula und Graham blieben stehen, und er bot ihr den Arm, um sie hineinzuführen, als sie sich plötzlich, einer Eingebung folgend, an ihn klammerte. Er war als echter Mann etwas vorsichtiger und leistete einen winzigen Widerstand, aber sie schlang ihm den Arm um den Hals, zog seinen Kopf zu sich herab und küßte seine nur allzu willigen Lippen. Im nächsten Augenblick gingen sie hinein. Paula stützte sich auf Grahams Arm und lachte heiter und natürlich.

Dick packte den Pfeiler und ließ sich auf den Marmorboden gleiten. Er drohte zu ersticken und hatte ein unheimliches Gefühl, als hätte er das Herz im Munde und bisse darauf, bis er wieder Luft bekam und es mit der einströmenden Luft niederzwang. Ihn fror, und er bemerkte, daß er plötzlich von Schweiß durchnäßt war.

Nicht Graham hatte Paula geküßt. Paula hatte Graham geküßt. Er hatte es gesehen, und während der Anblick wieder vor seinem Auge flammte, fühlte er, wie ein neues Erstickungsgefühl ihn packte. Mit einer schnellen Kraftanstrengung nahm er sich zusammen und erhob sich.

Er kehrte auf dem längeren Wege zurück und trat rasch in die Stube, den Photographenapparat in der Hand, völlig unvorbereitet auf den Empfang, der ihm zuteil wurde.

»Hast du ein Gespenst gesehen?« lautete Lutes Gruß.

»Sind Sie krank?« – »Was ist los?« fragten andere.

»Was soll denn los sein?« entgegnete er.

»Dein Gesicht – dein Aussehen«, sagte Ernestine. »Es ist etwas geschehen.«

Und während er sich in der Situation zurechtzufinden suchte, konnte er nicht umhin, den hastigen Blick zu bemerken, den Lottie Mason auf Graham und Paula warf, und zu beobachten, daß Ernestine Lotties Blick aufgefangen hatte und ihm folgte.

»Ja,« log er, »ich habe schlechte Nachrichten. Jeremy Braxton ist tot. Ermordet. Die Mexikaner haben ihn umgebracht, als er nach Arizona zu entkommen versuchte.«

»Gott sei ihm gnädig, der liebe, gute Jeremy«, sagte Terrence und legte Dick die Hand auf den Arm. »Kommen Sie, Alter, Sie brauchen eine Stärkung.«

»Ach, es geht schon vorüber«, lächelte Dick, schüttelte seine Schultern und richtete sich auf, um seine Fassung wiederzugewinnen.

»Aber im Augenblick war es ein schwerer Schlag für mich. Ich habe nie den leisesten Zweifel gehegt, daß Jeremy es schaffen würde, und jetzt ist er dahin, und zwei Ingenieure mit ihm. Sie haben ihr Leben so teuer wie möglich verkauft, standen mit dem Rücken gegen einen Felsen und hielten vierundzwanzig Stunden lang einer Horde von fünfhundert Mann stand. Dann aber warfen die Mexikaner Dynamit. Ach, alles, alles Fleisch ist Gras, und wo ist das Gras, das gestern noch stand? Terrence, Ihr Vorschlag ist gut, kommen Sie!«

Als er ein paar Schritte gemacht hatte, wandte er den Kopf und rief über die Schulter zurück: »Aber laßt euch nicht stören. Ich bin gleich wieder da und mache die Aufnahme. Willst du sie aufstellen, Ernestine, und für möglichst gutes Licht sorgen.«

Terrence drückte auf einen Knopf, so daß das verborgene Büfett am anderen Ende des Zimmers zum Vorschein kam, und stellte Gläser und Getränke hin, während Dick eine Wandlampe einschaltete und sein Gesicht in dem kleinen Spiegel der Büfettür studierte.

Sie stießen an und tranken schweigend.

»Noch eins«, sagte Dick und reichte ihm das Glas hin.

»Sagen Sie, wenn ich aufhören soll«, sagte der Irländer und sah in unerschütterlicher Ruhe zu, wie der Whisky im Glase stieg.

Dick wartete, bis es halb voll war, dann stießen sie wieder an, tranken schweigend und sahen sich in die Augen, und Dick war dankbar für die aufrichtige Zuneigung, die er in Terrences Blick las. Dann kehrten sie zur Gesellschaft zurück.

Ernestine studierte heimlich die Gesichter Lotties, Paulas und Grahams, um möglichst mehr Klarheit über das unheimliche Gefühl zu erhalten, das sie ergriffen hatte. Warum hat Lottie Paula und Graham so angesehen? fragte sie sich. Und jetzt war etwas mit Paula. Sie war nervös und zerquält, und zwar anders, als man es nach der Mitteilung von Jeremy Braxtons Tod erwarten konnte. Aus Grahams Gesicht konnte Ernestine nichts schließen.

Paula war ernstlich beunruhigt. Was war geschehen? Warum hatte Dick gelogen? Daß Jeremy Braxton tot war, wußte er schon seit zwei Tagen. Und sie hatte nie gesehen, daß ein Todesfall einen solchen Eindruck auf ihn gemacht hatte. Sie fragte sich, ob er vielleicht zu viel getrunken hätte. Hatte er in seiner Not mit Terrence im Rauchzimmer getrunken? Sie hatte ihn eben vor dem Mittagessen dort getroffen. Die wirkliche Ursache von Dicks merkwürdigem Benehmen fiel ihr nicht einen Augenblick ein, wenn nicht aus einem anderen Grunde, so deshalb, weil er nicht zu spionieren pflegte.

Um zwölf Uhr wurde das Abendessen serviert, und erst um zwei Uhr morgens brachen die Wickenberger auf. Als sie in ihre Wagen stiegen, schlug Paula vor, daß sie am nächsten

Nachmittag einen Ausflug nach Sacramento machen sollten, um ein neues Experiment von Dick zu besichtigen, den Anbau von Reis.

»Ich habe eigentlich einen anderen Plan«, sagte er ihr. »Du kennst doch die Bergweide am Sycamorenbach? Dort sind in den letzten zehn Tagen drei Jährlinge getötet worden.«

»Berglöwen!« rief Paula.

»Ja, mindestens zwei. Sie haben sich aus dem Norden hierher verirrt«, erklärte er Graham. »Das tun sie zuweilen. Vor fünf Jahren schossen wir drei. Moss und Hartley haben sich mit den Hunden hinbegeben. Sie haben herausgefunden, wo zwei von den Tieren stecken. Was meint ihr dazu, wenn ihr alle mitkommt? Wir können gleich nach dem Frühstück reiten!«

»Darf ich Mollie reiten?« fragte Lute.

»Und du kannst Altadena nehmen«, sagte Paula zu Ernestine.

Sie einigten sich schnell über die Pferde, und Froelig und Martinez versprachen, auch mitzukommen, obwohl sie weder gut schwimmen noch reiten konnten.

Sie gingen alle hinaus, um die Wickenberger abfahren zu sehen, und als die Automobile verschwunden waren, blieben sie noch ein Weilchen stehen und verabredeten alles nähere für die Jagd.

»Gute Nacht allerseits«, sagte Dick und schickte sich an, hineinzugehen. »Ich muß vor dem Schlafengehen noch einmal nach der alten Bessie Alden sehen. Hennessy wacht bei ihr. Aber vergeßt nicht, Mädels, morgen zum Frühstück in euren Reitkleidern zu kommen, und Gott gnade dem, der sich verspätet.«

Die alte Mutter der Fotherington-Prinzessin war ernstlich erkrankt, aber Dick würde sie doch zu dieser Nachtzeit nicht besucht haben, hätte er nicht etwas Ruhe gebraucht, und hätte er sich nicht davor gefürchtet, mit Paula allein zu bleiben.

Leichte Schritte ertönten hinter ihm, und er wandte den Kopf. Ernestine holte ihn ein und nahm seinen Arm.

»Die arme alte Bessie Alden«, erklärte sie. »Ich möchte gern mitkommen.«

Dick, der immer noch die Rolle spielte, die er den ganzen Abend gespielt hatte, hatte viele lustige Einfälle und lachte heiter.

»Dick«, sagte sie, als er das erstemal schwieg. »Dir geht es schlecht.« Sie konnte fühlen, wie er sich aufrichtete und schneller ausschritt. »Kann ich dir helfen? Du weißt, du kannst dich auf mich verlassen. Sage es mir.«

»Ja, ich will es dir sagen«, antwortete er. »Nur eines.« Sie drückte dankbar seinen Arm. »Ich schicke dir morgen ein Telegramm. Es wird ernst sein, aber selbstverständlich nicht unnötig beunruhigend. Und dann packst du deinen Koffer und reist mit Lute ab.«

»Ist das alles?« fragte sie mit zitternder Stimme.

»Du würdest mir einen großen Gefallen damit erweisen.«

»Du willst mir also nichts sagen?« sagte sie, verletzt durch die Abweisung.

»Ich schicke das Telegramm so, daß du es im Bett erhältst. Und kümmere dich nicht mehr um die alte Bessie. Geh lieber hinein. Gute Nacht!«

Er küßte sie, schob sie sanft nach dem Hause zu und schritt weiter.

*

Als Dick von der kranken Stute zurückkam, blieb er einen Augenblick stehen, um auf das Stampfen Bergkönigs und seiner Genossen im Stall zu lauschen. Durch die Stille erklang irgendwo in den Hügeln, wo das Vieh weidete, eine vereinzelte Glocke. Ein leises Lüftchen strich wie eine duftende Wärmewelle über ihn hinweg, und die Nacht war von einem schwachen, balsamischen Duft von Heu und reifendem Getreide erfüllt. Die Hengste stampften wieder, und Dick atmete schwer, während er mit dem Gefühl, dies alles nie heißer geliebt zu haben, aufsah und den Blick den Horizont entlangschweifen ließ, wo die Bergesgipfel sich dunkel von dem gestirnten Himmel abhoben.

»Nein, Cato,« dachte er laut, »man kann dir nicht recht geben. Der Mensch verläßt das Leben nicht wie ein Wirtshaus. Er verläßt es wie eine Wohnung – die einzige Wohnung, die er je kennen wird. Der Mensch geht nirgends hin. Es heißt gute Nacht. Dann kommt das Nichts ... und die Finsternis.«

Er wandte sich zum Gehen, aber wieder hielt ihn das Stampfen der Hengste und der Klang der Glocke auf dem Hügel zurück. Er atmete die balsamische Luft in tiefen Zügen ein und wußte, daß er sie liebte, wie er sein schönes Land liebte.

Vor dem Hause blieb er eine Weile stehen und betrachtete die langgestreckten Linien der Fassade. Er zog sich nicht gleich in seine eigenen Gemächer zurück, sondern wanderte durch die stillen Räume, über den Hof und durch die spärlich erleuchteten Korridore. Ihm war zumute, als stände er im Begriff, sich auf eine lange Reise zu begeben. Er schaltete das Licht in Paulas Feenhof ein, setzte sich auf eine Marmorbank, rauchte eine Zigarette und dachte nach.

Ja, er wollte es geschickt machen. Er wollte einen Jagdunfall vortäuschen, der die Welt hinters Licht führte. Schon am nächsten Tage wollte er es tun, in den Wäldern am Sycamorenbach. Sein Großvater, Jonathan Forrest, der strenge, alte Puritaner, war auf der Jagd verunglückt. Zum erstenmal zweifelte Dick an diesem Unfall.

Dick ließ die Hand einen Augenblick auf dem Kontakt ruhen, ehe er das Licht ausdrehte, dann sah er sinnend auf die Marmorputten, die in den Becken des Springbrunnens und zwischen den Rosen spielten.

»Lebt wohl, Kinder«, rief er ihnen leise zu. »Weiter habe ich es nicht gebracht.«

Von seiner Schlafveranda aus sah er nach Paulas Fenster auf der anderen Seite des großen Hofes hinüber. Es brannte kein Licht bei ihr, sie schlief also vielleicht.

Auf dem Bettrand sitzend, hatte er schon den einen Schuh aufgeschnürt, als er über seine Gedankenlosigkeit lächeln mußte und ihn wieder zuschnürte. Weshalb schlafen? Es war schon vier. Er wollte wenigstens seinen letzten Sonnenaufgang sehen. Es gab schon so vieles, das er zum letztenmal tat. Hatte er sich nicht schon zum letztenmal angekleidet? Das Bad gestern morgen war sein letztes gewesen. Wasser allein konnte die Verwesung nicht aufhalten, die der Tod mit sich brachte. Aber er wollte sich rasieren – eine letzte Regung der Eitelkeit, denn zuweilen wuchs das Haar noch in den Gesichtern toter Männer.

Er nahm sein Testament aus dem Geldschrank in der Wand, legte es auf den Schreibtisch und las es sorgfältig durch. Es waren noch einige kleinere Ergänzungen zu machen, und die schrieb er und datierte sie vorsichtigerweise um ein halbes Jahr zurück. Der letzte Nachtrag galt den Weisen im Madroño-Hain, denen er eine feste Jahresrente zum Unterhalt von sieben Mitgliedern aussetzte. Er las die Selbstmordklauseln in seinen verschiedenen Lebensversicherungspolicen, unterschrieb den Stoß Briefe, der seit dem vorigen Morgen auf ihn gewartet hatte, und diktierte einen Brief an seinen Verleger in das Diktaphon. Als er auf seinem Schreibtisch aufgeräumt hatte, schrieb er hastig ein Verzeichnis über Einnahmen und Ausgaben abzüglich der ganzen Einnahmen der Harvest-Gruppe.

Den Bogen, worauf er diese Zahlen geschrieben hatte, zerriß er, und dann entwarf er einen Plan für den künftigen Betrieb der Harvest-Minen. Er tat es so flüchtig wie möglich, damit er, wenn er unter seinen Papieren gefunden wurde, keinen Verdacht erregte. Ebenso entwarf er einen Plan für die Behandlung der Shire-Pferde im nächsten Jahrzehnt und eine Stamm- und Zuchttafel für Bergkönig und Fotherington-Prinzessin sowie einige Auserwählte unter deren Nachkommen.

Als Oh Jeh um sechs Uhr den Kaffee brachte, war Dick gerade mit seinen Plänen für den Anbau von Reis fertig. Der Chinese schenkte ihm den Kaffee ein und verriet mit keiner Miene, daß er das unberührte Bett gesehen hatte, – eine Selbstbeherrschung, die Dick im geheimen bewundern mußte.

Um halb sieben klingelte das Telephon, und er hörte die müde Stimme Hennessys: »Ich wußte, daß Sie auf waren. Es wird Sie sicher freuen, daß es Alden Bessie besser geht. Aber es stand auf der Kippe. Und jetzt gehe ich schlafen.«

Als Dick sich rasiert hatte, betrachtete er das Brausebad und überlegte einen Augenblick, während ein eigensinniger Ausdruck in seine Züge trat. »Ich will mich hängen lassen, wenn ich es tue«, sagte er bei sich. »Die reine Zeitverschwendung.« Aber er wechselte das Schuhzeug und zog sich ein Paar schwere, hohe Jagdstiefel an.

Als Paula eintrat, saß er wieder an seinem Schreibtisch und las seine verschiedenen Aufzeichnungen durch. Sie begrüßte ihn nicht mit ihrem gewöhnlichen »Guten Morgen, edler Herr«, sondern trat zu ihm und sagte sanft:

»Ewig unermüdliche und nie ruhende Rote Wolke.«

Er bemerkte, daß sie dunkle Schatten unter den Augen hatte, und erhob sich, ohne Miene zu machen, sie anzurühren, wozu sie ihn auch nicht aufforderte.

»Eine weiße Nacht?« fragte er und schob ihr einen Stuhl hin.

»Eine weiße Nacht«, antwortete sie. »Nicht eine Sekunde Schlaf, obwohl ich mir solche Mühe gab, einzuschlafen.«

Keiner von beiden hatte Lust, etwas zu sagen, und sie saßen sich gegenüber, außerstande, den Blick voneinander zu lassen.

»Du – du siehst auch nicht besonders aus«, sagte sie.

»Ja, mein Gesicht, ich sah es, als ich mich rasierte. Aber das verzieht sich schon.«

»Es muß dir gestern abend etwas zugestoßen sein«, tastete sie sich vor, und er konnte nicht umhin, denselben mitleidigen Ausdruck in ihren Augen zu sehen, den er in denen der Chinesin gesehen hatte. »Alle haben es gestern abend bemerkt. Was war es?«

Er zuckte die Achseln. »Etwas, das vor einiger Zeit gekommen ist«, sagte er ausweichend, denn er entsann sich, zuerst durch das Bild, das Paula von ihm gemalt hatte, darauf gekommen zu sein. »Hast du es bemerkt?« warf er leicht hin.

Sie nickte. Dann schoß ihr ein neuer Gedanke durch den Kopf, und er sah, wie der, ohne ausgesprochen zu sein, Leben annahm.

»Dick, du bist doch nicht etwa verliebt?«

Das war eine Möglichkeit. Das konnte die verwickelte Situation entwirren, und neue Hoffnung belebte sie. Er lächelte, schüttelte den Kopf und sah ihre Enttäuschung.

»Nein, es ist übrigens nicht wahr«, sagte er. »Ich bin verliebt.«

»Wirklich verliebt?« fragte sie eifrig. Und er antwortete: »Wirklich verliebt«.

Aber auf das, was jetzt kam, war sie nicht vorbereitet. Er zog plötzlich seinen Stuhl ganz dicht neben den ihren, bis ihre Knie sich berührten, beugte sich vor und nahm schnell, aber sanft ihre beiden Hände in die seinen.

»Du brauchst keine Angst zu haben, mein Mädelchen«, sagte er beruhigend. »Ich will dich nicht küssen. Es ist lange her, daß ich es getan habe. Ich will dir nur von meiner Liebe erzählen. Aber zuerst will ich dir sagen, daß ich stolz bin. Stolz auf mich. Ich bin stolz, daß ich lieben kann, daß ich in meinem Alter noch lieben kann. Es ist unglaublich, und es ist wunderbar. Ich bin Monogamist. Ich liebe die Frau – die eine Frau. Ich besitze sie seit mehr als zehn Jahren, und ich liebe sie jetzt noch bis zum Wahnsinn.«

Er fühlte ihre Enttäuschung an ihren Händen, die eine schwache, unwillkürliche Bewegung machten, um sich zu befreien, aber er hielt sie nur noch fester.

»Ich kenne jede ihrer Schwächen, und mit all ihren Schwächen liebe ich sie so wahnsinnig, wie ich sie vom ersten Augenblick geliebt habe – in dem wahnsinnigen Augenblick, als ich sie zuerst in meinen Armen hielt.«

Ihre Hände begannen sich gegen den Zwang zu empören, den er ihnen antat, und halb unbewußt kämpfte sie, um freizukommen. In ihren Augen stand Furcht. Er kannte sie und erriet, daß sie sich, den Kuß eines anderen Mannes in so frischer Erinnerung, fürchtete, er würde seinen Gefühlen leidenschaftlicher Luft machen.

»Nein, nein, fürchte nichts, du schönes, süßes, furchtsames, stolzes Mädelchen. Sieh, ich gebe dir deine Freiheit! Aber du sollst wissen, daß ich dich sehr liebe, daß ich die ganze Zeit ebensoviel an dich wie an mich denke.«

Er zog seinen Stuhl von ihr zurück und sah größeres Vertrauen in ihren Augen.

»Ich will dir alles erzählen, was sich in meinem Herzen regt. Aber dann mußt du mir auch alles erzählen, was in deinem vorgeht.«

»Diese Liebe zu mir, ist sie etwas Neues?« fragte sie. »Ein Wiederaufflammen?«

»Ja und nein.«

»Ich glaubte, ich sei dir längst eine Art Gewohnheit geworden«, sagte sie.

»Aber ich liebte dich immer.«

»Nicht wahnsinnig.«

»Nein«, gab er zu. »Aber stetig. Ich war deiner ebenso sicher wie meiner selbst. Es war etwas so Ewiges für mich. Ich räume ein, daß ich mich geirrt habe. Als aber mein Gefühl von der Ewigkeit deiner Liebe erschüttert wurde, wurde die meine zu dir nur um so stärker. Sie hatte die ganze Zeit gelebt – eine ruhige, gleichmäßige Flamme, wie zwischen Leuten, die viele Jahre verheiratet sind.«

»Aber ich?« fragte sie.

»Dazu kommen wir jetzt. Ich weiß, was dich in diesem Augenblick quält, und was dich vor einer Minute quälte. Du bist im Innersten so ehrlich und wahr, daß der Gedanke, dich zwischen zwei Männern zu teilen, dir widerwärtig ist. Ich habe dich nicht mißverstanden. Es ist lange her, daß du mir erlaubtest, zärtlich zu dir zu sein.«

»Dann hast du es also vom ersten Augenblick an gewußt?« fragte sie hastig.

Er nickte.

»Es ist sogar möglich,« fuhr er kühl überlegend fort, »daß ich es kommen fühlte, ehe du selbst es wußtest. Aber wir wollen nicht näher darauf eingehen.«

»Du hast gesehen ...«, begann sie mit einem quälenden Gefühl von Scham, daß ihr Mann gesehen haben könnte, wie sie und Graham sich küßten.

»Wir wollen uns nicht entwürdigen und auf Einzelheiten eingehen, und übrigens ist nichts Unrechtes dabei. Ich brauchte nichts zu sehen. Ich habe auch meine Erinnerungen an geraubte Küsse. Es mußte so sein, und mehr noch, mein Mädelchen, laß dir sagen, daß ich dich in keiner Weise tadle.«

»Es ... es war nie ... sehr viel«, sagte sie mit zitternder Stimme.

»Das habe ich auch nicht geglaubt. Das hätte dir nicht ähnlich gesehen. Schon das, was geschehen ist, hat mich gewundert. Nach der langen Zeit, die wir miteinander gelebt haben, kam es so unerwartet —«

»Dick«, unterbrach sie ihn, während sie sich vorbeugte und ihn forschend ansah. Sie zögerte einen Augenblick, um ihre Gedanken zu gestalten, und ging dann gerade auf den Kern der Sache los. »Hast du in den langen Jahren unserer Ehe nie an eine andere gedacht?«

»Ich habe dir gesagt, daß ich dich in keiner Beziehung tadle«, erwiderte er sanft.

»Du hast meine Frage nicht beantwortet«, beharrte sie. »Ich meine nicht einen kleinen Flirt hin und wieder, – ich meine Untreue, und zwar im tiefsten Sinne des Wortes. Bist du mir nie untreu gewesen – früher?«

»Früher,« antwortete er, »nie viel und nie sehr lange.«

»Ich habe so oft darüber nachgedacht«, sagte sie sinnend.

»Ich habe dir gesagt, daß ich dich in keiner Beziehung tadle, und jetzt weißt du, warum ich kein Recht habe, es zu tun.«

»Ja, deshalb könnte es scheinen, als hätten wir beide gleiches Recht. Aber das hatte ich doch nicht,« fügte sie schnell hinzu, »obwohl du immer gleiches Recht gepredigt hast.«

»Ach, heute nicht mehr!« lächelte er. »Die Phantasie hat mir so vieles vorgegaukelt, und in den letzten Wochen habe ich meinen Standpunkt ändern müssen.«

»Du verlangst also, daß ich dir treu sein soll?«

Er nickte und sagte: »Ja, solange du mit mir zusammenlebst.«

»Aber wo bleibt die Gleichheit?«

»Es gibt keine Gleichheit.« Er schüttelte den Kopf. »Ach, ich weiß, daß das alle deine Anschauungen über den Haufen werfen muß. Aber jetzt habe ich endlich die alte Wahrheit entdeckt, daß Frauen anders als Männer sind. Alles, was ich aus Büchern und Theorien weiß, verschwindet vor der ewigen Tatsache, daß das Weib die Mutter unserer Kinder ist. Ich ... ich hatte immer gehofft, Kinder mit dir zu bekommen, weißt du, aber das ist alles vorbei. Jetzt ist die Frage, was sich in deinem Herzen regt. Ich habe dir gesagt, wie es mit dem meinen steht. Und nachher können wir beschließen, was wir tun sollen.«

»Ach, Dick«, sagte sie kaum hörbar, als das Schweigen zwischen ihnen wie eine Qual zu wirken begann. »Ich liebe dich, ich werde dich immer lieben, du meine Rote Wolke. Weißt du, erst gestern habe ich in deiner Schlafveranda mein Bild gegen die Wand gedreht. Das war schrecklich, es war, als täte ich ein großes Unrecht. Ich drehte es gleich wieder um.«

Er zündete sieh eine Zigarette an und wartete.

»Aber du hast mir noch nicht gesagt, was sich in deinem Herzen regt – nicht alles«, sagte er schließlich vorwurfsvoll.

»Ich liebe dich«, wiederholte sie.

»Und Evan?«

»Das ist etwas ganz anderes. Es ist schrecklich, so mit dir reden zu müssen. Ich weiß es übrigens selber nicht. Ich kann mir nicht klar über mich werden.«

»Liebe? Oder ein Liebesabenteuer? Eins von beiden muß es sein.«

Sie schüttelte den Kopf.

»Verstehst du denn nicht,« fragte sie, »daß ich es nicht verstehe? Siehst du, ich bin ein Weib. Ich habe nie eine Sturm- und Drangperiode erlebt. Und jetzt, da alles geschehen ist, weiß ich nicht, was tun. Shaw hat doch wohl recht. Wir Frauen haben den Jagdinstinkt. Ihr seid beide Großwild. Ich kann nichts dafür. Es reizt mich. Und ich fühle, daß ich mir selbst ein Rätsel bin. Alle meine Anschauungen sind über den Haufen geworfen. Ich will dich haben. Ich will Evan haben. Es ist kein bloßes Liebesabenteuer, glaube mir, Dick. Wenn es das doch sein sollte und ich es nicht wüßte, – nein, aber das ist es nicht. Ich weiß, daß es das nicht ist.«

»Dann ist es Liebe.«

»Aber ich liebe dich doch, Rote Wolke.«

»Und du sagst, daß du ihn liebst. Du kannst uns doch nicht beide lieben.«

»Aber das ist es eben. Ich tue es. Ich liebe euch beide. – Ich weiß weder ein noch aus. Und ich dachte, du würdest mir helfen. Deshalb kam ich jetzt zu dir. Es muß doch eine Lösung geben.«

Sie sah ihn flehend an, und er antwortete: »Einer von uns beiden, Evan oder ich. Eine andere Lösung kann ich mir nicht denken.«

»Das sagt er auch. Aber ich kann mich nicht dazu überreden. Er wollte zu dir gehen. Ich erlaubte es ihm nicht. Er wollte abreisen, aber ich zwang ihn zu bleiben, – so schwer es auch für euch beide sein mag, – weil ich euch zusammen haben wollte, um euch zu vergleichen und euch beide in meinem Herzen gegeneinander abzuwägen. Und ich komme nicht weiter. Ich will euch beide haben. Ich kann keinen von euch aufgeben.«

»Unglücklicherweise«, begann Dick, »ist es so, daß wir Männer uns nicht in eine solche Situation finden können.«

»Sei nicht grausam, Dick«, bat sie.

»Verzeih, es war nicht so gemeint. Es war nur ein Versuch, die Ruhe zu bewahren.«

»Ich habe Evan gesagt, er sei der einzige Mann, den ich je getroffen habe, der sich mit meinem Mann messen könne, und mein Mann sei größer.«

»Das ist ein Versuch, loyal gegen mich und gegen dich selber zu sein«, erklärte Dick. »Du warst mein, bis ich aufhörte, der größte zu sein. Dann wurde er der größte.«

Sie schüttelte den Kopf.

»Laß mich versuchen, das Problem für dich zu lösen«, fuhr er fort.

»Du weißt nicht, was du willst, was du wünschst. Du kannst keine Wahl zwischen uns treffen, weil du uns beide gleich lieb hast.«

»Ja«, flüsterte sie. »Oder vielmehr – ich will jeden auf seine Art haben.«

»Dann ist es entschieden«, sagte er kurz.

»Was meinst du damit?«

»Daß ich verliere, Paula, und daß Graham gewinnt. Verstehst du das nicht? Wenn er und ich sonst gleich stehen, und ich vor ihm sogar den Vorteil habe, mehr als zehn Jahre mit dir gelebt zu haben und durch alle Erinnerungen mit dir verknüpft zu sein – großer Gott: Wenn man all das zu Evans Gunsten in die Wagschale würfe, würdest du dich nicht einen Augenblick bedenken.«

»Ich wünschte, ich wäre meiner Sache sicher«, grübelte sie. »Ich habe ein Gefühl, als hätte ich den Kopf verloren, und doch zaudere ich. Warum hilfst du mir nicht?«

»Du und nur du allein kannst die Lösung finden, Paula«, sagte er ernst.

»Wenn du mir nur helfen wolltest, – wenn du nur versuchen wolltest, mich zu halten, – ach, nur ein klein wenig!« beharrte sie.

»Aber ich bin ja hilflos. Die Hände sind mir gebunden. Ich kann sie nicht ausstrecken, um dich zu halten. Du kannst nicht uns beide bekommen. Seine Arme haben dich umschlossen –«, sie wollte ihn unterbrechen, aber er hob die Hand: »Nein, Lieb, laß! Seine Arme haben dich umschlossen. Du zitterst wie ein ängstliches Vögelchen bei dem Gedanken, daß ich zärtlich zu dir werden könnte. Du hast deinen Entschluß schon gefaßt, wenn du es auch vielleicht selbst nicht weißt. Dein Körper hat entschieden. Du läßt dir seine Umarmung gefallen; der Gedanke an die meine ist dir unerträglich.«

Sie schüttelte den Kopf, langsam und entschieden. »Und doch habe ich mich nicht entschlossen – kann mich nicht entschließen«, beharrte sie.

»Aber du mußt. Die augenblickliche Situation ist unerträglich. Du mußt deinen Entschluß fassen, und zwar schnell, denn Evan muß abreisen. Das mußt du doch begreifen. Oder du mußt gehen. Beide könnt ihr nicht hierbleiben. Übereilt euch nicht. Schick' Evan fort. Oder wie wäre es, wenn du Tante Martha besuchtest? Vielleicht würdest du zu einem Ergebnis gelangen, wenn du uns beide nicht sähest. Vielleicht wäre es besser, die Jagd morgen zu lassen. Ich kann ja allein gehen, und du kannst zu Hause bleiben und mit Evan reden. Oder kommt mit, und sprecht unterwegs darüber. Ich komme jedenfalls erst spät heim, wie du dich auch entschließen magst. Vielleicht schlafe ich bei einem von den Hirten. Wenn ich zurückkomme, muß Evan fort sein. Und ob du mit ihm gehst oder nicht, das muß auch entschieden sein.«

»Und wenn ich gehe?« fragte sie.

Dick zuckte die Achseln, stand auf und sah auf seine Armbanduhr.

»Ich habe Blake Bescheid geschickt, daß er heute etwas früher kommen soll«, erklärte er und machte einen Schritt auf die Tür zu, wie um ihr zu bedeuten, daß sie gehen sollte.

In der Tür blieb sie stehen und neigte sich ihm entgegen.

»Küsse mich, Dick«, sagte sie; und dann: »Es ist kein – Liebeskuß.« Ihre Stimme war plötzlich heiser geworden. »Es ist nur für den Fall, daß ich mich entschließen sollte ... zu gehen.«

Der Sekretär näherte sich durch den Korridor, aber sie zögerte immer noch.

»Guten Morgen, Blake«, begrüßte ihn Dick. »Es tut mir leid, daß ich Sie heute so früh aus dem Bett jagen mußte. Vor allem bitte ich Sie, Agar und Pitts anzurufen. Ich kann heute nicht mit ihnen sprechen, – und sagen Sie übrigens den andern auch, daß sie bis morgen warten müssen. Aber ich möchte gern mit Mendenhall sprechen, ja, und auch mit Manson. Bestellen Sie sie für halb zehn.«

»Noch etwas, Dick«, sagte Paula. »Vergiß nicht, daß ich ihn veranlaßt habe zu bleiben. Er hat keine Schuld daran und hat es auch nicht gewünscht. Ich wollte ihn nicht gehen lassen.«

»Ja, du hast ihm den Kopf verdreht«, lächelte Dick. »Ich konnte nicht begreifen, daß er unter diesen Umständen hier blieb. Wenn du ihn aber nicht reisen lassen wolltest, so verstehe ich es besser. Es gibt nicht viele wie ihn. Er wird dich glücklich machen —«

Sie hob die Hand.

»Ich weiß nicht, ob ich je glücklich werden kann, Rote Wolke. Wenn ich sehe, welche Veränderung ich in deinen Zügen verursacht habe ... und alle die Jahre, die wir zusammen lebten, bin ich so froh und zufrieden gewesen. Das kann ich nicht vergessen, und deshalb bin ich zu keinem Entschluß gekommen. Aber du hast recht. Jetzt ist es Zeit, eine Lösung zu finden«, klagte sie. »Wir wollen alle zusammen auf die Jagd gehen. Ich will unterwegs mit ihm reden und ihn fortschicken, – was ich selber sonst auch tun mag.«

»Ich würde mich doch nicht übereilen, Paula«, rief Dick. »Du weißt, daß ich mich nicht einen Deut um Moral kümmere, außer wenn sie nützlich ist. Und in diesem Fall ist sie außerordentlich nützlich. Es könnten ja Kinder kommen. – Bitte, bitte«, beschwichtigte er sie. »Eine Scheidung dauert lange, aber ich könnte schon die üblichen Scheidungsgründe schaffen, – das würde jedenfalls ein Jahr ersparen.«

»Wenn ich mich dann dazu entschließe«, sagte sie mit einem leisen, blassen Lächeln.

Er nickte.

»Aber vielleicht entschließe ich mich nicht dazu. Ich weiß es selber nicht. Vielleicht ist alles nur ein Traum, aus dem ich in einem Augenblick erwache, wenn Oh Gott kommt und mir erzählt, wie lange und ruhig ich geschlafen habe.«

Sie wandte sich widerstrebend zum Gehen, blieb aber nach einigen Schritten plötzlich stehen.

»Dick,« sagte sie, »du hast mir gesagt, was du fühlst, aber nicht, was du zu tun gedenkst. Du darfst keine Dummheit machen. Denke an Denny Holbrook – kein Jagdunfall.«

Er schüttelte den Kopf und zwinkerte mit den Augen, als sei es ein komischer Gedanke, wunderte sich aber dabei im stillen, daß sie den Nagel so auf den Kopf getroffen hatte.

Sie trat wieder ein paar Schritte näher und flüsterte mit halb abgewandtem Gesicht: »Rote Wolke, es tut mir so leid ... aber wie auch alles sein mag, so freue ich mich doch, daß du mich immer noch liebst.«

Er trat auf die Schlafveranda und betrachtete Paulas Bild unter den Barometern. Dann drehte er es gegen die Wand, saß eine Weile auf dem Bett und starrte dann auf den leeren Platz. Endlich drehte er es wieder um.

»Mein armes Mädelchen«, murmelte er. »Es wird nicht leicht für dich sein.«

Plötzlich tauchte vor ihm das Bild auf, wie sie im Mondschein Grahams Kopf zu sich herabgezogen hatte, und er erhob sich schnell mit einem Kopfschütteln, als wolle er den Anblick verjagen.

Um halb zehn hatte er seine Korrespondenz erledigt, und alles war von seinem Schreibtisch fortgeräumt, mit Ausnahme der Papiere, die er bei der Konferenz mit Manson und Mendenhall brauchte. Er stand am Fenster und winkte Lute und Ernestine, die in einem großen Automobil abfuhren, lächelnd Lebewohl, als Mendenhall eintrat. Er und Manson, die gleich darauf erschienen, erhielten im Laufe der Unterredung den Eindruck, daß er große neue Pläne bezüglich der Pferde und Viehzucht hatte.

Als sie gegangen waren, klingelte er nach Oh Freud und beauftragte ihn, Graham ins Waffenzimmer zu führen, damit er sich ein Gewehr und, was er sonst brauchte, aussuchte.

Er ahnte nicht, daß Paula um elf Uhr über die Geheimtreppe in die Bibliothek gekommen war, hinter den Regalen stand und lauschte. Sie hatte erst hineingehen wollen, war aber stehen geblieben, als sie seine Stimme hörte. Er telephonierte mit Hanley.

»Sagen Sie übrigens,« ertönte Dicks Stimme, »haben Sie sich den Bericht über Miramar angesehen? ... Gut. Richten Sie sich nicht danach. Ich bin ganz anderer Ansicht. Das Wasser ist da. Ich zweifle nicht im geringsten, daß wir in nicht großer Tiefe eine Wasserader finden werden. Schicken Sie gleich die Bohrmaschine, und beginnen Sie mit der Untersuchung des Bodens.«

Paula seufzte und stieg die Wendeltreppe hinab in die Bibliothek.

»Rote Wolke ist unverbesserlich«, dachte sie. Da saß er nun, während seine Liebeswelt in Trümmern lag, und schmiedete Pläne für Deiche und Brunnenbohrungen.

Und Dick erfuhr nie, daß sie in ihrer tiefen Not ihm so nahe gewesen und wieder gegangen war.

Er ging wieder auf seine Schlafveranda, diesmal aber mit der festen Absicht, zum letztenmal die Notizen durchzusehen, die neben seinem Bett lagen. Sein Haus war in Ordnung. Er hatte nichts zu tun, als die Briefe zu unterschreiben, die er im Laufe des Morgens diktiert hatte, und ein paar Telegramme zu beantworten, und dann kamen das Frühstück und der Jagdausflug nach Sycamore. O, er wollte es gut machen. Hexe sollte die ganze Schuld bekommen. Und er wollte einen Zeugen haben, entweder Froelig oder Martinez, aber nicht beide. Ein Paar Augen waren genug, zu sehen, wenn der Sprungriemen riß und das Pferd sich überschlug, daß er ins Gebüsch stürzte. Und aus dem schirmenden Gebüsch würde der Zeuge dann den Knall der Büchse hören.

In plötzlich aufsteigendem Zorn ballte er die Fäuste. Die kleine Herrin ist verrückt, – sie muß verrückt sein. Anders kann ich mir eine so ausgesuchte Grausamkeit nicht denken, sagte er sich, während er den Stimmen Paulas und Grahams lauschte, die durch die offenen Fenster des Musikzimmers ertönten.

Sie sangen den »Zigeunerzug«, und seine geballten Fäuste lösten sich nicht einen Augenblick, während sie das ganze, wahnsinnige, ausgelassene Lied bis zu dem letzten, wahnsinnigen, ausgelassenen Vers sangen.

Und er stand noch da, als sie mit einem heiteren Lachen Graham verlassen hatte und durch das Haus nach ihren eigenen Gemächern zurückging, wo er sie immer noch lachen hörte, während sie ihre Jungfer neckte und wegen vorgeblicher Versäumnisse ausschalt.

Aus der Ferne ertönten die undeutlichen, aber unverkennbaren Trompetenstöße Bergkönigs. Auch König Polo forderte sein königliches Recht, und ihre Harems von Stuten und Kühen beantworteten ihr Rufen. Dick lauschte auf dieses Wiehern und Brüllen, das seinen Ursprung im Geschlechtstrieb hatte, und seufzte: »Nun ja, das Land ist jedenfalls besser geworden, weil ich gelebt habe. Das ist ein schöner Gedanke zum Schlafengehen.«

Dann klingelte das Telephon, und Dick setzte sich auf den Bettrand und nahm den Hörer, wobei er immerfort nach Paulas Veranda hinausblickte. Bonbright meldete ihm den Anruf Chauncey Bishops, der mit dem Auto in Eldorado war. Chauncey Bishop, Redakteur und Besitzer des ›San Franciscoer Kurier‹, war nach Bonbrights Meinung eine Persönlichkeit von hinreichender Bedeutung, um ihn, – der im übrigen ein alter Freund Dicks war, – direkt mit ihm in Verbindung zu setzen.

»Kommen Sie zum Frühstück herüber«, sagte Dick zu ihm. »Und wie wäre es, wenn Sie die Nacht über blieben? Kümmern Sie sich nicht um ihre Mitarbeiter. Wir wollen heute auf die Löwenjagd – Berglöwen, – und wir kriegen sie sicher, wir wissen, wo sie sind.«

Je mehr, desto besser, namentlich Zeitungsleute, lachte Dick bei sich, er wollte ihnen schon eine Komödie vorspielen.

»Schön, kommen Sie gleich!« schloß Dick sein Gespräch mit Bishop. »Ich lasse das Pferd satteln. Sie können den Roten haben, den Sie das letzte Mal ritten.«

Er hatte kaum den Hörer angehängt, als das Telephon wieder klingelte. Diesmal war es Paula.

»Rote Wolke, liebe Rote Wolke«, sagte sie, »deine Beweisführung ist ganz falsch. Ich glaube doch, daß ich dich am meisten liebe. Ich habe mich so gut wie entschlossen, und zwar für dich. Und jetzt sollst du mir, um mir ein wenig zu helfen, daß ich meiner Sache ganz sicher bin, das sagen, was du mir vor einem Augenblick sagtest, du weißt wohl: ›Ich liebe die Frau – die eine Frau. Ich besitze sie seit mehr als zehn Jahren, und ich liebe sie jetzt noch bis zum Wahnsinn ...‹ sag das noch einmal, Rote Wolke.«

»Ja, wahrlich, ich liebe die Frau – die eine Frau«, wiederholte Dick. »Ich besitze sie seit mehr als zehn Jahren, und ich liebe sie jetzt noch bis zum Wahnsinn.«

Als er ausgesprochen hatte, war es einen Augenblick ganz still. Es war eine Stille, die er nicht zu brechen wagte.

»Noch etwas hätte ich fast vergessen«, sagte sie sehr sanft, sehr langsam und sehr klar. »Ich liebe dich. Ich habe dich nie so heiß geliebt wie in diesem Augenblick. Nach all diesen vielen Jahren hast du mir jetzt schließlich den Kopf verdreht. Und wenn ich es auch nicht wußte, so hast du mich doch vom ersten Augenblick an hingerissen. Aber jetzt habe ich meinen Entschluß gefaßt, meinen unerschütterlichen Entschluß.«

Sie hing plötzlich an.

Mit dem Gefühl, jetzt zu wissen, wie einem Mann zumute sein mußte, der in der zwölften Stunde begnadigt wurde, blieb Dick in Gedanken versunken und vergaß ganz, daß er den Hörer nicht angehängt hatte, bis Bonbright aus dem Sekretariat kam, um ihn daran zu erinnern.

»Es war Herr Bishop«, erklärte Bonbright. »Er hat eine Panne. Ich nahm mir die Freiheit, ihm eines unserer Automobile zu schicken.«

»Und lassen Sie seinen Wagen möglichst von unseren Leuten reparieren«, sagte Dick. Als er wieder allein war, erhob er sich, reckte sich, ging geistesabwesend auf und nieder und sagte ins Blaue hinein:

»Nun ja, Martinez, heute nachmittag wirst du um eine dramatische Leistung gebracht, von der du nie erfahren wirst.«

Er trat an die Schalttafel und rief Paula an. Die Jungfer antwortete, daß sie die gnädige Frau sofort holen würde.

»Du sollst mir noch einmal sagen, was du mir eben erzählt hast.«

Sie lachte heiter, ein Lachen, das sein Ohr erfreute.

»Rote Wolke, ich liebe dich«, sagte sie. »Ich habe meinen Entschluß gefaßt. Nie werde ich einen andern Mann als dich auf der ganzen, weiten Welt lieben. Aber jetzt sei brav und laß mir Zeit, mich anzukleiden. Ich muß schnell machen, wenn ich zum Lunch fertig sein soll.«

»Darf ich nicht hinüberkommen – einen Augenblick?« bat er.

»Noch nicht, Sausewind. In zehn Minuten. Dann bin ich so weit. Ich ziehe mein Robin-Hood-Kleid an, du weißt, das in grün und rotbraun mit der langen Feder. Und ich nehme meine Dreißig-Dreißig. Die ist schwer genug für Berglöwen.«

»Du hast mich sehr glücklich gemacht«, beharrte er.

»Und du hältst mich schrecklich auf. Hänge an, Rote Wolke. Ich liebe dich, ich liebe dich.«

Er hörte, wie sie den Hörer anhängte, und spürte im nächsten Augenblick zu seiner Verwunderung, daß er gleichsam nicht recht an sein Glück zu glauben wagte. Es war eher, als hörte er immer noch sie und Graham den »Zigeunerzug« singen.

Hatte sie mit Graham gespielt? Oder mit ihm? Ein solches Benehmen war bei ihr unerhört und unfaßbar. Während er eine Lösung suchte, sah er sie wieder vor sich im Mondschein, wie sie sich an Graham klammerte und seinen Kopf zu sich herabzog. Dick schüttelte fassungslos den Kopf und sah auf seine Uhr. Jedenfalls würde er sie in zehn Minuten, in weniger als zehn Minuten in seinen Armen halten und Bescheid wissen.

So lang kam ihm die kurze Wartezeit vor, daß er sich schon auf den Weg machte, stehen blieb, um sich eine Zigarette anzuzünden, die er jedoch nach dem ersten Zuge wieder fortwarf und wieder einen Augenblick stehen blieb, um auf das geschäftige Klappern der Schreibmaschinen im Sekretariat zu lauschen. Es fehlten noch zwei Minuten, und da er wußte, daß er nur eine Minute bis zu der geheimen Tür zu gehen brauchte, trat er auf den Hof und sah nach den wilden Kanarienvögeln, die im Springbrunnenbecken badeten.

Als sie in großer Angst, eine Wolke von flatterndem Gold und Wassertropfen, die wie Kristall in der Sonne glitzerten, aufflogen, fuhr auch Dick in Angst auf. Der Büchsenschuß war aus Paulas Gemächern ertönt, und während er über den Hof lief, war er sich klar, daß es ihre Dreißig-Dreißig gewesen war. »Sie ist mir zuvorgekommen«, das war sein nächster Gedanke, und was ihm vor einem Augenblick noch unverständlich gewesen, war ihm jetzt so scharf und klar wie der Knall ihrer Büchse. Und während er über den Hof und die Treppe hinaufstürzte, hämmerte es immerfort in seinem Hirn: »Sie ist mir zuvorgekommen, sie ist mir zuvorgekommen.«

Sie lag da, zusammengesunken und zitternd, völlig angekleidet in ihrem Jagdkleid, bis auf die winzigen, bronzenen Sporen, die ihre Jungfer, die sich in machtloser Verzweiflung über sie beugte, noch in der Hand hielt.

Er untersuchte sie in größter Eile. Sie atmete noch, wenn sie auch bewußtlos war. Die Kugel war ihr an der linken Seite hinein und zum Rücken hinaus gegangen. Im nächsten Augenblick war er am Telephon, und während er auf die Verbindung mit dem Haustelephon wartete, betete er, daß Hennessy im Gestüt sein möchte. Ein Stallknecht antwortete, und während er lief, den Tierarzt zu holen, befahl Dick Oh Freud, bei der Schalttafel zu bleiben und sofort Oh Jeh herüberzuschicken.

Wie er mit halb abgewandtem Gesicht dastand, sah er Graham in die Stube treten und auf Paula zueilen.

»Hennessy,« sagte Dick, »Sie müssen so schnell wie möglich herkommen. Nehmen Sie mit, was zur ersten Hilfe bei Unglücksfällen nötig ist. Es handelt sich um einen Gewehrschuß durch die Lunge oder das Herz oder beides. Kommen Sie gleich in die Zimmer meiner Frau. Und machen Sie schnell.«

»Rühren Sie sie nicht an«, sagte er scharf zu Graham. »Sie könnten es verschlimmern, eine stärkere Blutung verursachen.«

Im nächsten Augenblick sprach er wieder mit Oh Freud.

»Schick Callahan mit dem Rennwagen nach Eldorado, sag ihm, daß er unterwegs Dr. Robinson trifft und ihn mitbringen soll. Sag ihm, er soll fahren, als ob der Teufel hinter ihm her wäre. Sag ihm, die gnädige Frau ist verwundet, und er kann vielleicht ihr Leben retten, wenn er sich beeilt.«

Den Hörer am Ohr wandte er sich zu Paula um. Graham, der sich immer noch über sie beugte, ohne sie aber anzurühren, sah ihm in die Augen. »Forrest,« begann er, »wenn Sie das getan —«

Aber Dick brachte ihn zum Schweigen mit einem Blick auf die Chinesin, die immer noch mit den Bronzesporen in der Hand sprachlos und verwirrt dastand.

»Darüber können wir später reden«, sagte Dick kurz und wandte sich wieder zum Telephon.

»Doktor Robinson? ... Schön. Meine Frau hat einen Gewehrschuß durch Lunge oder Herz oder vielleicht beides. Callahan ist Ihnen mit dem Rennwagen entgegengefahren. Fahren Sie so schnell Sie irgend können, bis Sie Callahan treffen. Auf Wiedersehen!«

Als Dick wieder zu Paula trat, machte Graham ihm Platz und kniete neben ihr nieder. Die Untersuchung währte einen

Augenblick, dann sah er Graham an, schüttelte den Kopf und sagte:

»Es ist zu gefährlich, – wir könnten leicht Dummheiten machen.«

Er wandte sich zu der Chinesin.

»Leg die Sporen weg und bring ein paar Kissen. Evan, fassen Sie auf der andern Seite an und heben Sie sie behutsam und vorsichtig. Oh Gott, schieb ihr das Kissen unter, aber vorsichtig! Vorsichtig!«

Er sah auf und erblickte Oh Jeh, der schweigend dastand und auf Befehle wartete.

»Sag Bonbright, daß er Oh Freud bei der Schalttafel ablösen soll. Sag Oh Freud, er soll sich in der Nähe von Bonbright halten, um alle Befehle sofort auszuführen. Sag Oh Freud, er soll das ganze Gesinde versammeln, so daß alle bereit sind, Befehle auszuführen. Sobald Saunders mit Herrn Bishop und seiner Gesellschaft kommt, soll Oh Freud ihn nach Eldorado schicken, um sich nach Callahan umzusehen, für den Fall, daß der eine Panne haben sollte. Sag Oh Freud, daß er Manson und Pitts und die Betriebsleiter, die sonst noch Autos haben, suchen und sie mit ihren Wagen vor dem Hause warten lassen soll. Sag Oh Freud, er soll für Herrn Bishop und seine Gesellschaft sorgen – wie gewöhnlich. Und dann kommst du wieder her, so daß ich dich immer zur Hand habe.«

Dick wandte sich zu Oh Gott.

»Erzähle uns, wie es zuging.«

Die Chinesin schüttelte den Kopf und rang die Hände.

»Wo warst du, als der Schuß losging?«

Die Chinesin schluckte und zeigte nach dem Ankleidezimmer.

»Weiter, rasch«, befahl Dick scharf.

»Gnädige Frau sagen mich, holen Sporen. Ich vergessen früher. Ich gehen schnell. Ich hören Knall. Ich kommen schnell zurück. Ich laufen.«

Sie wies auf Paula, um zu zeigen, was sie vorgefunden hatte.

»Aber das Gewehr?« fragte Dick.

»Etwas in Unordnung. Vielleicht Gewehr nicht gehen. Vielleicht vier Minuten, vielleicht fünf Minuten. Gnädige Frau versuchen, Gewehr in Ordnung machen.«

»Versuchte sie das Gewehr auch in Ordnung zu bringen, als du die Sporen holtest?«

Die Chinesin nickte.

»Vorher ich sagen, vielleicht Oh Freud kann Gewehr in Ordnung bringen. Gnädige Frau nein, – sie sagen, sie bringen Gewehr in Ordnung. Sie legen Gewehr hin, dann versuchen wieder, Gewehr in Ordnung bringen. Dann sie sagen mich holen Sporen. Dann ... Gewehr gehen los.«

In diesem Augenblick erschien Hennessy und machte dem Verhör ein Ende. Er war mit der Untersuchung fast ebenso schnell fertig wie Dick und sah ihn kopfschüttelnd an:

»Da lasse ich lieber die Hände davon, Herr Forrest«, sagte er. »Die Blutung hat scheinbar aufgehört. Aber das Blut sammelt sich inwendig. Sie haben wohl nach einem Arzt geschickt?«

»Ja, nach Robinson. Er war noch zu Hause. Er ist ein tüchtiger junger Chirurg«, erklärte Dick Graham. »Er ist kaltblütig und kühn, und in einem solchen Fall habe ich mehr Vertrauen zu ihm als zu einem alten mit einem großen Namen. Was meinen Sie, Hennessy? Glauben Sie, daß Hoffnung besteht?«

»Es sieht ziemlich schlimm aus, wenn ich auch nichts Bestimmtes sagen möchte. Ich bin ja nur Tierarzt. Aber Robinson wird Bescheid wissen, wir können nichts tun, als warten.«

Dick trat auf Paulas Schlafveranda hinaus, um auf das Auspuffrohr des Rennwagens, den Callahan fuhr, zu lauschen. Dann hörte er das große Auto kommen und gleich darauf mit voller Geschwindigkeit abfahren. Graham trat zu ihm hinaus.

»Ich muß Sie um Verzeihung bitten, Forrest. Ich war einen Augenblick nicht ganz bei Sinnen. Ich traf Sie dort und glaubte, Sie wären bei ihr gewesen, als es geschah. Es muß ein Unglücksfall gewesen sein.«

»Armes Mädelchen«, sagte Dick. »Und dabei tat sie sich etwas darauf zugute, daß sie mit Schußwaffen immer so vorsichtig umging.«

»Ich habe mir das Gewehr angesehen«, sagte Graham. »Aber ich kann nichts daran finden.«

»Sie hat es wohl in Ordnung gebracht. Und dabei ist es geschehen.«

Und während Dick sprach und das Lügengebäude vor Graham errichtete, wurde ihm klar, wie gut Paula alles bedacht hatte. Der »Zigeunerzug« war ihr Abschied für Graham gewesen, und sie hatte alles so gemacht, daß er keinen Verdacht schöpfen konnte. Mit ihm hatte sie es ebenso gemacht. Sie hatte sich von ihm verabschiedet, zuletzt telephonisch, hatte ihm versichert, daß sie nie einen andern Mann auf der Welt haben würde.

Er trat an die Verandatür.

»Armes Mädelchen, sie konnte sich nicht zwischen uns beiden entscheiden, und so wählte sie diesen Weg.«

Das Geräusch des sich nähernden Rennwagens trieb ihn wieder zu Graham zurück, und beide gingen zusammen hinunter, um den Arzt zu erwarten. Graham stand unschlüssig auf, als wollte er ungern gehen, fühlte aber doch, daß er es tun mußte.

»Bleiben Sie doch, Evan«, sagte Dick zu ihm. »Sie hatte Sie so gern, und wenn sie ihre Augen öffnet, wird sie sich freuen, Sie zu sehen.«

Dick und Graham standen etwas abseits, während Dr. Robinson sie untersuchte. Als er sich kurz darauf erhob, sah Dick ihn fragend an.

»Es ist nichts zu machen«, sagte er. »Es kann Stunden dauern, vielleicht Minuten.« Er zögerte und sah Dick einen Augenblick forschend an. »Wenn Sie es wünschen, kann ich es ihr erleichtern. Es ist möglich, daß sie wieder zum Bewußtsein kommt und eine Weile leidet.«

Dick ging einmal im Zimmer auf und nieder, und als er sprach, war es zu Graham:

»Warum sie nicht wieder leben lassen, wenn auch nur für eine ganz kurze Zeit? Der Schmerz ist weniger wesentlich, —

dafür gibt es unfehlbare, schnell lindernde Mittel. Sie würde es selbst so wollen. Sie liebte das Leben, – jeden Augenblick des Lebens. Warum ihr das bißchen vorenthalten, was ihr noch bleibt?«

Graham beugte zustimmend das Haupt, und Dick wandte sich zu dem Arzt.

»Vielleicht können Sie ihr irgendein anregendes Mittel geben, daß sie zum Bewußtsein kommt. Wenn es möglich ist, so tun Sie es. Und wenn die Qual zu schlimm wird, so können Sie sie ja immer davon erlösen.«

Als ihre Augen sich langsam öffneten, winkte Dick Graham neben sich. Anfangs hatten ihre Augen einen verwirrten Ausdruck, dann aber heftete sich ihr Blick auf Dick und danach auf Graham, und ein bemitleidenswertes, wiedererkennendes Lächeln glitt über ihr Gesicht.

»Ich – ich glaubte schon, tot zu sein«, sagte sie.

Aber ihre Gedanken schlugen schnell eine neue Richtung ein, und Dick las in ihren fragend auf ihn gerichteten Augen, was sie meinte. Wußte er, daß es kein Unglücksfall war? Sie hatte es so aussehen lassen wollen, und nun sollte sie in dem Glauben sterben, daß ihr Plan geglückt war.

»Ich – ich war so ungeschickt«, sagte sie. Sie sprach langsam, mit schwacher Stimme, offenbar in großer Qual und mit einer Pause nach jedem Wort, um Kräfte zu sammeln. »Ich war immer so sicher, daß mir nie etwas geschehen könnte, und nun seht, wie dumm ich war.«

»Ja, wirklich eine schöne Geschichte«, sagte Dick. »Wie ging es zu? Hatte es sich festgeklemmt?«

Sie nickte, und ihre Lippen trennten sich wieder in einem kläglichen, mutigen Lächeln, als sie scherzend sagte: »Ach, Dick, geh und hol' die Nachbarn, damit sie sehen können, wie ungeschickt die kleine Paula gewesen ist.«

»Ist es ernst?« fragte sie kurz darauf. »Sei ehrlich, Rote Wolke, – du kennst mich«, fügte sie hinzu, als Dick nicht gleich antwortete.

Er schüttelte den Kopf.

»Wie lange noch?« fragte sie.

»Nicht lange«, lautete die Antwort. »Und wir können es dir jederzeit erleichtern.

»Du meinst –?« Ihr Blick glitt fragend auf den Arzt und wieder auf Dick zurück. Der nickte.

»Das hatte ich von dir erwartet, Rote Wolke«, murmelte sie dankbar. »Aber ist Dr. Robinson bereit, es zu tun?«

Ihr Arzt trat vor, so daß sie ihn sehen konnte, und nickte.

»Danke, Herr Doktor, und denken Sie daran, daß ich es selbst sagen will.«

»Hast du viele Schmerzen?« fragte Dick.

Ihre Augen waren weit aufgerissen, mutig und doch voller Angst, und ihre Lippen zitterten leicht, als sie antwortete: »Nicht so sehr, aber es ist schrecklich, schrecklich, und ich möchte nicht, daß es sehr lange dauert. Ich werde es schon sagen.«

Dann kräuselten sich ihre Lippen wieder zu einem Lächeln.

»Das Leben ist seltsam«, scherzte sie. »Sehr seltsam – nicht wahr? Ich möchte es so gern mit Liebesliedern im Ohr verlassen. Du zuerst, Evan, – sing den ›Zigeunerzug‹. Ja, es ist keine Stunde her, daß wir beide ihn zusammen sangen. Denk, nur eine Stunde. Tue es, Evan, hörst du.«

Graham bat Dick mit einem Blick um Erlaubnis, und Dick gab sie ihm mit einem Blick.

»Ach, und sing es kräftig, heiß und wild, wie ein Zigeuner, der eine Frau erobern will. Und tritt etwas zurück, daß ich dich sehen kann.«

Und während Graham das Lied bis zu Ende sang, stand Oh Jeh unbeweglich wie eine Bildsäule in der Tür und wartete auf Befehle von Dick. Oh Gott war in tiefster Verzweiflung über das Bett ihrer Herrin gebeugt, sie rang nicht mehr die Hände, sondern preßte sie so hart gegeneinander, daß Fingerspitzen und Nägel weiß wurden.

Hinten an Paulas Toilettentisch stand Dr. Robinson, löste vorsichtig einige Tabletten in einem Glas Wasser auf und füllte seine Morphiumspritze.

Als Graham fertig war, dankte Paula ihm mit einem Blick, schloß dann die Augen und lag eine Weile ganz still da.

»Und jetzt, Rote Wolke,« sagte sie, als sie wieder die Augen aufschlug, »jetzt das Lied von Ai-kut. Stell dich dorthin, wo Evan stand, daß ich dich richtig sehen kann.«

Und Dick sang:

»Mich, ich bin Ai-kut, der erste Mann der Nishinam. Ai-kut ist Adam, und mein Vater war der Coyote und meine Mutter der Mond. Und dies ist Yo-to-to-wi, meine Gattin. Yo-to-to-wi ist Eva. Sie ist das erste Weib der Nishinam.

Mich, ich bin Ai-kut. Dies ist mein Blütentau von Weib. Sie ist mein Honigtau von Weib. Ihr Vater und ihre Mutter waren die Morgenröte über der Sierra und der Sommerwind in den Bergen. Sie berieten miteinander und sogen aus Luft und Erde alle Süßigkeit, bis sich ihre Liebe wie Nebel auf Chapparral und Manzanita senkte, und der Honigtau sich auf die Blätter legte.

Yo-to-to-wi ist mein Honigtau-Weib. Hört mich, ich bin Ai-kut. Yo-to-to-wi ist mein Wachtel-Weib, mein Hirsch-Weib, mein Pflanzensaft-Weib, geboren aus dem milden Regen und der fetten Erde. Sie ist geboren aus dem zarten Sternenlicht und der spröden Morgenröte vor der Sonne, und für mich ist sie die einzige Frau und alle Frauen in einer.«

Wieder lag Paula ein Weilchen still mit geschlossenen Augen. Einmal versuchte sie, Atem zu schöpfen, und hustete leicht.

»Versuche, nicht zu husten«, sagte Dick.

Sie konnten sehen, wie sie die Stirn runzelte, während sie sich aus aller Kraft anstrengte, das irritierende Kitzeln im Halse zu beherrschen, das einen Anfall zu beschleunigen drohte.

»Oh Gott, komm hierher, wo ich dich sehen kann«, sagte sie, als sie wieder die Augen aufschlug.

Die Chinesin gehorchte, schwankend, so daß Robinson gezwungen war, ihr die Hand auf den Arm zu legen und sie zu führen.

»Leb wohl, Oh Gott. Du warst immer gut zu mir, und vielleicht war ich nicht immer gut zu dir. Ja – und das tut mir leid. Vergiß nicht, daß mein Mann dir immer Vater und Mutter sein wird ... und all mein Jadeschmuck gehört dir.« Dann schloß sie wieder die Augen, um ihr zu bedeuten, daß die kurze Audienz beendet war.

Wieder quälte sie der Hustenreiz, der schlimmer zu werden drohte.

»Ich bin bereit, Dick«, sagte sie mit schwacher Stimme und immer noch geschlossenen Augen. »Jetzt will ich schlafen. Ist der Arzt bereit? Komm ganz zu mir und halt meine Hand, wie du es damals tatest.«

Ihre Augen suchten Graham, und Dick sah sie nicht an, denn er wußte, daß aus diesem letzten Blick die Liebe sprach, wie er wußte, daß es sein würde, wenn ihre Augen zum letztenmal den seinen begegneten.

»Ich sollte einmal operiert werden«, erklärte sie Graham, »und Dick kam mit, als ich chloroformiert werden sollte, und hielt meine Hand, bis ich einschlief. Es ging sehr leicht.«

In der Stille sah sie Graham an, dann aber wandte sich ihr Blick auf Dick, und er neigte sein Ohr zu ihrem Mund.

»Rote Wolke«, flüsterte sie. »Ich liebe dich am meisten. Und ich bin stolz, daß ich dir solange gehört habe.«

Ihre Finger umschlossen die seinen mit einem leichten Druck, und sie zog ihn noch enger an sich. »Es schmerzt mich so, daß wir keine Kinder haben, Rote Wolke.«

Ihre Finger ließen los, und er trat so weit zurück, daß sie von einem zum anderen sehen konnte.

»Zwei prächtige Männer! Lebt wohl, ihr beiden prächtigen Männer. Leb' wohl, Rote Wolke!«

Ein erwartungsvolles Schweigen trat ein, während der Arzt ihren Arm entblößte, um die Nadel hineinzustechen.

»Schlafen – schlafen –« zwitscherte sie wie ein müdes Vögelchen. »Ich bin bereit, Herr Doktor. Aber straffen Sie die Haut gut. Sie wissen, daß ich keine Schmerzen ertragen kann. Halte mich, Dick.«

Auf ein Zeichen Dicks stach Dr. Robinson leicht und schnell die Nadel durch die gespannte Haut, drückte mit fester Hand den Kolben hinunter und rieb mit den Fingerspitzen die Stelle, damit das Morphium in Zirkulation kam.

»Schlafen – schlafen – herrlich schlafen«, murmelte sie nach einer Weile.

Sie drehte sich auf die Seite, krümmte den freien Arm auf dem Kissen, legte ihren Kopf darauf und nahm die Ruhestellung ein, in der sie, wie Dick wußte, am liebsten schlief.

Nach einer langen Zeit seufzte sie leise auf, und ihr Tod war so leicht, daß sie dahin war, ehe jemand es ahnte. In der stillen Stube ertönte das Zwitschern der Kanarienvögel und das Plätschern des Springbrunnens, und aus der Ferne hörte man das Rufen Bergkönigs und das silberhelle Antwortwiehern von Fotherington-Prinzessin.